LA VOYAGEUSE DES ÎLES

Marie-Odile Ascher

LA VOYAGEUSE DES ÎLES

Éditions Anne Carrière

Du même auteur

Pain amer, éditions Anne Carrière, 2011
Le Serment de Maria, éditions Anne Carrière, 2012

ISBN : 978-2-8433-7745-7

www.anne.carriere.fr

Pour toi, Hugo, mon petit-fils.
Tu liras ce livre quand tu seras grand,
il est inspiré de la part mauricienne
de tes racines.

« J'ai un préjugé à combattre. Il faut qu'il m'écrase ou que je le tue. »

Alexandre Dumas, *Georges*

« Un voyage de mille lieues a commencé par un pas. »

Proverbe chinois

Avertissement

Le vocabulaire à consonance raciste employé dans ce roman ne représente en aucun cas l'opinion de l'auteur. Il n'est que le reflet de la mentalité de personnages ayant vécu au XIXe siècle.

Ce roman est une œuvre de fiction. Excepté quelques personnalités historiques évoquées dans le récit, toute ressemblance avec des personnes vivantes ou ayant existé ne peut être que le fruit du hasard.

1

1848, île Maurice, domaine des Aubiniers

La belle demeure coloniale paraissait anormalement assoupie en cette fin d'après-midi d'été. Les volets de la façade étaient tous clos et, à l'ombre de la varangue [1], sous la forêt de hautes plantes feuillues en pots, les fauteuils de rotin restaient déserts.

Seul îlot d'animation, la maisonnette des communs et sa cour, séparées de l'habitation par une galerie couverte. Quelques servantes s'y s'activaient et, parmi elles, on distinguait une Noire à la forte stature, en robe de grossière toile bleue et mouchoir rouge sur les cheveux. Rosalie Ducoreau, la responsable des laveuses et repasseuses, était une affranchie d'une quarantaine d'années, restée au service des maîtres après l'abolition de l'esclavage. Sa silhouette imposante tranchait avec celles, fluettes, en sari décoloré, des autres servantes qui allaient et venaient, toutes indiennes ou tamoules à la peau couleur caramel plus foncé.

1. Galerie couverte longeant la maison, espace de représentation et de convivialité.

Les poings sur les hanches et la mine peu engageante, la Noire désigna du menton une grosse corbeille de linge fraîchement repassé et soigneusement plié, posée à terre près de la porte de la buanderie.

« Sita ! Aide-moi à porter ça à l'office ! Ça vaudra mieux que de traîner à rêvasser ! » tonna-t-elle à l'adresse d'une petite fille au teint clair, dont l'épais trait d'ébène de la tresse tranchait sur l'orange délavé de la robe.

Sans mot dire, l'enfant se saisit d'une des anses du panier.

Attelée à la panière, pliée en deux par la charge excessive, supportant dans ses maigres jambes de douze ans les coups causés par les gestes brusques de Rosalie, Sita suivit en s'essoufflant le dandinement de la personne écrasante qui la précédait. Le contour de ses pieds nus, humides de sueur, se dessinait sur le carrelage rouge du passage qui menait des communs vers la *grand case*. Tout en marchant avec peine, l'enfant observait avec curiosité le dessin fugitif de ses pieds sur les carreaux. Elle se sentit soulagée de voir les traces humides s'effacer en quelques secondes sous l'effet du courant d'air qui rafraîchissait en permanence la galerie couverte. C'est que Rosalie aurait pu les voir et se mettre en colère, et Sita savait bien comment les colères de Rosalie se manifestaient. Depuis longtemps, elle avait appris à se méfier et à esquiver les coups. Rosalie ne pardonnait pas le moindre manquement à ce qu'elle considérait comme l'ordre établi, pas la moindre erreur ni le moindre oubli. Les cris et les coups pleuvaient en représailles, tout le monde la craignait et filait droit devant elle. Seule Tantine Boulou, qui régnait sur la cuisine des maîtres, osait lui tenir tête lorsque la lingère débordait sur son territoire.

Sita n'avait pas peur de Rosalie quand Tantine se trouvait dans les parages, mais aujourd'hui, la fillette était seule face à la lingère. Tantine séjournait avec les maîtres au boucan [1] du mont Piton, car c'était jour de chasse. La cuisinière et une aide, un valet et deux femmes de chambre s'étaient entassés joyeusement dans le break qui suivait la calèche des maîtres pour prendre part au déplacement. Au boucan, le confort de *Grand Missié*, de *Grand Madam*, de *Mam'zelle* Charlotte et de leurs hôtes se devait d'être égal à celui de la *grand case*.

La plupart des autres domestiques avaient rejoint leur case ou les réduits des communs dans lesquels ils logeaient. Allégées par l'absence des maîtres, leurs tâches s'étaient terminées plus tôt que d'habitude. Seules demeuraient présentes quelques jeunes servantes occupées à l'entretien du linge sous les ordres de Rosalie, et aussi Fifine, une vieille Noire presque sourde et qui ne voyait guère, chargée de surveiller la cuisson des chaudrons de riz des coolies sur les foyers dans la cour. La petite fille effleura de la main sa jambe rougie, égratignée par le frottement de la panière. Puis elle resta immobile et silencieuse, appuyée à la longue table qui occupait le centre de l'office, dans l'attente d'un ordre. Son regard fit le tour de la pièce tapissée de rangements. On gardait ici d'impressionnantes provisions de linge de maison et des réserves de vaisselle et d'argenterie dans de hauts placards soigneusement fermés à clé. Ses yeux s'attardèrent sur les portes massives des armoires. Quand on les ouvrait en sa présence, ce qui était rare, elle découvrait des trésors : les couverts en argent ou en vermeil alignés dans leurs écrins, les délicats services à thé

1. Relais de chasse, quel que soit son standing, simple ou luxueux.

ou à café, les empilements d'assiettes, de plats, de compotiers en porcelaine ornée de dessins colorés.

Il y avait aussi les séries de verres en cristal taillé, soigneusement ordonnés selon leur taille. « Attention à mes Baccarat, je ne pardonnerai pas la moindre casse ! » prévenait *Grand Madam* chaque fois que l'on devait les sortir de leur abri pour les utiliser. Les servantes savaient ce qu'une casse signifiait : le fouet et peut-être pire encore, une retenue sur leurs gages. De ces surplus qui ne servaient que les jours de fête, lorsque les salons et les varangues se remplissaient d'invités en tenue de gala, les servantes extirpaient de temps à autre les deux surtouts d'argent ciselé qui fascinaient Sita, pour les polir et les faire briller. L'un consistait en une scène de chasse – un chasseur armé d'un fusil avec à ses pieds un cerf mort et des chiens –, l'autre représentait des fruits étranges posés sur des feuillages, « des fruits pas de chez nous », disait Boulou. Sita les admirait, comme hypnotisée. Plus que les fines porcelaines ou les couverts en argent, ces objets évoquaient pour elle le monde à la lisière duquel elle vivait et auquel elle n'appartenait pas.

Ce jour-là, les placards aux trésors restèrent fermés. L'intérêt se trouvait ailleurs. Sita observait Rosalie ranger le linge fin de la salle à manger. Elle posa avec des gestes précautionneux qui ressemblaient à une tendre caresse une nappe d'organdi blanc, aussi fine qu'un voile et brodée de fils dorés, dans l'un des tiroirs et rabattit par-dessus des feuilles de papier de soie blanc. Rosalie était aussi douce avec le linge qu'elle était brutale avec les gens. Elle régnait avec une compétence que nul ne contestait sur l'entretien méticuleux du linge des maîtres et de leur maison, et sur l'ordonnancement des nappes, serviettes, torchons et draps, impeccablement repassés et pliés dans les tiroirs de l'office. Sita avait beau la craindre et la détester, elle aimait l'observer quand elle s'occupait du linge. « Chaque chose à sa place et une place pour chaque chose ! C'est très important dans une maison bien tenue », aimait à répéter Françoise de Castelregnault, la maîtresse des lieux, à ses nombreuses servantes.

Grand Madam a bien raison, pensait de son côté Rosalie. *Où irait le monde si on commençait à tout mélanger ?*

« Au lieu de rester plantée comme une gourde, va me chercher la corbeille des serviettes ! »

L'éclat des deux rangées de dents blanches brillait comme une menace dans le visage de Rosalie lorsqu'elle criait. La fillette ne s'y attarda pas et s'envola vers la galerie couverte.

Dans la lingerie, un couffin rempli à ras bord de serviettes de table en lin blanc fraîchement repassées attendait, posé sur une table. Le monogramme au chiffre des Bois de Roche, du nom de jeune fille de *Grand Madam*, se détachait, chatoyait comme de la soie, sur l'endroit de la serviette, un dessin si mystérieux et si attirant que la petite fille n'y résista pas. La caresse du tissu sous sa paume, à la fois soyeux, frais et net, la ravit. Elle la pressa contre sa joue avec un demi-sourire de contentement.

Un jour, elle poserait la même serviette raidie d'amidon, ornée des mêmes entrelacs de soie, sur ses genoux. Un jour, elle mangerait comme les *grands mounes*, les Blancs des *grands cases*, sur une nappe damassée. Des assiettes de porcelaine, aussi précieuses que celles de *Grand Madam*, remplaceraient pour toujours les calebasses, demi-cocos et feuilles de bananier qui aujourd'hui lui servaient de vaisselle dans la case de Tantine Boulou.

« Tu te presses ou faut que j'aille te chercher ? »

Rosalie criait de sa voix de stentor lorsque la petite fille arriva, en ahanant sous la charge. Elle posa la corbeille près du tiroir dévolu aux serviettes et reprenait son souffle lorsqu'une gifle violente, inattendue, l'envoya à terre.

« Espèce de cochonne, de bonne à rien ! » hurla Rosalie de rage, les yeux exorbités en brandissant la serviette que Sita avait appuyée contre sa joue.

Sita s'était relevée prestement. Sans un mot ni une larme, elle se réfugia d'abord derrière la table, puis prit le parti de s'enfuir en voyant la lingère s'avancer vers elle, l'air mauvais et la main levée.

« Tu n'es qu'une p... comme ta mère ! »

Sita n'en entendit pas plus. Elle s'élança dans la cour, traversa l'espace herbu envahi de touffes de *vieilles filles* qui s'étendait derrière la case des communs, et atteignit le bosquet de jacarandas et de lataniers dans lequel elle disparut hors de la vue de Rosalie. Elle courut sans reprendre son souffle à travers le petit bois, en zigzaguant entre les troncs et les buissons bas de vacoas. Elle ne s'arrêta qu'une fois arrivée près de l'énorme banian adossé à un monticule de roches rougeâtres. Le vieil arbre s'élevait, majestueux, en bordure de propriété, là où la courbe de la route du Port-Louis longeait le parc. Sita jeta un rapide coup d'œil sur la route de corail blanc concassé, étincelant, constata qu'elle était déserte, puis elle se faufila, telle une anguille, entre les racines du banian. Ici personne ne pouvait l'atteindre, et encore moins la grosse Rosalie.

Le vieux banian recelait une cachette que la petite fille avait découverte un jour par hasard : une sorte de grotte ombreuse au centre de l'amas de racines. La cavité se dressait en pointe vers le feuillage, lequel laissait passer une lumière tamisée de fraîcheur verte. Le sol, tapissé de feuilles sèches, semblait si doux à ses pieds nus que Sita aurait aimé rester là des heures à ne rien faire, sinon à s'imprégner du sentiment de sécurité qu'elle y éprouvait toujours. Dans le ventre protecteur de l'arbre, elle se sentait préservée, à l'abri du monde. C'est ici qu'elle pouvait s'adonner à son jeu favori : s'exercer à la lecture et à l'écriture.

Le cœur creux du banian donnait accès à une autre caverne, profonde, qui s'ouvrait dans l'amas rocheux contre lequel l'arbre s'appuyait. Sita y rangeait ses biens les plus précieux à l'abri de la pluie : de vieux livres d'école, une ardoise ébréchée et des bouts de craie, quelques cahiers de classe à demi remplis, des restes de crayons. Ces objets lui avaient été donnés par Gertrude et Germaine, les deux petites voisines avec lesquelles elle avait souvent joué quand elle était petite ; d'autres provenaient des poubelles de la maison des maîtres, jetés après avoir appartenu à *Mam'zelle* Charlotte ou à *Missié* Paul, les enfants de la maison devenus grands. Elle y gardait aussi les vieux journaux de *Grand Missié*, Monsieur Henri, le maître, et diverses babioles, moignons de bougies, boîtes vides, jolis tessons de porcelaine et autres menus trésors trouvés dans les corbeilles destinées au rebut qu'elle était chargée de vider chaque soir derrière le poulailler. Grand-Père Bois Quille, le vieux Noir à jambe de bois responsable de la volaille, triait ensuite ce qui pouvait servir de nourriture aux poules, poulets, pintades et canards du domaine. Il se débarrassait de ce qui ne pouvait disparaître dans une fosse, puis brûlait le reste.

Assise sur le tapis de feuilles sèches, la petite fille appuya sa joue brûlante sur ses genoux ramenés sous son menton. Le rai de lumière qui perçait le feuillage indiquait que le soleil était bas vers l'horizon. Les sifflets des sirdars [1] avaient déjà retenti sur les champs de canne, annonçant la délivrance de la journée de labeur, faisant se redresser les dos courbés sur les pioches. La longue file des coolies s'était lentement ébranlée en direction des cases du camp sucrier, hommes en *gunnies* trempés de sueur, femmes en saris bleu délavé, la pioche ou la houe en équilibre sur la tête, un lent cortège de silhouettes harassées, estomacs vides dans l'attente du riz du dîner.

Un triangle de miroir cassé, coincé dans le lacis des racines du banian, renvoya son image à Sita. Un jeune visage de douze ans au teint étonnamment pâle, presque autant que celui des Blancs de la *grand case*, à peine nuancé de caramel clair. Et pourtant, la vie l'avait envoyée dans les cases des coupeurs de canne et des domestiques. Cela représentait un mystère que Sita tentait d'éclaircir en interrogeant sa mère adoptive, Tantine Boulou, mais sans grand succès.

« Tu n'es pas blanche ! Tu es indienne comme nous, comme ta maman, comme ton papa. Le pauvre, prie bien pour lui, il est mort sur le bateau quand tes parents sont venus à Maurice, répétait invariablement Tantine.

– Mais pourquoi est-ce que ma peau est blanche alors que celle de ma maman était comme la tienne ? Et mon père, il était comment ?

---

1. Contremaîtres de la plantation.

– Ta mère a bu trop de lait quand elle t'attendait ! Ton père, le pauvre, il était comme ta mère. Arrête avec tes questions, tu me fais perdre mon temps !

– Pour avoir un enfant blanc, il faut boire du lait ? insistait la petite fille.

– Oui, mais ça ne marche pas toujours. Rosalie Ducoreau ne s'est nourrie que de lait quand elle était enceinte et ça n'a pas empêché le Willy de naître aussi noir que sa mère ! »

Des bébés, il en naissait souvent au camp des coolies, dans celui des travailleurs noirs ou dans les cases des domestiques. La plupart affichaient la même peau foncée que celle de leurs parents, mais pas tous. La demi-douzainc d'enfants de Lila était même de toutes les couleurs, du plus clair au plus foncé.

« Et Lila, elle boit du lait ?

– Suffit ! Tu m'embêtes ! J'ai le repas à préparer. Ne reste pas dans mes carailles [1], va plutôt trier les brèdes [2] du dîner ! Et que je ne te voie jamais traîner du côté de la case de Lila ! »

Tantine ne s'énervait que quand elle avait quelque chose à cacher. Ainsi Sita avait-elle compris que Tantine Boulou lui racontait des balivernes. La couleur de sa peau venait d'un grand secret, que personne ne devait apprendre, et c'est pour cette raison que Tantine inventait ces histoires de lait et se fâchait chaque fois qu'elle lui posait des questions au sujet de son père.

La fillette avait réfléchi, puis avait imaginé ce que Tantine lui cachait.

Sa maman s'appelait Mina Mysore, mais ce n'était pas son véritable nom. Mysore était un nom que les

1. Marmites.
2. Feuilles de légumes et herbes comestibles.

Anglais avaient donné à sa mère à son arrivée dans la colonie, car elle venait de la ville de Mysore et ignorait son nom de famille. Et elle, Sita, s'appelait Mysore comme les Anglais l'avaient voulu, mais son nom exact était « Sita, princesse de Mysore ». Elle était la fille d'un grand roi, couronné d'or et de diamants, vêtu des plus riches soieries. Il régnait jadis sur Mysore, une cité magnifique regorgeant de richesses, située bien au-delà de l'océan aux terrifiantes profondeurs.

Le soir, dans son lit, Sita s'endormait en imaginant son père coiffé de sa lourde couronne d'or, transporté dans un magnifique filanzane clouté de pierres précieuses multicolores ou encore dans le plus somptueux des palanquins aux rideaux tissés de fils d'or, mille fois plus luxueux que celui dans lequel se faisait promener autrefois la vieille *Grand Madam*, la mère de *Missié* Henri.

Elle était fille de roi, elle en était certaine. *Mon père est mort dans son palais, sur un lit d'or et de diamants qui brillaient de mille feux dans la nuit, comme des étoiles. Ma maman était la reine de Mysore et elle a été obligée de fuir car on voulait la tuer. C'est pour cela que je suis née ici. Les* grands mounes *de Maurice ont contraint la reine de Mysore à travailler dans leurs champs de canne et elle en est morte*, avait décidé Sita. *Un jour, je serai reine*, se répétait-elle souvent.

En attendant de retrouver un trône, elle devait se contenter de son sort, celui d'orpheline et de servante au domaine des Aubiniers, à la *grand case* de la famille Castelregnault.

Heureusement, les jours n'étaient pas tous désespérés car Sita vivait avec Tantine Boulou et Julius, son mari, le cocher de l'habitation[1].

Tantine et Julius n'avaient pas eu d'enfants, leur drame. Tantine avait pourtant prié avec ferveur Laksmi, la belle déesse aux quatre mains debout sur son lotus. Elle se prosternait chaque jour devant son image dressée sur un petit autel près de l'entrée de sa case et veillait à ce qu'une lampe à huile brûle en permanence devant l'idole. Elle lui présentait régulièrement des offrandes de fleurs et de fruits mais Laksmi était restée sourde à son désarroi. L'astrologue du camp avait découvert la raison de sa stérilité : les planètes étaient en colère contre elle. Il lui avait vendu une amulette suspendue à une chaîne de cuivre, qu'il lui avait recommandé de porter autour de la taille, sous son jupon, pour apaiser le mécontentement des astres. Boulou avait scrupuleusement attaché la chaîne à même la peau et en avait supporté l'inconfort plusieurs semaines durant. Mais hélas, l'amulette se montra inefficace contre le courroux des planètes. En désespoir de cause, Boulou et Julius s'étaient rendus ensemble à l'église de Pamplemousse, pour allumer une bougie et déposer des fleurs aux pieds de la statue de la grande déesse des chrétiens, celle qui tenait son enfant dans les bras. Mais la déesse des chrétiens ne s'était pas montrée plus puissante que Laksmi ni que la dispendieuse amulette. Le sang était revenu le mois suivant, et encore et toujours les autres mois par la suite.

Boulou savait que sa situation faisait cancaner les coolies. Pis, beaucoup de femmes l'évitaient : sa stérilité portait malheur. « Qu'avons-nous donc fait pour que les

1. « Habitation » signifie plantation à Maurice.

dieux nous envoient cette malédiction ? » se lamentait-elle souvent, accablée.

Puis Sita était arrivée. Julius et Boulou l'avaient recueillie à la mort de sa mère, qui était leur voisine et l'une des rares femmes du camp qui ne fuyait pas Boulou. Elles s'étaient liées d'amitié au cours du long voyage dans l'entrepont du bateau qui les avait amenées de leur pays natal et se considéraient comme des *dahaji-bahaya*[1].

Julius et Boulou auraient naturellement préféré qu'elle soit un garçon, le fils qu'ils n'avaient pas su engendrer, car il aurait pris soin d'eux dans leur vieillesse, leur aurait ramené une bru nantie d'une jolie dot et, plus tard, aurait allumé leur bûcher selon les rites. Sita n'était, hélas, qu'une fille. Un jour, il faudrait la doter, la marier et elle quitterait leur maison pour se mettre au service de sa belle-mère.

Mais ils ne l'avaient jamais regretté. La petite se montrait affectueuse et gaie, serviable bien que moins docile qu'ils l'auraient souhaité et différente des autres gamines du camp. Elle batifolait au lieu de balayer la cour et parfois disparaissait pendant plusieurs heures : « Aucune belle-mère ne voudra jamais de celle-là ! » ronchonnait parfois Boulou quand elle trouvait Sita à rêvasser au lieu d'accomplir la tâche ménagère commandée. Mais la petite fille était câline, enjouée, curieuse de tout, et tous deux l'aimaient profondément et la considéraient comme leur propre enfant.

Dans le camp des coolies indiens, on prit l'habitude de voir Boulou accompagnée de l'enfant. Les ragots s'éteignirent peu à peu, les autres femmes ne l'évitèrent

---

1. Littéralement « frères de bateau ».

plus, mais son statut de cuisinière en titre de la *grand case*, supérieur à celui des simples servantes, provoquait envie et convoitise.

Sita ne se souvenait que vaguement de sa maman, une mince silhouette en sari bleu, un visage à la peau cuivrée dont les traits précis s'étaient évanouis. Elle considérait Tantine et Julius comme ses vrais parents. Papa Julius était gentil, il ne la frappait jamais même quand elle avait commis une sottise et Tantine était douce. Sa peau sentait bon la cannelle et était de la couleur de la crème au café qu'elle savait confectionner comme personne pour le dessert des maîtres et de leurs invités, et que Sita, parfois, avait le droit de goûter en léchant la casserole.

Boulou avait appris jadis l'art de la gastronomie à Pondichéry, dans les cuisines d'un riche marchand français où elle n'était qu'une simple servante. La jeune fille s'était montrée si douée qu'elle avait appris les tours de main simplement en aidant et observant le cuisinier venu de France.

Elle avait été engagée aux Aubiniers avec Julius, son époux, une douzaine d'années auparavant. Elle connaissait quelques mots de français, appris dans les cuisines de Pondichéry, et Julius, valet d'écurie chez un Anglais de Bombay, avait retenu un peu d'anglais. À leur arrivée aux Aubiniers, ils avaient fait valoir leurs compétences. La chance leur avait souri : à la *grand case*, on avait justement besoin d'une assistante à la cuisine pour aider le vieux cuisinier perclus de rhumatismes et aussi d'un valet aux écuries. Julius aimait les chevaux, il savait leur parler.

Par la suite, il apprit vite son nouveau métier de cocher. Boulou, quant à elle, devint rapidement indispensable à la cuisine et tout naturellement remplaça le cuisinier lorsque celui-ci se retira dans la case qu'il possédait aux Hauts de Pamplemousse. « Ma cuisinière est une perle ! Heureusement qu'on ne l'a pas envoyée dans les champs de canne ! » se réjouissait Mme de Castelregnault lorsque ses invités la complimentaient sur la qualité de sa table.

« Je t'apprendrai à faire la cuisine des Blancs et un jour, ce sera toi la cuisinière de la *grand case* », avait promis Tantine à Sita à plusieurs reprises. La petite fille se taisait alors et détournait le regard. Elle ne voulait pas devenir cuisinière d'une *grand case*.

Quand Tantine ne parlait pas cuisine, elle lui parlait mariage. Sita n'avait pas encore huit ans que les demandes en mariage pleuvaient déjà, sa mère adoptive ne le lui avait pas caché. Le sujet revenait souvent dans la bouche de Boulou ; la fillette fuyait en général dehors au grand dam de sa mère adoptive, qui ne comprenait pas son attitude. Toutes les autres jeunes filles adoraient parler de leur futur mariage ! Mais ces conversations mettaient Sita encore plus mal à l'aise que l'apprentissage de la cuisine.

C'est que Sita avait des idées très claires au sujet de son avenir : elle voulait retrouver son statut de fille de roi, redevenir la princesse qu'elle était. Elle habiterait alors dans un magnifique palais et Tantine vivrait avec Julius dans une jolie maison à varangue, tout près. Tantine ne ferait plus jamais la cuisine dans son vieux sari bleu et ne porterait plus que des bracelets d'or aux poignets et des saris de soie rouge, encore plus beaux que ceux de Lila. Dans une autre jolie maison à varangue à proximité vivrait aussi son ami le plus cher, Grand-Père Bois Quille.

Grand-Père Bois Quille était un ancien esclave affranchi, un Mozambique[1] dont les cheveux blancs contrastaient fortement avec sa peau noire. Il passait ses journées à clopiner sur sa jambe de bois dans le domaine qui lui était imparti, le poulailler et son enclos où s'égaillaient poules, canards et pintades, et le carré de potager qu'il cultivait pour son usage personnel. Il régnait aussi sur un petit pré agrémenté d'un abri de feuillage où vivait Cadix, son âne gris, autre ami de Sita, qui brayait de joie lorsque la petite fille s'approchait de lui pour le caresser. Lui aussi, plus tard, aurait sa place tout près de son palais.

Sita rendait visite à Bois Quille tous les soirs. Le vieil affranchi souriait en la voyant arriver en courant, la saluait d'un : « *Ki manière, piti ?* (Comment ça va, petite ?) » et l'invitait d'un geste à s'asseoir près de lui sur son banc abrité par une touffe de pipangailles qui montait à l'assaut du mur de la case. Ils attendaient en silence que le soir tombe en regardant le ciel jaunir vers le couchant au-delà des champs de canne, puis s'assombrir brusquement. Ils écoutaient les martins piailler avec des stridences de crécelles dans les trois tatamaques qui ombrageaient la case et guettaient le vol de la bande de pailles-en-queue qui, chaque soir, rejoignaient leurs nids dans le bosquet de *bois noirs*. Sita aimait suivre des yeux la longue flamme rouge de leurs queues. Parfois, Bois Quille proposait à la petite fille de l'accompagner dans son potager pour récolter quelques feuilles, fleurs ou racines. C'est que

1. À Maurice et à La Réunion, on appelait « Mozambiques » les esclaves venus d'Afrique de l'Est.

Bois Quille ne cultivait pas seulement des embrevades[1], du maïs et du manioc. Son potager lui fournissait aussi les ingrédients dont il se servait pour concocter le *latizann*[2]. Tous les Noirs des environs savaient que Bois Quille était guérisseur. On venait le chercher dès qu'un bébé présentait les symptômes de la tambave[3]. C'était aussi un spécialiste de la *anflamasyon*[4], une maladie que l'on attrapait en travaillant trop longtemps au soleil ou en buvant trop d'arack, ce qui arrivait souvent. Sita aimait bien le regarder cueillir ses herbes avec soin. Bois Quille ne parlait jamais beaucoup, mais le soir, il murmurait des mots gentils à ses plantes, comme : « J'ai besoin que tu m'aides, il faut te réveiller ! » Et il les secouait gentiment avant de les ramasser. Sita l'observait, fascinée : il lui avait expliqué que le soir, la plante dormait et ne soignait pas, il fallait la réveiller. Les vertus des végétaux, c'est Grand-Mère Célerine qui les lui avait apprises, dans le temps, pendant la berloque[5]. Il n'avait rien oublié.

Bois Quille restait fort et agile malgré cette jambe de bois qui intriguait beaucoup Sita. Lorsque la petite fille l'interrogeait à ce sujet, le vieux Noir lui répondait : « Un coup de sabre, c'était dans les temps margozes[6]. On m'a soigné à l'hôpital du camp. Moi, j'étais un bon Noir… » Bois Quille s'interrompait alors, semblait réfléchir quelques secondes les yeux perdus dans le vague,

1. Légumineuse aussi appelée pois cajan.
2. Mot créole. Préparation médicamenteuse à base de végétaux.
3. Maladie intestinale du jeune enfant, à Maurice et La Réunion.
4. De « inflammation ». Affections diverses provoquées par la chaleur.
5. Temps de pause (les esclaves avaient droit à trente-six heures de liberté par semaine).
6. Fruits comestibles mais particulièrement amers.

puis crachait en général par terre avant de poursuivre : « Le meilleur de toutes les habitations de la colonie, qu'il disait, *Missié* Pierre. Lui, c'était pas un mauvais maître mais il avait de mauvais commandeurs. C'étaient les temps margozes, concluait-il en haussant les épaules avec fatalisme.

– C'est quoi les temps margozes, Grand-Père Bois Quille ? »

Bois Quille n'en disait jamais plus et il crachait à nouveau par terre. Parfois, il allait chercher le bobre [1] rangé sur une étagère au-dessus de son lit et se mettait à frapper en cadence sur le fil tendu, les yeux clos. Il demeurait assis sur son banc devant sa case mais semblait alors parti très loin. La mélopée qui s'élevait dans le soir était si mélancolique que Sita sentait son cœur se serrer et n'osait plus poser de questions sur ces temps margozes dont le souvenir rendait Bois Quille si triste. Mais Sita était curieuse et Bois Quille semblait savoir tellement de choses mystérieuses qu'elle ne pouvait s'empêcher de poser d'autres questions : « Le coup de sabre, qui te l'a donné ?

– C'était personne. » Bois Quille crachait à nouveau par terre et renvoyait la petite fille chez elle pour mettre fin à la discussion.

Une seule fois, il avait parlé : « C'était Personne, un fils de chien, le pire des commandeurs de tout le pays. Personne, il est parti en enfer avec ma jambe !

– C'est où, l'enfer, Bois Quille ?

---

1. Instrument de musique rudimentaire utilisé par les esclaves noirs, composé d'une tige de bois courbe sur laquelle était tendu un fil métallique reliant les deux extrémités, une calebasse étant coincée entre le fil et la tige.

– Dans le four à bagasse[1] ! File chez toi, il se fait tard ! »

Bois Quille se taisait la plupart du temps mais quand il parlait, les mots qui sortaient de sa bouche pesaient lourd. C'est lui qui consolait le mieux Sita lorsque Rosalie l'avait malmenée.

« Pourquoi elle est méchante, Rosalie ? » lui avait demandé un jour Sita.

Bois Quille avait soupiré et avait longuement réfléchi avant de lui répondre : « C'est la vie qui est méchante. Elle a été méchante pour Rosalie. »

Bois Quille s'était tu et avait craché par terre, signe qu'il pensait à des choses qui ne lui plaisaient pas. Il s'était levé brusquement, mais Sita l'avait retenu par le bras : « Mais comment elle fait pour être méchante, la vie ?

– C'était l'époque margoze… des temps pas bons, petite, pas bons du tout. Faut pas parler de ça. »

Bois Quille était allé chercher son bobre, en avait longuement joué, les yeux fermés, et n'avait plus dit un mot.

Tantine Boulou n'aimait pas que Sita s'attarde près de Bois Quille. Elle disait qu'il mangeait des drôles de choses, par exemple des soussouris[2] mijotées avec des brèdes, ce qui lui paraissait dégoûtant. Il se délectait même parfois de bœuf en ragoût, les jours de fête, ce qui était encore pire aux yeux de Tantine que les soussouris. Le bœuf, elle était bien obligée d'en préparer pour les *grands mounes* qu'elle servait, mais avec des haut-le-cœur. Pour rien au monde elle n'aurait accepté d'en

1. Résidu de la canne après extraction du jus.
2. Chauve-souris se nourrissant de fruits.

goûter : le péché aurait été trop grave et cette nourriture lui répugnait.

Chaque dimanche, avant que le jour ne se lève, Bois Quille se hissait sur le dos de Cadix et partait au petit trot sur la route du Port-Louis. Il ne se cachait pas d'être devenu chrétien et de se rendre à l'église pour assister à la messe célébrée spécialement pour les Noirs par un prêtre arrivé dans l'île quelques années plus tôt. « Notre père Laval, le saint curé de nous autres, pauvres Noirs », disait-il. Cela non plus ne plaisait pas du tout à Tantine, qui pensait que l'église des Blancs était faite pour eux, pas pour les Noirs. En cela, elle partageait l'opinion de bon nombre de colons blancs, scandalisés qu'un prêtre osât se consacrer aux anciens esclaves : « Ce curé en guenilles qui ne s'occupe que des Noirs, qui vit dans une cabane au lieu d'habiter son presbytère, quel scandale ! Quelle image il donne de la religion ! Et puis il perd son temps, il n'y a rien à tirer des affranchis, tous des bons à rien, des traîne-savates, des paresseux incapables de travailler sans le fouet du commandeur, tout juste bons à s'enivrer d'arack, à voler et pire encore à tuer pour s'emparer de quelque bien ! » pouvait-on entendre dans les demeures des colons.

Tantine n'aimait pas Bois Quille et cela chagrinait la petite fille. Bois Quille était son ami depuis toujours et plus encore depuis que l'ancien esclave l'avait protégée d'un grand malheur, un malheur du genre de celui qui avait tué Natasha. On avait retrouvé le corps de cette enfant de treize ans couvert de contusions dans la rivière Citron le lendemain de sa disparition. Des traces de sang brunâtre maculaient son sari et ses cuisses, comme si la rivière n'avait pas voulu faire disparaître la preuve du crime commis contre la jeune fille. On ne sut jamais si Natasha avait voulu s'engloutir volontairement dans l'eau, ou si son agresseur avait ajouté l'assassinat au viol.

Sita avait eu plus de chance que Natasha. Lorsque le gros Jimmy, le sirdar métis dont elle se méfiait depuis longtemps, l'avait suivie pour la plaquer un soir contre un arbre alors qu'elle venait de porter le panier des épluchures à Bois Quille, elle s'était tortillée comme une anguille pour échapper au bâton dur qui s'appuyait sur son ventre tout en hurlant de toutes ses forces. Puis elle avait mordu au sang la main qui lui bâillonnait la bouche pour l'empêcher de crier.

La fillette avait la voix perçante. Bois Quille était arrivé en clopinant aussi vite que sa jambe de bois le lui permettait. Un coup de gourdin avait envoyé Jimmy à terre, son gros bâton brun dressé, sorti du dhoti.

« Tu t'approches encore une fois de cette petite et je te saigne comme un cochon ! »

Jimmy avait crié des injures en remballant son équipement, puis avait disparu dans l'ombre, du côté de sa case.

« S'il essaie de recommencer, viens me le dire. Il l'emportera en enfer », lui avait murmuré Grand-Père Bois Quille en la prenant par la main pour la raccompagner chez elle.

À la case, il avait parlé quelques instants tout bas à l'oreille de Tantine.

« Ne traîne plus jamais toute seule. Ce qui est arrivé, il faut l'oublier. Personne ne doit savoir, tu comprends ? » avait dit Tantine.

Boulou avait insisté, car si les gens apprenaient ce genre de choses, Sita ne pourrait plus espérer le plus beau des mariages, celui auquel elle était promise. « Sita, ma colombe, tu as la peau claire, tu es belle, tu peux prétendre au meilleur parti mais à condition que ta réputation soit irréprochable. Il ne faut plus qu'un garçon te voie toute seule, reste toujours là où il y a des gens. Promets-le-moi, c'est très important. »

Sita avait haussé les épaules en entendant le discours de Tantine et entrepris le nettoyage d'une caraille, histoire de se donner contenance. Elle aurait préféré que Boulou la console de sa peur plutôt que de l'assommer à nouveau avec ses calculs matrimoniaux.

Sita avait déjà douze ans maintenant. D'après Boulou, une cohorte de jeunes Indiens célibataires lorgnaient après sa fille et les mères n'étaient pas les dernières à vouloir la marier avec leur rejeton. Son teint clair en faisait la plus convoitée des jeunes filles à des lieues à la ronde. Sita, tout en sachant bien que le mariage était une règle absolue pour toutes les jeunes filles, s'exaspérait de cette idée fixe. Julius, lui, se montrait bien moins impatient que sa femme : « Laisse-la tranquille, elle a le temps », disait-il quand il voyait Sita s'énerver face aux pressions de Boulou.

Sita considérait avec pitié les jeunes filles de son âge qui étaient déjà en puissance de mari, des unions arrêtées par les familles, parfois sans l'avis des intéressés. *Les pauvres, elles sont mises en cage et ne s'en rendent pas compte!* pensait-elle. Quant à elle, elle s'était fait une promesse : « Plutôt mourir que me marier avec l'un des garçons du camp! »

« Reste toujours là où il y a des gens », avait dit Tantine. Mais sa fille ne l'entendait pas ainsi : le havre de paix du banian où elle pouvait se concentrer sur ses exercices scolaires à l'abri des regards représentait une telle priorité dans sa vie qu'elle continuerait à s'y rendre seule malgré le danger. Elle décida donc de se donner les moyens de se défendre : dès le lendemain, elle cousit une poche à l'intérieur de sa jupe dans laquelle elle glissa la longue lame effilée d'un couteau au manche cassé, l'un de ses trésors confiés au banian. Si Jimmy avait l'audace de recommencer, elle le tuerait, même sans l'aide de Bois Quille. Elle tuerait d'ailleurs n'importe qui, fût-ce *Missié* Henri, qui oserait essayer de lui faire ce que Jimmy voulait lui faire. Elle se promit de ne jamais se soumettre, dût-elle y laisser sa vie.

Il n'y avait pas que Jimmy qui rôdait autour des jeunes filles de la plantation. Il y avait Jodha, un autre sirdar, et Gang aussi. L'an dernier, lorsque Luna, l'une des petites servantes de la cuisine, avait vu son ventre s'arrondir, elle avait dénoncé Gang. Il l'avait forcée plusieurs fois dans le champ de canne derrière la route. Luna n'avait pas treize ans. Elle n'avait pas survécu, ni aux coups assenés par son père, ni à l'accouchement. Son enfant non plus.

Mais le pire de tous, c'était Jimmy, le plus mauvais des sirdars, prompt à manier le fouet tout autant qu'à forcer une jeune fille quand l'envie lui prenait. Son nom avait été murmuré lorsqu'on avait retrouvé Natasha noyée dans la rivière.

Du temps avait passé et Sita pensait que Jimmy était décidé à la laisser tranquille après la correction infligée par Bois Quille. Mais un soir, alors qu'elle se hâtait vers la case, des bras l'avaient enserrée par-derrière et la voix de Jimmy, dans un souffle empestant l'arack, avait soufflé à son oreille : « Cette fois, je te tiens ! Tu vas voir ce qu'il sait faire, Jimmy ! »

Avant de pouvoir réagir, elle s'était retrouvée par terre, coincée sous le gros sirdar, dont une main lui bâillonnait la bouche si fort qu'elle ne pouvait mordre. Une autre main farfouillait déjà sous sa robe.

Lorsque Jimmy s'était légèrement dégagé pour se débarrasser de son dhoti, Sita réussit à s'emparer du couteau. Elle frappa de toutes ses forces, au hasard. La douleur autant que la surprise firent rouler Jimmy sur le côté. « *Pitin*[1] *!* Salope ! » entendit la fillette qui courait déjà vers la case la plus proche, celle de Bois Quille. « C'est encore Jimmy, il a essayé… » souffla Sita.

Bois Quille ramena l'enfant à sa case, sans un mot. Quelques minutes plus tard, il pénétrait dans l'enclos de Cadix. Il le flatta de la main avant de se jucher adroitement sur le dos de l'animal malgré sa jambe de bois et tous deux partirent au petit trot dans la nuit claire en direction du champ de canne, qu'ils longèrent. Ils se dirigèrent ensuite vers la colline, dans la forêt où ils disparurent.

Dans la clairière où Bois Quille avait arrêté sa monture, on entendit une chouette hululer à trois reprises, puis recommencer à intervalles réguliers, plusieurs fois.

Bois Quille n'eut pas à attendre longtemps. Plusieurs ombres, venues du camp des affranchis et des anciens marrons, apparurent et tinrent conciliabule à voix basse avec lui. Bois Quille était ensuite tranquillement rentré chez lui, comme d'une innocente promenade nocturne.

Le lendemain, le sirdar avait disparu. Trois jours plus tard, la case dans laquelle il vivait seul restait vide et abandonnée.

« Il y a plus de cinq ans qu'il est chez vous, n'est-ce pas ? Son contrat est terminé, il a le droit de quitter

1. Putain.

votre plantation. Sans doute a-t-il trouvé un autre job ou bien il attend le prochain bateau quelque part au Port-Louis pour repartir aux Indes », conclurent les policiers mandatés par Monsieur Henri pour éclaircir le mystère. Les voisins du sirdar, interrogés, n'avaient rien vu ni entendu de particulier la nuit de sa disparition.

Tous se trouvèrent bien soulagés d'échapper aux coups de fouet dont Jimmy n'était pas avare. Beaucoup de jeunes filles du camp prièrent pour qu'il ne revienne jamais. Elles furent exaucées.

Le mystère de sa disparition demeura entier jusqu'au jour où, bien longtemps après, des chasseurs trouvèrent dans la colline les restes d'un cadavre pendu à un arbre. Aux vêtements, on supputa qu'il pouvait s'agir de Jimmy.

2

1848, château de Charnay, en Bresse

La vieille demeure glissait doucement dans la pénombre de ce soir brumeux d'automne. Quelques lueurs fluctuantes éclairaient une des salles du rez-de-chaussée ; un feu se mourait dans l'âtre, petit dôme de braises animé par intermittence de quelques courtes flammèches. Les bougies allumées d'un chandelier posé à l'extrémité d'une longue table massive, au centre de la pièce, jetaient un halo lumineux autour d'elles, mouvant de temps à autre sous l'effet d'un léger souffle d'air. Le haut plafond à la française, aux poutres de chêne noircies par plusieurs siècles de fumée avait disparu, relégué dans la pénombre.

L'embrasement brusque d'un brandon fit jaillir de hautes flammes qui éclairèrent un jeune homme à l'élégance soignée et au visage fermé adossé au linteau de la cheminée monumentale. Sa veste de drap noir à longues basques, sa cravate de soie blanche négligemment nouée en foulard sur un gilet de satin crème, son pantalon beige à grands carreaux retombant sur des bottines vernies lui composaient une mise de dandy citadin peu en rapport avec la rusticité du lieu.

Guillaume-Antoine-Louis-Marie de Charnay, comte de Charnay, de Fargy, de Visargent, baron de Saint-Léonard, des Bordes et autres lieux, était le maître de céans. Il laissait errer son regard des braises du foyer aux hautes fenêtres de la grande salle, sans rien en voir, le front buté, perdu dans ses pensées. Pâle, les épaules voûtées, il présentait un air de résignation en contradiction avec la jeunesse de ses traits. Il frissonnait dans ses vêtements à la mode. Les flammes n'arrivaient pas à combattre le froid humide qui transperçait les murs.

Détestant la campagne, ses froidures, la boue des chemins et plus encore son ennui, Guillaume-Antoine, usuellement prénommé Antoine, vivait à Lyon et ne venait que deux ou trois fois l'an visiter son domaine. Il arrivait à Charnay habité d'une seule hâte, en finir avec cette obligation et retrouver sa vie de plaisirs dans la grande ville. Depuis la disparition de son père, l'héritier du domaine vivait comme il aimait : dans l'oisiveté et sur un grand pied. Les femmes élégantes, parfumées et peu vertueuses, la compagnie de riches blancs-becs aussi désœuvrés que lui, les dîners fins au champagne, les tables de jeu, en un mot le luxe et les loisirs occupaient seuls ses journées et plus encore ses nuits. Pertes de jeu abyssales, maîtresses exigeantes, investissements inconsidérés, Antoine de Charnay avait pris l'habitude de vivre de si dispendieuse façon qu'en moins de trois ans, il avait dilapidé toute la fortune reçue en héritage de ses parents. Pour couronner le tout, son domaine de Charnay – moulin, fermes, terres et bois –, florissant du temps du comte Jean, aujourd'hui laissé sans directives, partait à vau-l'eau.

« Il est urgent d'agir, Antoine, vous voyez bien que cela ne peut pas durer. »

Antoine dirigea son regard vers le jeune homme assis à la table, à la lumière du chandelier. Il était vêtu en paysan, d'une veste de gros drap rustique sur une chemise de chanvre. Son visage énergique, éclairé par les flammes, se détachait dans l'ombre. Antoine constata avec agacement, comme à chaque fois, que les traits de son visiteur ressemblaient étrangement aux siens : même implantation des cheveux très foncés, presque noirs, et même forme du visage un peu arrondie, semblables dessin et couleur foncée des yeux, peut-être juste un peu plus sombre chez son visiteur. Déjà, chez les jésuites, à Louhans, les pensionnaires non avertis les considéraient comme frères, ce qui exaspérait le jeune Charnay.

« Agir ! Agir ! éclata le citadin, mais faire quoi, mon pauvre Guil ! Mon seul espoir, c'était la veuve Pernelle et elle n'a pas voulu de moi !

– Je sais, votre nom et vos titres en échange de son argent, le bénéfice pour les deux parties était équitable ! Mais voilà... elle a préféré unir sa fortune à celle du maître de forge plutôt qu'à votre nom !

– Un parvenu !

– Son argent sonne haut et clair et remplace avantageusement un nom et un titre. Le mari est vieux, certes : elle n'en sera que plus vite à nouveau veuve ! Et puis, le château de l'époux, à Pesmes, a bien grande allure, à ce que l'on m'a rapporté. Votre manoir rustique perdu au fond de son hameau boueux ne pouvait faire le poids ! »

Le Guil, comme tout le monde l'appelait – Guillaume Petitguillaume sur le registre de l'état civil de la mairie –, était le jeune instituteur du village. Parallèlement à cette activité, il jouait le rôle de comptable du domaine auprès d'Antoine de Charnay, le maître des lieux depuis le décès du comte Jean, trois années auparavant. Son statut de frère de lait d'Antoine, associé à une camaraderie partagée durant quelques années d'études ainsi qu'à un lien que tous deux connaissaient fort bien mais qu'aucun n'aurait voulu aborder franchement, cela eût été inconvenant, lui conférait une certaine liberté de parole, dont il ne se privait pas.

« Vous voulez voir ? » Guillaume désigna de la main le grand cahier ouvert sur la table. Les flammes des bougies dansaient sur les pages et semblaient faire onduler les traits nets des colonnes de chiffres et de notes soigneusement alignées.

« Pas la peine. Tu connais un autre riche parti, veuve ou vieille fille, je m'en moque, qui rêverait d'être comtesse ?

– Billevesées, Antoine, vous le savez bien. Pour vous sortir de cette situation, je ne vois que deux options. La première, vous changez de vie, vous vendez votre hôtel de la place Bellecour pour éponger vos dettes les plus criantes et vous revenez ici, à Charnay, pour travailler du matin au soir à la remise à niveau du domaine. Je vous aiderai dans un premier temps à faire patienter les autres créanciers…

– Jamais ! Tout sauf revenir ici ! Plutôt me jeter dans la Seille !

– La noyade n'est pas une solution. J'ai pensé à une autre possibilité, bien plus excitante. »

Antoine de Charnay avait redressé la tête et les yeux qu'il fixait sur le maître d'école avaient soudain pris de l'éclat dans la pénombre. Il savait le Guil intelligent, on le lui avait assez fait remarquer jadis lorsqu'ils étaient enfants et étudiaient côte à côte. Son comptable était en outre doté d'un solide bon sens paysan. Ses suggestions pouvaient être bonnes à prendre.

Il observa en silence le Guil se lever et venir se poster à une fenêtre, le regard au loin. Derrière le mince rempart des vitres, le brouillard s'était épaissi. Une humidité cotonneuse montée en nappes depuis les prairies longeant la Seille avait effacé les haies, les champs de maïs déjà fauchés et les grasses pâtures de la campagne environnante. Un crépuscule précoce avait gagné sur le jour, la nuit s'installait.

« En premier, il faut vendre. Lyon et Charnay, le château, les fermes, les terres, les bois. Tout, et vite », déclara d'une voix mesurée le comptable, toujours abîmé dans la contemplation de l'étendue sombre déployée derrière la vitre.

Julia Moreaux, la vieille servante, ouvrit la porte à ce moment-là, et s'avança sous le prétexte de ranimer le feu. Elle se doutait que quelque chose d'important se tramait entre les deux hommes et espérait bien en découvrir quelques bribes.

Elle s'accroupit lestement malgré son âge avancé, se saisit du tisonnier, fourgonna dans les braises sans le succès escompté, pesta, puis souffla longuement sur les tisons rougeoyants.

Le silence s'était installé dans la grande salle. Le Guil, devant la croisée, semblait examiner la nuit avec attention. Le regard fixe, la mâchoire serrée, il ne voyait en fait plus rien, y aurait-il eu quelque chose à voir. Une puissante voix intérieure martelait un mot dans son cerveau : « Partir ! » Partir pour se bâtir un destin autre que celui promis par sa naissance. S'évader, n'importe où mais ailleurs, pour enfin se sentir pleinement vivant et respirer à grandes goulées l'air enivrant de la liberté. Se sauver pour ne plus jamais entendre Claude Petitguillaume, le mari de sa défunte mère, celui dont il portait accidentellement le nom, le traiter de bâtard, pour ne plus être « le Guil », ce diminutif détesté qui amputait sa personne de la plus grande part de ses qualités tout comme il rapetissait son nom.

Le désir impérieux d'échapper à ce pays haï habitait chaque minute, chaque seconde de son existence, même devant sa classe. Fréquemment, lorsque sa voix énonçait un exercice, expliquait ou dictait, son cerveau lui criait : « Qu'attends-tu donc pour te sauver de là ? Cours droit devant toi, sans te retourner et ne reviens jamais ! » À vingt-trois ans, il n'était qu'un bloc de désir tendu vers un seul but : déserter ce pays où le destin l'avait fait naître et où il se sentait enchaîné.

Le paysage derrière la croisée, fondu à cette heure dans le brouillard et l'obscurité, il ne le connaissait que trop bien et pouvait le décrire les yeux fermés. La route empierrée, à main gauche, menait de Saint-Léonard à Saint-Germain, en sillonnant à travers les pâtures et les champs emblavés ou plantés de maïs. De cette route prenait naissance, à quelques enjambées de l'austère et trop vaste manoir de brique des Charnay, la desserte du moulin du domaine, un chemin de glaise jaune et collante creusé de profondes ornières dans lesquelles s'embourbaient à chaque pluie les charrois lourdement chargés de sacs de grain. Elle descendait la pente molle vers la Seille en s'incurvant légèrement, le long d'une ligne de hauts peupliers efflanqués. Guillaume Petitguillaume savait qu'il aurait fallu, bien évidemment, faire empierrer ce chemin non entretenu depuis le décès du comte Jean, mais l'argent et plus encore l'énergie d'entreprendre manquaient.

Plus loin vers le couchant, à main droite de la route, campait, invisible à cette heure, la silhouette carrée et massive du clocher de la vieille église, au centre du bourg, tout près de la modeste maison d'école. Le timbre détesté de l'unique cloche de l'église harcelait l'instituteur à chaque heure du jour comme à celles de la nuit. « Tais-toi, tais-toi », répétait silencieusement le jeune homme au cours de ses nuits d'insomnie, en se bouchant les oreilles. Le timbre las de la cloche scandait la fuite des heures en semblant appeler à la résignation devant le sort voulu par Dieu, au renoncement, à la mort. Même les carillons heureux des baptêmes et des mariages sonnaient d'un timbre de glas.

Le pays enlisait ses enfants, les retenait jusqu'à les étouffer, prisonniers dans une geôle aux barreaux redoutables d'efficacité bien qu'invisibles. Fargy, son village, étranglait ceux qui avaient le malheur d'y être nés. *Fargy est un piège, à l'image de la boue collante des chemins, dans laquelle les bottes engluées restent captives. Ce pays est fait de la même vase que celle de ses étangs, maléfique, capable d'aspirer l'imprudent qui aurait le malheur de s'y aventurer et que l'on ne retrouvera jamais. Vivre ici, c'est mourir asphyxié un peu plus chaque jour, c'est s'éteindre à petit feu, se noyer*, ruminait le maître d'école.

Guillaume détourna ses regards du rectangle noir découpé sur la nuit par la fenêtre. La Julia se relevait, de courtes flammes couraient maintenant sur les restes de bûches consumées. La servante jeta deux rondins au foyer, le tisonna encore un peu puis se décida à sortir de la pièce, déçue de n'avoir rien appris et en même temps satisfaite : si ces messieurs se taisaient en sa présence, c'est bien qu'ils étaient en train de combiner quelque chose, et pas forcément du bon pour le pauvre monde qui servait le jeune monsieur quand celui-ci leur faisait l'honneur d'une visite. Elle n'ignorait pas qu'il se chuchotait des choses bien vilaines à son sujet – qu'il faisait la noce avec des femmes qui lui mangeaient tout son argent et qu'il perdait le peu qui lui restait en jouant aux cartes dans de drôles d'endroits… *Ah, si le comte Jean était encore là… sûr que ça se passerait pas comme ça!* soupira la vieille femme.

Guillaume vint rejoindre Antoine devant la cheminée et s'y adossa, face à lui.

« Il n'y a plus rien qui vaille ici, pour vous comme pour moi, Antoine. Vous avez raison de penser que tout vaut mieux que de revenir à Fargy. Ce village est un tombeau, il nous empêche de vivre alors que le monde entier est à conquérir…

– Le monde à conquérir! Tu te prends pour l'Empereur, maintenant? »

Un rictus de mépris déforma les lèvres d'Antoine, mais Guillaume ignora délibérément la réflexion et la mimique de son interlocuteur : « Vous constatez vous-même que les lézardes de vos murs s'agrandissent d'année en année sans que vous ayez les moyens de les réparer. Bientôt, vous entendrez le vent siffler dans vos salles. Et ce n'est pas là le pire. Le pire, Antoine, c'est que d'ici peu, vous ne serez plus rien. Les huissiers se préparent à défiler chez vous – non, pas à défiler, ils vont déferler, et je peux vous dire que c'est une question de jours…

– Tu es là pour m'accabler ou pour tenter de m'aider?

– Vous savez bien que mon propos n'est pas de vous enfoncer mais de considérer la situation avec lucidité. Vous êtes ruiné, ruiné et perclus de dettes. Vos pairs excusent toutes vos frasques mais ils ne vous pardonneront jamais une telle déconfiture. Il faut vous sortir de là avant que les portes de la geôle ne se referment sur vous. Vous ne pouvez ignorer que vous en êtes là. »

Un silence s'installa. Antoine gardait les yeux fixés sur les hautes flammes claires du feu dans l'âtre, comme absent. La Julia avait bien travaillé, le feu était reparti de plus belle. Un crépitement rompit le silence et sortit le jeune comte de sa léthargie.

« Que proposes-tu ?

– Vous m'aviez parlé jadis d'un parent à vous, établi à l'isle de France, qui aurait fait fortune…

– Certes, un cousin de ma regrettée grand-mère. C'était il y a bien longtemps, voilà des années que nous n'avons plus entendu parler de lui.

– Ce qu'il a fait, vous pouvez le faire.

– Sottise ! Irréaliste !

– Moins que de remettre à flot votre domaine et plus motivant que de vous lier à une veuve plus âgée que vous en échange de son argent. Asseyons-nous et écoutez-moi, voulez-vous ? »

Le Guil se cala dans l'un des deux fauteuils à haut dossier de tapisserie usée qui se regardaient en vis-à-vis devant l'âtre. Antoine haussa les épaules, comme battu d'avance, mais obtempéra malgré tout et se laissa tomber sur le fauteuil en face de son comptable.

« Vous rappelez-vous les cours de géographie de notre précepteur, autrefois ? »

Antoine haussa de nouveau les épaules sans répondre.

« Il nous parlait avec enthousiasme des îles des mers du Sud, reprit Guillaume. Il en rêvait, et puisait par ailleurs ses exercices de lecture et ses dictées dans *Paul et Virginie*, vous ne vous souvenez pas ? Eh bien, cette isle de France des exercices scolaires de notre enfance, et où s'installa un parent à vous, est de nos jours une possession anglaise, rebaptisée Maurice. Cette destination me paraît une bonne solution pour plusieurs raisons. C'est un emplacement commercial de premier ordre sur la route des Indes et une île à sucre, car la terre et le climat tropical y sont favorables à la culture de la canne. On y parle français malgré son appartenance à la Couronne britannique et les gentilshommes venus de France y sont considérés. Et c'est loin, trois mois de navigation au bas mot, bien plus loin que les Antilles françaises, ce qui est un atout de poids. Mettre une bonne distance entre vous et certains créanciers est indispensable, vous ne croyez pas ? »

Antoine ne répondit que par un vague borborygme, ses redoutables dettes de jeu à l'esprit.

« Là-bas, tout restera possible pour vous, reprit Guillaume. Votre nom fera de vous un homme respectable et l'argent qui vous restera après avoir épongé quelques dettes parmi les plus criantes vous permettra de vous établir. Vous y avez des parents, peut-être pourront-ils vous accueillir, vous conseiller. Le sucre, voilà le domaine dans lequel vous et moi nous réussirons. »

Guillaume parlait à voix basse, penché en avant pour que son compagnon l'entende, d'un ton calme et déterminé.

« "Vous et moi" ? Mon pauvre Guil, tu es encore plus pauvre que moi, comment ferais-tu pour acheter ton passage sur un navire ?

– Avec l'argent que vous me devez depuis trois années pour le travail que j'ai effectué pour vous sans être rémunéré et que vous me rembourserez sur la vente de vos biens. Cet argent suffira amplement à payer le prix de la traversée, sans parler de mes économies », rétorqua froidement le comptable.

Antoine leva un sourcil soupçonneux vers son interlocuteur sans oser polémiquer. Il savait bien que le pauvre Guil n'avait jamais été payé de tout le travail minutieux et rébarbatif qu'il effectuait pour lui.

Guillaume continuait : « Vous, vous avez un nom et aurez de l'argent. Moi, j'ai la volonté d'entreprendre, l'ambition, l'énergie et la force physique, ainsi que les connaissances – en un mot, tout ce qui vous manque. Non, ne me regardez pas en roulant ces yeux-là, inutile d'aller perdre notre temps à nous battre sur le pré, il y a mieux à faire. »

Antoine de Charnay avait rougi, vexé, avait semblé vouloir répliquer à Guil, puis avait pris le parti de n'en rien faire. Il s'était levé de son siège et, les mains derrière le dos, enchaînait des allées et venues en silence entre la cheminée et la fenêtre. Guillaume l'observait, mutique lui aussi. Il comprenait que les pensées se bousculaient sous le crâne d'Antoine.

« Votre sœur et votre beau-frère trouveront, bien sûr, à redire à la vente du domaine, reprit le comptable. Oui, je sais, vous n'appréciez guère votre sœur, ce qui par ailleurs est réciproque, tout le monde le sait ! Mais vous avez le droit de faire de Charnay ce que bon vous semble puisque vous en êtes aujourd'hui le seul propriétaire. L'affaire peut être menée à bien très vite : le notaire de Saint-Germain m'a encore reparlé pas plus tard qu'hier de ce riche négociant de Chalon qui guigne la propriété depuis plusieurs années. »

Antoine de Charnay avait sourcillé et à nouveau rougi sous le coup de la contrariété : le notaire de Saint-Germain, ce vieux renard, était donc au courant, lui aussi, de la ruine annoncée. Il n'avait toujours pas dit un mot et continuait ses allers et retours entre la cheminée et les fenêtres, le visage marqué de légères grimaces tant ses pensées s'agitaient sous son crâne.

Il interrompit brusquement sa marche et se planta devant son comptable toujours carré dans son fauteuil : « Tu y connais quelque chose, au sucre ?

– Pas plus que vous. J'apprendrai.

– Si je faisais fortune… pourrais-je revenir ensuite en France ?

– Bien entendu, si vous le souhaitiez, et la tête haute. Vos déboires d'aujourd'hui seraient oubliés depuis longtemps. »

Antoine resta figé à fixer son comptable dans les yeux quelques secondes de plus, puis entreprit un nouvel aller-retour entre la fenêtre et la cheminée. Les mains toujours nouées derrière son dos, il revint se poster devant Guillaume : « Les femmes de l'isle de France sont-elles aussi belles qu'on le prétend ?

– Belles et licencieuses, bien plus encore qu'on ne le dit. J'ai lu dans un récit que l'isle de France était surnommée l'île de Vénus par certains voyageurs, c'est vous dire… Imaginez de somptueuses Créoles aux cheveux de jais et aux yeux de velours, qui s'ennuient et n'attendent que vous, alanguies sur leurs sofas… déclara Guillaume très sérieusement. »

– Comment sais-tu tout ça, toi ?

– La bibliothèque du collège des jésuites, vous ne vous en souvenez pas ? Elle contenait les récits de voyages à l'isle de France de Pierre Poivre et de Bernadin de Saint-Pierre, je les ai dévorés. Plusieurs fois. »

Antoine n'avait pas plus fréquenté la bibliothèque des jésuites qu'il ne se souvenait des pages de lecture tirées de *Paul et Virginie*. Il resta à nouveau plusieurs longues secondes muet et immobile, à dévisager Guillaume. Puis, toujours sans un mot, il traversa la salle à grandes enjambées jusqu'à la porte, qu'il ouvrit en coup de vent : « Julia ! cria-t-il à travers le corridor, les mains en porte-voix. Apporte-nous la bouteille de fine et deux verres ! »

Quelques heures plus tard, le brouillard d'automne s'était levé, abandonnant de légères écharpes de brume en contrebas, vers la rivière. Une demi-lune blanchissait la pénombre. Guillaume Petitguillaume rentrait chez lui en se laissant porter par le pas sûr et tranquille de Poulo, sa jument comtoise à la robe alezane, qu'il montait à cru. Poulo connaissait le chemin de son écurie sans avoir besoin d'une lanterne.

Ils laissèrent derrière eux la masse lourde du château avec son corps de logis rectangulaire, ses deux ailes compactes et ses trois niveaux surmontés d'une haute toiture de tuiles brunes percée de lucarnes, là où logeaient les domestiques du temps du comte Jean et où habitaient encore la Julia et Riri, le jardinier et homme à tout faire.

Après un bouquet de frênes aux squelettes déjà décharnés par l'hiver, ils longèrent le minuscule hameau tapi au bord de la route où Guillaume avait grandi, entre les coups du beau-père et les travaux des champs. Les silhouettes noires de quelques masures basses se découpaient dans la nuit claire, adoucies par le chaume qui recouvrait leurs toitures. La plus grande et la plus haute des maisons du hameau, celle de Claude Petitguillaume, tranchait avec les autres : plus haute d'un étage, elle était aussi la seule à être recouverte de tuiles. Le comte Jean avait été généreux avec son garde-chasse et le Claude avait bien su se débrouiller. Trois valets menaient la ferme – une douzaine de vaches, des cochons et de la volaille en quantité, ainsi que plusieurs journaux[1] de bonne terre à blé et à maïs, sans parler des prés inondables des bords de la Seille où paissaient ses bestiaux à la bonne saison. Le « Troisvalets », c'est ainsi que les gens du pays l'avaient surnommé, avait la réputation d'être riche; on le jalousait et le craignait. Guillaume, quant à lui, ne reconnaissait qu'une seule qualité à Troisvalets : celle de ne pas rechigner à la tâche.

Les chaumières des paysans de Fargy, toutes construites selon le même esprit, bordées d'un large auvent au levant et d'un autre au couchant, semblaient étendre des ailes protectrices sur leurs occupants telle une poule en couvaison. Les angles agressifs de la maison de Claude Petitguillaume claironnaient au contraire : « Je te retiens car tu m'appartiens, n'oublie jamais que je suis propriétaire de ta personne. »

Guillaume considéra d'un œil froid la silhouette de la maison de son beau-père en marmonnant depuis le perchoir de sa monture : « Toi, tu ne m'auras pas eu ! » Puis, quelques pas tranquilles de Poulo plus tard, il ajouta à haute voix « Va te faire f… ! » à l'adresse de la maison. Et il se mit à rire tout seul dans la nuit.

---

1. Mesure agraire de superficie usitée en Bourgogne, qui varie selon les secteurs de 22 à 38 ares.

Arrivé près de la petite école, Guillaume désigna de la main à sa jument une autre direction que celle de sa stalle. Docile, Poulo s'achemina où son maître le désirait, vers la grille du vieux cimetière.

Il ne prit pas la peine d'attacher sa fidèle jument, il savait qu'elle attendrait. Il lui murmura quelques mots à l'oreille en lui caressant le chanfrein avant de la quitter.

La grille se déploya en miaulant comme d'habitude, tel un matou en rut. Dans l'obscurité atténuée par la lune, Guillaume gagna sans hésiter le dernier rectangle de terre nue fiché d'une simple croix de bois. Les graviers de l'allée crissèrent familièrement sous ses pas.

Il s'assit sur le muret de briques moussues qui marquait l'extrémité du cimetière, indifférent au froid humide qui pénétrait ses vêtements, et ferma les yeux. Dans la nuit déserte du cimetière, la voix intérieure qui martelait si souvent à ses oreilles des conseils de fuite se fit à nouveau entendre, précise et pressante.

« Mon fils, le moment est venu. Ne te laisse plus emprisonner par ce pays, ne lui laisse pas te voler ta vie comme il m'a volé la mienne. Délivre-toi, pars sans te retourner, pars pour devenir ce que tu dois être. Vis, deviens, accomplis ton destin. À ce moment seulement, je reposerai en paix. Que ma tombe ne te retienne pas, car là où tu iras, je serai. »

Il avait dix ans lorsque, à la recherche de sa mère, il avait aperçu une masse allongée flottant sur la Seille, près du moulin. Deux sabots étaient soigneusement rangés côte à côte sur la berge.

Un geste réflexe lui avait fait jeter les sabots dans la rivière près du corps. Ce ne fut qu'après qu'il s'entendit hurler. Il avait reconnu le devantier gris décoloré de sa mère, ses longs cheveux sombres dénoués dans l'eau. Le meunier et sa femme étaient arrivés en courant. De ce qui s'était passé ensuite, il ne se souvenait plus.

Le curé Fléchon, brave homme, avait fait semblant de croire à un accident et avait enterré le plus chrétiennement du monde Pascaline Bugnet, épouse de Claude Petitguillaume, mère de trois enfants et d'un autre mort-né. À dix-huit ans, elle avait été la plus belle fille du pays à des lieues à la ronde ; lorsqu'on la mit en terre, à seulement vingt-huit ans, elle était si usée qu'on ne pouvait pas lui donner d'âge.

Personne à Fargy n'ignorait son malheur. Enceinte à dix-huit ans des œuvres de Bertrand de Charnay, frère cadet du comte Jean, capitaine de son état, elle avait été mariée in extremis à Claude Petitguillaume, le garde-chasse du château, dont la femme venait de mourir en couches en même temps que son nouveau-né. Les vieilles du hameau, qui surveillaient l'arrondissement du ventre de la jeune fille, se réjouirent : le scandale d'une naissance illégitime était écarté et la vie punissait la trop belle Pascaline de son péché – ce qui n'était, après tout, que justice. Les voisines se doutaient bien qu'elle n'aurait pas la vie facile, la belle enfant, encore heureux que le bonhomme eût bien voulu d'elle. Tout le monde savait que le garde-chasse braillait et cognait, surtout quand il avait bu trop de goutte, ce qui arrivait souvent. En plus, deux mioches attendaient déjà les soins de la jeune épousée dans l'*hutau*[1] de la maison conjugale.

Le fringant capitaine avait disparu. On ne le revit jamais à Charnay. Avait-il forcé Pascaline ? Avait-elle

1. Mot de patois bressan. Salle commune de la maison paysanne de Bresse.

cédé de son plein gré, était-ce un amour partagé ? Elle ne confia jamais rien à personne, seul le confessionnal du curé Fléchon aurait pu dire le vrai.

Quoi qu'il en fût, le lendemain de l'enterrement de Pascaline, le prêtre se présenta au château et s'enferma longuement avec le comte Jean. Nul ne sut ce qu'ils se dirent, malgré les va-et-vient des servantes devant la porte close, mais dès le jour suivant le brave curé venait lui-même chercher le Guil. « Monsieur le comte a remarqué que tu n'es pas bête, lui assura-t-il, et a décidé que tu suivrais les cours du précepteur du château avec Monsieur Antoine. »

Antoine et le Guil avaient le même âge, nés à une dizaine de jours d'intervalle, et partageaient un autre lien que celui de cousinage par le sang : la mère de Guillaume avait servi de nourrice à Antoine. Ils étaient frères de lait.

Le lait de Pascaline n'avait pas donné le même résultat pour les deux nourrissons. Antoine devint un enfant rechignant aux efforts tant physiques que cérébraux, paresseux, imbu dès le plus jeune âge de sa supériorité de caste. Contrairement à lui, Guillaume s'avéra un gamin vif et intellectuellement précoce. L'instituteur et le curé l'avaient constaté, aussi étonnés l'un que l'autre de découvrir les signes d'une intelligence hors du commun chez un gamin d'un des hameaux de Fargy, qui plus est notoirement rossé par celui dont il portait le nom. Ses questions dérangeantes et ses réflexions au catéchisme surprenaient le prêtre, lequel par ailleurs se réjouissait de la facilité avec laquelle le gamin avait compris la fonction d'enfant de chœur. À l'école du village, il avait appris les rudiments en un temps record et lisait et écrivait couramment tandis que ses camarades en étaient encore à ânonner laborieusement leur b.a.-ba. Ni l'instituteur ni le curé ne furent surpris d'apprendre par la bouche du précepteur du château que le Guil avait rattrapé en seulement quelques semaines le niveau d'Antoine. L'enfant était aussi doué en mathématiques qu'en littérature française ou en latin et faisait montre d'une curiosité intellectuelle et d'une mémoire remarquables.

Le jeune Charnay en avait d'abord pris ombrage. Comment ce bâtard – c'est par ce mot que beaucoup le désignaient – pouvait-il se permettre de se montrer plus fort que lui et, de plus, au physique comme au mental ? Puis il comprit le bénéfice qu'il pouvait tirer d'un compagnon d'études aussi doué : Guillaume lui soufflait les réponses et rédigeait les exercices qu'Antoine n'avait plus qu'à recopier. Le précepteur faisait semblant de ne s'apercevoir de rien, ainsi tout le monde était content. Le comte Jean, ravi des soudaines bonnes notes de son fils, les mit certes un peu sur le compte de la bonne influence de Guillaume, mais surtout sur le développement de l'intelligence de l'héritier du nom.

Deux années plus tard, lorsque le comte décida que son fils entrerait comme pensionnaire chez les jésuites de Louhans afin d'y poursuivre ses études, le curé Fléchon revint au château discuter avec le maître des lieux, derrière la porte close de son bureau. Le lendemain, Jean de Charnay annonçait lui-même à Guillaume sa décision : il irait lui aussi au collège, ses études étant payées moitié par lui, moitié par Monsieur le curé.

À partir de cet instant, Guillaume fut convaincu que sa mère, en choisissant de mourir, lui avait acheté un autre avenir que celui auquel sa naissance le destinait.

Le froid qui s'instillait insidieusement à travers ses vêtements tira Guillaume de l'évocation de ses souvenirs. « Tu peux dormir en paix, maman. Bientôt, tu seras fière de moi, je te le promets. Ton sacrifice n'aura pas été vain. »

Transi, il quitta le cimetière, en pensant avec gratitude au vieux curé Fléchon, enterré à Louhans l'année précédente. Le prêtre, en lui offrant la connaissance, lui avait ouvert la porte de la liberté.

La belle et solide jument comtoise agita sa crinière aux tons de miel lorsqu'elle aperçut son maître revenir vers elle. Elle émit un discret hennissement de contentement lorsque celui-ci appuya son front contre le sien. « Ma belle, ma toute belle, je vais être obligé de te vendre et cela me fend le cœur. Allez, viens, on rentre », murmura le jeune homme d'une voix enrouée.

La jument s'ébranla au côté de Guillaume. Elle se dirigea d'elle-même vers son écurie, en poussa la demi-porte d'un coup de naseau comme elle en avait l'habitude, puis, une fois entrée à l'intérieur, fit volte-face pour se laisser débarrasser de son licol et quêter une caresse. Guillaume noua ses bras autour de l'encolure de l'animal et sentit ses yeux lui picoter. « Je ne t'oublierai pas, ma toute belle… » Poulo lui donna de légers coups de tête amicaux comme pour lui dire : « Je sais, ne t'en fais pas, tout ira bien. » Il traversa à tâtons sa salle de classe et s'étendit sans se déshabiller sur le lit de la modeste chambre de la maison d'école.

L'affaire était entendue. D'ici à quelques semaines, il dirait définitivement adieu au visage rouge du garde-chasse, au regard vide des gamins de sa classe qui tous semblaient être nés sous le signe de la résignation, voués sans révolte au destin asservi de leurs pères. Excepté sa fidèle Poulo, il ne regretterait rien, pas même les yeux bleus et les tresses claires de la jolie Mariette, une gamine de seize ou dix-sept ans qui savait faire pointer divinement dru ses deux seins sous son corsage. Elle lui tournait ostensiblement autour, ce qu'il feignait de ne pas remarquer malgré le désir impérieux qui lui nouait le ventre chaque fois qu'elle s'arrangeait pour le frôler. Il savait qu'un ventre arrondi pouvait se transformer en un piège redoutable.

Les yeux ouverts dans le noir, les mains croisées sous la nuque, il se remémora ses années passées chez les jésuites. À Louhans, dès le premier jour, il s'était imposé dans la cour de récréation du pensionnat en envoyant au tapis le fils de l'avocat Jeannin, que tous craignaient. Sa force physique alliée à ses excellents résultats scolaires ainsi qu'à un charisme naturel lui conférèrent rapidement un statut d'élève en vue. Le jeune paysan pouvait en outre en remontrer à n'importe quel fils de hobereau ou de bourgeois au sujet des bonnes manières, apprises avec autant de facilité que le latin ou l'arithmétique en côtoyant chaque jour Antoine de Charnay et son précepteur dans la salle d'étude du premier étage du château. Il parlait de surcroît un français citadin parfait, sans le moindre accent paysan et sans que jamais un mot de patois ne surgisse malencontreusement au détour d'une conversation, ce qu'aucun de ses camarades n'aurait laissé passer sans railleries appuyées.

Ses humanités achevées, il s'était senti obligé d'accepter la charge d'instituteur de Fargy sur le conseil pressant de ses bienfaiteurs, le bon curé Fléchon et le comte Jean. Il regrettait amèrement que sa situation ne lui permît pas de faire son droit à Lyon, comme Antoine. Il aurait aimé devenir avocat.

Bertrand de Charnay, son père biologique, mourut alors que Guillaume avait quinze ans. Il n'était jamais revenu à Fargy et n'avait jamais vu son fils naturel. Guillaume n'assista pas à la messe solennelle dite à la mémoire du capitaine, célébrée alors qu'il se trouvait en vacances d'été à Fargy. Tout le village s'était pressé pour assister à l'office derrière le premier banc de l'église, réservé à la famille Charnay. Même les plus mécréants des habitants du pays, et parmi ceux-ci Claude Petit-guillaume, s'étaient fait un devoir d'être présents, en habits du dimanche et chapeau à la main. L'église était pleine, on aurait dit un dimanche de Toussaint.

Le Guil pêchait dans la Seille lorsque les cloches appelant à la messe résonnèrent. Il prit un brocheton et deux tanches. La Claudine, troisième épouse du Claude, les fit griller sur son fourneau à trois marmites, sa fierté, que tout le pays lui enviait. Elle les partagea entre son mari, leur fils et elle : Guillaume et ses demi-frères se contentèrent d'une assiette de gaudes [1].

Les coups que son beau-père lui administra pour le punir de son absence le laissèrent indifférent. Personne au château n'évoqua jamais devant Guillaume sa filiation, pas plus le jeune Antoine que son père. Tout le monde savait la vérité, mais personne, jamais, n'en parlait.

La page du livre de ses années Fargy allait bientôt se tourner définitivement. Le passé s'éloignerait à jamais, l'avenir, enfin, allait prendre forme, loin d'ici. Apaisé, Guillaume s'endormit enfin.

---

1. Bouillie de farine de maïs, aliment de base en Bresse.

3

Domaine des Aubiniers

C'était jour de lessive à la *grand case*. Depuis l'aube, Sita œuvrait avec l'équipe des laveuses sous l'œil impitoyable de Rosalie, toujours à l'affût. Sa tâche consistait à remuer à l'aide d'un bâton le linge mis à bouillir avec la cendre dans de grands chaudrons, dans la cour de la buanderie. Elle avait ensuite aidé à le frotter sur une planche inclinée, un travail épuisant et fastidieux sur les taches rebelles. Quand l'heure du rinçage était venue, la troupe des laveuses était descendue avec les corbeilles de linge essoré au bord de la rivière Citron, vers une avancée de roches plates à fleur d'eau bien commodes pour s'y agenouiller.

Ensuite, de retour à la *grand case*, on avait préparé le travail du lendemain en mettant le linge sale à tremper. Lasse, les jambes tremblant de fatigue, la petite fille lanternait un peu en attendant que Rosalie donne le signal du départ. Soudain, un coup violent sur la tête l'envoya à terre. Rosalie était arrivée par-derrière sans que Sita l'entende et puisse esquiver la gifle.

La main brutale de la lingère l'avait ensuite saisie par les cheveux avant qu'elle n'ait eu le temps de se relever, sonnée par cette raclée inattendue. Rosalie, enragée, avait traîné Sita par terre en la tirant par sa tresse vers un baquet d'eau de lessive. D'un coup de genou dans le dos et d'une poigne violente, elle avait ensuite basculé la tête de la fillette dans le baquet. Elle lui avait maintenu plusieurs secondes le visage dans l'eau avant de la relever, toujours par sa natte, puis de lui replonger à nouveau la tête dans le baquet pour l'empêcher de respirer. Cela avait duré, duré, cela n'en finissait pas. Un coup en l'air, un coup dans l'eau, Sita étouffait, elle se noyait, cela faisait tellement mal, et Rosalie continuait, elle lui immergeait le visage dans le liquide sale, le lui retirait pour mieux la noyer à la seconde suivante, tout en hurlant : « Ça t'apprendra à travailler, bonne à rien ! Incapable ! Feignante ! T'es une moins que rien, une pire que ta mère ! »

Soudain, Sita n'avait plus rien entendu, la nuit était venue. La suffocation et la douleur dans sa poitrine et aussi toutes les choses du monde avaient été effacées d'un coup.

La première des choses du monde à revenir, ce fut le contact de la surface dure sur laquelle elle était étendue et qu'elle sentait à travers sa robe. C'était étrange, elle était allongée comme chaque matin, lorsqu'elle s'éveillait sur son *charpei* [1] de la case de Tantine Boulou, mais cela ne semblait pas être le matin et elle n'était pas sur son lit. Puis le silence de la nuit s'était dissipé ; ses oreilles s'étaient réveillées et avaient capté des voix autour d'elle. Sita aurait voulu parler mais c'était trop difficile, une immense fatigue l'en empêchait. Elle aurait voulu aussi ouvrir les yeux mais un poids pesait sur ses paupières et

1. Sorte de divan indien.

le lui interdisait. Elle reconnut la voix de Tantine Boulou qui n'arrêtait pas de dire : « *Leve twa ti tifi, leve twa!* (Réveille-toi, petite fille, réveille-toi!) » Une autre voix, une jeune voix française, celle de *Mam'zelle* Charlotte, la fille des maîtres, parlait d'envoyer chercher le docteur.

Enfin, le poids qui l'empêchait d'ouvrir les yeux était parti. Elle avait soulevé ses paupières et avait vu deux visages au-dessus du sien : le visage blanc et rose de *Mam'zelle* Charlotte et celui couleur caramel clair de Boulou.

Elle était étendue sur le banc de la table de la cuisine. Les yeux de Tantine pleuraient. Quelqu'un lui tenait une main, c'était *Mam'zelle* Charlotte.

« Comment vous sentez-vous ? » s'inquiéta la jeune fille, le visage soucieux et la voix pleine de bienveillance.

Sita était abasourdie. Elle n'avait pas l'habitude qu'on lui dise « vous », comme les Blancs parlent entre eux, et puis Charlotte, la *Mam'zelle* de la *grand case* aux boucles blondes, aux si jolies robes de mousseline claire, ne lui adressait qu'exceptionnellement la parole et ne lui avait naturellement jamais tenu la main.

« Je vais prévenir Madame », avait dit la jeune fille avant de disparaître.

Tantine avait aidé Sita à s'asseoir et s'était installée à côté d'elle, sur le banc. Alors la jeune fille avait grimpé sur les genoux de la cuisinière, comme quand elle était petite. La joue contre le coton rêche du sari de Tantine, ses bras autour de son cou, elle pleurait tout doucement, sans bruit. Boulou lui murmurait des mots apaisants à l'oreille : « C'est fini, fini, *Grand Madam* le saura, Rosalie ne recommencera plus... Plus jamais... »

Un peu plus tard, *Mam'zelle* Charlotte était venue la chercher. « Sita, s'il vous plaît, venez, vous pouvez marcher, n'est-ce pas ? Ma mère veut vous parler. »

Elle l'avait conduite dans la demeure seigneuriale, le long des portraits de vieux messieurs, tout aussi sérieux les uns que les autres dans leurs uniformes chamarrés, qui s'alignaient sur les murs du corridor. Sita avait l'impression que depuis leurs cadres dorés, ces visages peints la regardaient avancer dans la belle maison.

Mme de Castelregnault l'attendait dans le petit salon bleu, debout près de la baie ouverte sur la varangue, son éventail à la main. Sita ne s'était jamais trouvée en présence de *Grand Madam* dans son salon. La situation lui parut aussi étrange que magnifique, c'était comme si elle, une des petites servantes de la maison, avait été une invitée. Éblouie, elle embrassa du regard les guéridons, les canapés et fauteuils, les tapis et les tableaux, la vitrine fermée remplie d'objets précieux. Elle éprouva, fugitivement, le sentiment d'appartenir par sa présence dans ce lieu au monde des riches Blancs et non plus à celui des domestiques de la cuisine et de la buanderie.

Grand Madam la regardait venir vers elle d'un air très sérieux et Sita hésitait sur la conduite à adopter. Devait-elle saluer d'un *namasté* les mains jointes ou devait-elle s'incliner en une révérence comme celles qu'exécutaient les petites filles en jolie robe rose ou blanche qui, parfois, accompagnaient leur maman en visite au domaine ?

Sita n'hésita qu'une seconde. Elle fléchit un genou et plongea dans une révérence discrète mais presque aussi bien réussie que celle d'une pensionnaire des sœurs franciscaines du Port-Louis, ce qui déclencha un rire cristallin.

Grand Madam riait. « N'aie pas peur, Sita. Approche. »

Sita n'avait pas peur, mais elle ne comprenait pas ce qui faisait rire Mme de Castelregnault. *Mam'zelle* Charlotte la fit asseoir dans un fauteuil recouvert de soie bleue – un fauteuil de dame, pensa Sita. « Dis-nous la vérité, personne ne te punira », avait insisté *Grand Madam.*

Alors Sita avait raconté la tache rebelle sur le torchon déjà rincé, le flacon d'eau magique, celle qui enlève les taches, puis la colère de Rosalie quand elle avait senti l'odeur de l'eau de Javel, les paires de gifles et enfin le baquet d'eau de lessive.

Soudain, elle saisit un regard échangé entre Mme de Castelregnault et sa fille. Elle se tut aussitôt, intimidée. Aurait-elle dit une sottise ?

« Tu parles français ! »

La petite fille n'osa pas répondre et resta bouche bée. On l'avait invitée à entrer dans la *grand case* et à s'asseoir dans le même fauteuil que *Mam'zelle* Charlotte, alors elle avait trouvé normal de parler français, comme les propriétaires blancs du domaine, et non pas créole ou hindi comme on parlait à la cuisine ou dans la case de Tantine. C'était peut-être mal ? Elle ne savait pas.

« Comment as-tu appris à parler notre langue ? Réponds sans crainte.

– Je ne sais pas… Avec Germaine et Gertrude quand j'étais petite, et puis, en vous entendant parler avec *Missié* ou *Mam'zelle* Charlotte. »

Mme de Castelregnault et sa fille hochèrent ensemble la tête et ne firent aucun commentaire. Sita n'avait pas remarqué la moue de dédain qui s'était inscrite sur le visage de *Grand Madam* lorsqu'elle avait prononcé les prénoms de Germaine et de Gertrude.

« L'eau de Javel aurait pu provoquer un trou dans le linge. Tu n'avais pas à prendre cette initiative toi-même. Rosalie avait le droit de te punir, mais pas de cette façon. Cela ne se reproduira pas. Tu peux retourner à la cuisine. »

Sita avait résisté à la tentation d'une seconde révérence, craignant un autre rire de Madame.

Dans le salon bleu, Mme de Castelregnault resta longuement pensive, devant la baie, en agitant son éventail.

Cette gamine avait appris le français toute seule ! Et à faire la révérence ! « Si nos domestiques se mettent à singer nos manières, c'est le comble, le monde à l'envers ! Sans parler de sa peau presque blanche… Un jour, sa couleur va lui monter à la tête. Il faudra l'avoir à l'œil, on risque des problèmes avec elle. Et cette Rosalie qui se met à noyer mes servantes ! Quels soucis que de tenir une maison comme la nôtre, c'est harassant ! » soupira-t-elle.

Plus tard, Miss Mary, la préceptrice anglaise de *Mam'zelle*, apporta un sac de toile bise à Sita : un cadeau de la part de Mademoiselle Charlotte. Le sac contenait une robe, une jolie robe de petite fille blanche, en léger tissu de coton imprimé d'un semis de minuscules fleurettes, avec une ceinture rose fermée par un gros nœud.

« Mademoiselle Charlotte la portait à votre âge, elle est à peine défraîchie et devrait convenir à votre taille », précisa Miss Mary.

Sita en resta éberluée : c'était la première fois de toute sa jeune vie qu'elle recevait un cadeau aussi somptueux. Mais elle ne put guère profiter de sa belle robe : Tantine Boulou décida que ce ne serait pas convenable qu'une servante portât ce genre de vêtement. Qu'allaient dire les gens lorsqu'ils verraient Sita avec une tenue de petite fille blanche sur le dos! Ni les supplications de Sita, ni ses larmes ne la firent fléchir. Boulou semblait même en colère contre *Mam'zelle* Charlotte, et Sita se disait que le monde des grandes personnes était vraiment compliqué.

Tantine avait fini par rouler la robe en boule et l'avait jetée au fond du coffre. C'est là que Sita la récupéra dès le lendemain, la défroissa du plat de la main et l'emporta dans sa cachette.

Elle ne sut jamais si Rosalie fut punie. La lingère en tout cas ne noya plus Sita dans un baquet d'eau de lessive malgré l'envie manifeste qu'elle en éprouvait parfois, et si elle la frappait encore de temps à autre « pour t'apprendre à travailler correctement, espèce de feignasse! », c'était seulement quand elle savait que ni *Grand Madam* ni Tantine Boulou ne se trouvaient à proximité. Sita trouva que son sort s'était nettement amélioré.

Quelques semaines plus tard, Mademoiselle Charlotte fit appeler Sita dans le boudoir du piano, derrière le salon bleu de Madame. La jeune fille était en train de s'exercer sur l'instrument et Miss Mary semblait absorbée par sa lecture, assise sur la banquette cannée encadrée de tentures de soie grège brodée d'oiseaux étranges, de toutes les couleurs. Mademoiselle Charlotte et Miss Mary interrompirent ensemble leurs occupations dès que Sita s'encadra dans la porte ouverte.

« Entrez, Sita, et venez vous asseoir près de nous. »

Sita hésita. Madame serait fâchée si elle voyait l'une des servantes installée dans le boudoir avec sa fille…

« Oui, *Mam'zelle*.

– Sita ! S'il vous plaît, ne m'appelez plus *Mam'zelle* ! Je sais que vous parlez un français aussi bon que le nôtre, alors appelez-moi Mademoiselle, ou mieux encore, lorsque nous sommes entre nous, appelez-moi Charlotte !

– Oui, Mademoiselle Charlotte », articula clairement Sita en détachant bien les syllabes, les yeux fixés sur le portrait à l'aquarelle qui ornait le mur au-dessus du piano, une jolie jeune femme du passé en robe fleurie.

« À la bonne heure. Vous admirez ma grand-mère ? Elle était belle, n'est-ce pas ? Elle s'appelait Alice, comtesse du Bois de Roche par son mariage avec mon grand-père. Ils étaient tous deux nés en France et sont venus à l'isle de France quelques années avant la Révolution française. »

Sita ne savait pas ce qu'était la Révolution française, ni où se trouvait ce pays que les Blancs appelaient la France. La belle dame du portrait lui parut si captivante qu'elle décida sur-le-champ qu'un jour, elle s'appellerait Alice comme elle.

Sur le guéridon, devant la banquette, un livre d'écolier à la couverture défraîchie semblait traîner là, à une place qui n'était pas la sienne. Mademoiselle Charlotte s'en saisit, l'ouvrit au hasard. « Promettez-moi de nous dire la vérité, Sita. »

Le regard de Sita se promena, étonné et déjà inquiet, de Mademoiselle Charlotte à Miss Mary, en se demandant où elles voulaient en venir. Elle ne comprit que lorsque Charlotte lui tendit le livre ouvert en lui disant : « Lisez-moi cette page ! »

La petite fille rougit violemment et fondit en larmes. Elle serait punie.

La main apaisante de Miss Mary se posa sur son bras : « Non, Sita, ne pleurez pas, personne ne vous grondera, bien au contraire. Nous voulons seulement savoir si ce que l'on nous a raconté est exact. »

Rosalie Ducoreau, bien sûr, avait rapporté. La mauvaise Rosalie qui lui avait encore balancé une paire de gifles quelques jours auparavant lorsqu'elle avait surpris Sita, qui se croyait seule à la cuisine, à lire un vieux journal de *Missié* au lieu d'éplucher les racines de manioc et de songe du repas des servantes.

Mademoiselle Charlotte, toujours son livre à la main, renchérit : « Il faut nous faire confiance, Sita. Montrez-nous ce que vous savez. S'il vous plaît. »

Alors la petite servante saisit le livre ouvert et commença à lire, d'une voix claire et assurée, sans une hésitation.

« Mon Dieu ! C'est donc vrai ! s'exclama Miss Mary en portant les mains à sa bouche, les yeux si brillants que Sita crut qu'elle allait pleurer sans comprendre pourquoi. C'est incroyable ! Comment avez-vous fait ? »

Sita balança une seconde entre se taire et avouer. Son instinct lui souffla de dire la vérité, car Mary et Charlotte, en face d'elle, respiraient la sincérité bienveillante.

« Avec des livres que m'ont donnés Germaine et Gertrude… et aussi de vieux livres de classe que j'ai trouvés dans les poubelles que j'apporte à Bois Quille pour les brûler », confessa la petite fille en baissant les yeux.

« Toute seule ! »

Mademoiselle Charlotte et Miss Mary n'arrêtaient pas d'échanger des regards d'un air si ébahi que Sita crut bon de les rassurer : « Les livres d'école, c'est facile, pour lire. *Le Cernéen*, le journal de Monsieur Henri, est bien plus compliqué, il y a des mots que je ne comprends pas. S'il vous plaît, Mademoiselle Charlotte, ne dites à personne que je sais lire !

– Ce sera un secret entre nous, promis. Boulou le sait-elle ? »

Sita fit non de la tête.

La première fois qu'elle avait trouvé un vieux livre de classe dans la poubelle, Sita l'avait fièrement rapporté chez sa mère adoptive : « Regarde, Tantine, un livre d'école ! Je vais apprendre à lire comme *Mam'zelle* Charlotte ! »

Mais Tantine s'était fâchée. Elle avait crié que Sita perdait son temps alors qu'elle avait un sari à laver et bien d'autres choses plus importantes à faire que de s'abîmer les yeux sur les pages d'un livre. Elle l'avait jeté dehors.

Sita avait rincé le sari sans mot dire, mais dès que Tantine avait eu le dos tourné, elle avait récupéré le livre et l'avait caché. Ensuite, elle n'avait plus jamais reparlé à Tantine d'apprendre à lire et à écrire. Elle n'avoua jamais les autres livres trouvés dans les poubelles ni la cachette où elle s'exerçait… Boulou n'aurait pas compris et se serait encore mis en colère.

Papa Julius et Bois Quille, eux aussi, l'ignoraient. La lecture et l'écriture représentaient un monde qui n'appartenait qu'à elle seule.

Mademoiselle Charlotte hocha la tête, puis interrogea du regard Miss Mary.

« Gardez ce livre, je vous le donne. Je vais en trouver d'autres pour vous, on se reverra bientôt, nous reparlerons de tout cela. »

Quelques jours plus tard, Miss Mary vint chercher Sita dans les quartiers des servantes pour la conduire vers le boudoir. Mademoiselle Charlotte et elle avaient à nouveau à lui parler.

Sita aurait préféré que son secret ne soit jamais découvert car elle sentait confusément qu'en apprenant à lire et à écrire toute seule, elle avait franchi une frontière qui lui était interdite. Mais Charlotte accueillit la petite servante avec un sourire radieux, un sourire d'amie.

« Nous avons une grande nouvelle à vous annoncer. La cuisine et la buanderie, c'est fini. Vous allez seconder Lina et serez ma femme de chambre personnelle. Et ce n'est pas tout, Miss Mary a aussi quelque chose à vous dire !

– Madame a accepté que je vous fasse la classe quand le travail vous en laissera le loisir. Nous ferons de la grammaire et de la littérature française, un peu d'histoire et de géographie, de sciences naturelles, des rudiments de mathématiques, ce qu'une jeune fille éduquée doit savoir de nos jours. Qu'en dites-vous ?

– Un peu de piano vous plairait-il ? suggéra Charlotte. Cela m'amuserait de vous apprendre ! »

Sita, des gerbes d'étoiles plein les yeux, bouche bée, ne trouva pas le moindre mot à répondre. Mary et Charlotte étaient en train de lui offrir le savoir de n'importe quel enfant de *grand moune* blanc et c'était comme si un violent coup de vent, soudain, venait d'ouvrir une porte sur son futur. Elle allait vraiment devenir la princesse qu'elle était.

Spontanément, elle se saisit d'une des mains de Miss Mary et d'une autre de Mademoiselle Charlotte et les embrassa.

Après avoir découvert que Sita avait appris à lire et à écrire toute seule, Charlotte et Mary avaient longuement discuté. Elles avaient conclu de concert que cette jeune fille à l'intelligence et au courage au-dessus du commun méritait de sortir de sa condition. Avec enthousiasme, elles avaient ourdi ensemble un plan d'action au cours d'interminables discussions et c'était comme si leur vie bien monotone prenait une sorte d'envol.

Il fallait d'abord obtenir l'autorisation de Mme de Castelregnault pour que Sita n'ait plus à s'échiner à la buanderie et à la cuisine. La tâche en fut confiée à Charlotte et se révéla bien plus aisée que prévu : « Servante à la cuisine ou à votre service, après tout, si cela vous fait tant plaisir… », avait cédé sa mère en haussant les épaules.

La permission de soustraire quelques heures de travail pour cause d'apprentissage scolaire avait été bien plus difficile à faire accepter à Madame.

« Dieu lui a donné un destin de servante, à quoi bon l'ennuyer avec des exercices d'arithmétique, des poèmes à apprendre par cœur et que sais-je encore ?

– Maman ! Dieu lui a donné du courage et de l'intelligence et même une peau aussi blanche que la nôtre, et c'est à nous qu'Il l'a confiée pour qu'elle puisse cultiver ses atouts !

– Ma fille, vous prêchez aussi bien que le père Bosjean. Mais le père Bosjean lui-même vous ferait remarquer que Miss Mary est payée pour s'occuper de vous, pas des bonnes !

– Alors permettez à Sita de fréquenter l'école publique des Anglais, comme les garçons ! L'école est gratuite, vous savez. Je ne vois pas pourquoi les filles de coolies n'y seraient pas acceptées !

– Charlotte, ne dites pas de sottises ! Vous savez bien que c'est impossible. Imaginez cette miséreuse à l'école, et en plus, la pauvre, obligée de baragouiner le charabia des Anglais. Et puis, réfléchissez un peu : l'instruction ne pourrait que donner de mauvaises idées à cette servante, elle deviendrait désobéissante. Il est donc hors de question de lui apprendre quoi que ce soit d'autre que ce qu'elle doit savoir pour accomplir correctement sa tâche. »

Après plusieurs jours de siège argumenté, *Grand Madam* avait tout de même fini par capituler : « Charlotte, ma fille, vous m'épuisez. Qu'il en soit ainsi puisque vous y tenez tant ! Mais je vous préviens, si je remarque des négligences dans le travail de Sita, je mets fin sans délai à votre caprice. »

Elle y ajouta cependant une condition expresse, que Mary n'enseignât point d'anglais à Sita : « Pas question que j'entende à nouveau ânonner cette langue de barbare entre les murs de ma maison ! Que Paul et vous l'ayez appris était, hélas, nécessaire, mais il suffit. »

Charlotte et Mary promirent.

Elles n'avaient pas précisé à Madame que Sita connaissait déjà fort bien la langue de Shakespeare. Elle l'avait pratiquée avec ses compagnes de jeu, Germaine et Gertrude, les filles de Firmin Peltier, le petit planteur voisin, parfaitement bilingues puisqu'elles fréquentaient l'école anglaise, leurs parents n'ayant pas les moyens d'avoir une institutrice à demeure.

Moins d'une quinzaine plus tard, Charlotte déclara à sa mère qu'il lui fallait une demoiselle de compagnie, comme Sophie de Lamarre-Magnin en avait une, une certaine Alexandrine, une orpheline, fille d'un petit planteur ruiné de Bourbon.

Madame leva dans un premier temps un sourcil interrogateur. « Miss Mary ne vous suffit-elle pas ?

– Mais elle est vieille, Maman, elle a plus de trente ans ! Et puis elle n'est pas drôle, avec elle, je ne ris jamais !

– Qui vous dit, ma fille, que nous, les femmes, soyons sur terre pour rire ? Croyez-moi, tenir notre rang est une occupation qui ne laisse guère de place pour les distractions. Et puis, Miss Mary n'est pas payée pour vous amuser ! »

Charlotte jeta un discret regard en coin à sa mère ; à quinze ans, elle avait compris depuis longtemps que celle-ci ne poursuivait qu'un seul but dans la vie, se maintenir au premier rang de l'échelle sociale de la colonie. Le train de vie des Castelregnault, leurs nombreux domestiques, le luxe de leurs réceptions, leurs somptueux meubles venus jadis de France représentaient l'image de sa condition. Il n'avait pas échappé à Charlotte que sa mère ne paraissait jamais aussi heureuse que lorsqu'elle en imposait à ses visiteurs et provoquait la jalousie de leurs épouses. La jeune fille ne s'attarda pas sur l'obsession de sa mère et repartit à la charge : « Maman, j'ai envie d'une amie de mon âge à mes côtés. J'ai pensé à Sita, elle me paraît tout indiquée. »

Mme de Castelregnault avait réagi par de hauts cris : « Charlotte, vous n'y pensez pas ! Cette gamine a beau singer nos manières, elle n'est qu'une domestique indienne. Et ce n'est pas les cours que vous m'avez extorqués à l'usure qui changent sa condition. Cela ne serait pas convenable. Sans parler de sa couleur de peau

– je n'ose me demander où sa mère est allée la chercher ! Si ma cousine Hélène de Champfrenay, ou les Lamarre-Magnin, les Runes et les autres apprenaient que votre demoiselle de compagnie n'était qu'une fille de coolie, de quoi aurions-nous l'air ?

– Je meurs d'ennui, Maman !

– Mieux vaut mourir d'ennui que du choléra, ma fille, et puis, patience ! Vous irez bientôt dans le monde, vous le savez, dès l'année prochaine. En attendant, vous avez de multiples occupations, vos cours de piano, de danse, vous avez aussi un professeur d'équitation et vous aimez monter, bien que je préfère vous voir broder ou dessiner, mais bon… Vous lisez, vous vous promenez, que sais-je encore ! Mary est là pour vous instruire et vous tenir compagnie. Vous dites vous ennuyer, mais je vous rappelle qu'hier encore, vous avez refusé de m'accompagner en visite chez Mme Ferrière au motif que cela ne vous intéressait pas !

– Maman, je vous en prie, c'est trop important pour moi, permettez à Sita de devenir mon amie !

– Mais cela ne tient pas debout, Charlotte ! Non seulement cette Sita est une de nos servantes, mais en plus elle n'a même pas votre âge, elle n'a que douze ou treize ans tandis que vous êtes déjà une jeune fille !

– Mais Maman, justement, c'est ce qui me plaît, Sita serait comme une petite sœur, je pourrais lui apprendre tant de choses !

– Une petite sœur ! Ma fille, c'est grotesque. Ne me parlez plus de ce projet ridicule et laissez-moi, je vous prie, vous me lassez ! »

Charlotte était revenue à la charge, avait pleuré sans réussir à apitoyer sa mère, puis s'était tournée vers son père.

Henri de Castelregnault l'avait accueillie chaleureusement lorsqu'un soir, elle avait frappé discrètement à la porte du cabinet de travail qui lui était réservé à l'extrémité ouest de la maison et où elle n'entrait ordinairement jamais.

« Ma petite fille, que me vaut le plaisir de vous voir venir jusqu'ici ?

– Une affaire très importante, Papa, puis-je vous en entretenir ? »

Henri invita sa fille à s'asseoir sur le canapé de bois sculpté qui faisait face à son bureau, comme un visiteur de marque. Il se cala confortablement dans son fauteuil après avoir refermé son journal et l'écouta sans l'interrompre, tout en lissant sa moustache comme il en avait l'habitude quand il réfléchissait sur quelque sujet délicat.

Charlotte termina son exposé par un : « Mon papa, cela me ferait tellement plaisir ! »

D'habitude, « mon papa » fondait comme sucre dans le café chaud devant les mines de sa fille, mais cette fois-ci, il resta de marbre : « Votre maman m'a déjà parlé de cela, mon enfant. Elle a raison, c'est impossible. N'y pensez plus.

– Papa ! Pourquoi ?

– Vous n'êtes plus une enfant, Charlotte. Vous savez bien qu'on ne peut considérer comme nos égaux les gens de couleur, même si cette Sita – c'est bien comme cela qu'elle s'appelle, n'est-ce pas ? – semble aussi blanche que nous autres. Elle ne doit pas oublier sa condition, ce serait la porte ouverte aux pires problèmes. »

Charlotte n'ayant pas obtenu le succès escompté auprès de son père, Miss Mary décida donc de se mêler de l'affaire, confiante dans sa force de persuasion. Elle savait qu'Henri l'écouterait.

C'est que Monsieur Henri, autrefois, n'avait pas été insensible au physique anglais de Mary, des plus charmant, conjugué à un délicieux petit accent. Les lèvres pulpeuses de la gouvernante, couleur de fraise écrasée, et son teint de rose toujours jalousement préservé du soleil des tropiques par une ombrelle de soie blanche l'avaient séduit. Les robes strictes et austères de la gouvernante, le plus souvent dans des tons gris clair, au col de guipure blanche fermé par un camée, cachaient un tempérament de feu. Elle s'était montrée peu farouche devant les assiduités du maître des lieux, régulièrement rejoint à son bureau de la sucrerie à l'heure de la sieste. Henri, les yeux plongés dans ceux de porcelaine bleu pâle de Mary, empreints d'une sorte de mélancolie, avait aimé défaire ses cheveux clairs, mousseux, retenus dans un lourd chignon qui laissait parfois échapper quelques mèches follettes.

Mary manifesta au cours de leurs étreintes dans le discret boudoir aménagé derrière le bureau directorial un enthousiasme sincère et communicatif et une personnalité nettement plus inventive que celle des petites ouvrières de la sucrerie dont il faisait son ordinaire.

La relation avait duré plusieurs mois avant que tous deux ne se lassent. Henri était retourné à ses amours préférées, les jeunettes à la peau noire qu'il aimait bousculer sur le sofa du boudoir, quand ce n'était pas dans un recoin de l'usine, voire à l'abri d'un taillis près d'un de ses champs de canne.

Henri n'avait rien promis, Mary n'avait rien exigé, ils n'avaient partagé qu'un peu de bon temps. Il en restait une occulte mais réelle complicité entre eux.

Miss Mary était venue à Maurice sur un coup de tête, après, avait-elle avoué officiellement, une cruelle déception amoureuse dont elle n'avait jamais rien dit de plus. À son arrivée dans la famille, les supputations étaient allées bon train à l'heure du thé dans le salon bleu de Madame : son fiancé était mort quasiment à la veille des noces, croyait-on savoir. Non point, il en a préféré une autre, affirmaient certaines amies de la maîtresse de maison. Toutes ces dames tombaient d'accord pour s'apitoyer sur le destin de vieille fille qui attendait la pauvre miss, qu'on disait fille illégitime d'un riche Anglais et orpheline de mère. Son père naturel ne l'avait pas reconnue mais il avait tenu à ce que cette enfant reçoive une bonne éducation et avait pris à sa charge son inscription dans un pensionnat réputé. Elle y avait appris l'essentiel et beaucoup plus que cela, le goût des livres, de la conversation policée, de l'élégance réservée. À dix-huit ans, à sa sortie de l'institution, elle savait parfaitement comment se comporter en société, aussi à l'aise dans un salon huppé que dans une réunion de personnes lettrées. Sa culture, bien que superficielle, était grande.

Son passage au pensionnat l'avait également initiée à quelques jeux nocturnes en compagnie de certaines camarades, jeux que les dames patronnesses chargées de leur éducation n'avaient jamais soupçonnés.

Mary demanda donc audience à Monsieur Henri « pour un conseil concernant Mademoiselle Charlotte », ce qui lui fut accordé sur-le-champ.

Henri, tout sourire, yeux myosotis pétillants dans son visage poupin de bon vivant, l'accueillit lui-même à la porte de son bureau et la conduisit vers la partie salon qui en occupait un angle, avec un fauteuil et une banquette d'acajou à l'assise cannée jonchée de coussins de soie rouge brodés de dragons chinois.

Mary sourit discrètement en se calant contre les coussins. Elle savait que ceux-ci auraient pu raconter un certain nombre de scènes osées. C'était sur cette banquette qu'Henri et elle avaient l'habitude d'amorcer leurs ébats avant de les poursuivre dans le petit boudoir voisin.

Elle avait peaufiné sa liste d'arguments en faveur de leur projet. Elle s'y lança sans préambule dès que le même serviteur impassible qui leur servait le thé jadis lors de leurs rendez-vous galants eut déposé sur le guéridon aux sculptures ajourées un plateau supportant des rafraîchissements.

Carré dans son fauteuil, Henri l'écouta sans mot dire, caressant sa moustache, un vague sourire aux lèvres et les yeux fixés sur celles de la gouvernante, ce que ne semblait pas remarquer Mary.

« Vous voyez, Henri, Sita représente un tourbillon de vie. Votre fille semble s'étioler, aussi la vitalité de Sita serait à même de la sortir de cette morosité préoccupante. Elle apportera un souffle de vent tonique, vivifiant, dans l'existence privilégiée mais bien monotone de Charlotte.

– Hum…

– Je sais bien que Sita n'est qu'une servante, issue du milieu des engagés indiens, et je comprends que sa présence dans l'intimité de votre fille paraisse inadéquate, mais je suis certaine qu'elle sera bénéfique, vous verrez.

– Euh… vous croyez ? » Henri lissait toujours pensivement sa moustache, aussi attentif aux paroles de Mary qu'à la bouche qui les proférait.

« Et ce projet d'éducation d'une petite servante, reprit Mary, est une idée de votre fille. Je sais que vous allez me dire que ce n'est pas approprié, mais ne trouvez-vous pas que la tâche est exaltante ? Cela donne un but noble à nos journées, à Charlotte et à moi. Personnellement, je me sens galvanisée devant la volonté de votre fille. Charlotte pense avec raison que Sita mérite de s'élever au-dessus de sa condition. S'il vous plaît, Henri…

– Ma chère Mary, vous êtes un excellent avocat… Laissez-moi cependant y réfléchir un peu… »

Mary prit congé, en jetant un regard oblique vers la banquette depuis le pas de la porte : « Cher Henri, cet endroit me rappelle des moments merveilleux…

– Chère Mary, il ne tiendrait qu'à vous…

– Mon ami, mes souvenirs me sont chers… mais le passé est le passé, n'est-ce pas ? » murmura la gouvernante en déposant un baiser sur la joue d'Henri tout en effectuant un adroit déplacement latéral pour éviter, sans en avoir l'air, le bras qui allait enserrer sa taille.

Les arguments de Mary se montrèrent convaincants. *Cher Henri* trouva que l'idée de sa fille et de Mary n'était, après tout, pas si mauvaise que ça. *Pourquoi pas ?* se dit-il. *Transformer une petite servante en une demoiselle de compagnie éduquée, l'expérience peut se révéler intéressante.*

Henri avait promené pendant toute l'entrevue un regard émoustillé sur Mary sans pouvoir s'empêcher de s'attarder sur sa bouche si attirante. Il était bien placé pour savoir que cette apparence collet monté qui plaisait tant à son épouse ne correspondait en rien à la vraie personnalité de la préceptrice. Le ragot qui lui avait été colporté récemment le lui avait confirmé, ce qui rendait Mary encore plus excitante à ses yeux de vieux libertin.

Lors du dernier dîner au Mauritian Turf Club, le voisin d'Henri se trouvait être l'amant occasionnel d'une logeuse du Port-Louis. Or chaque jeudi, avec ponctualité, l'irréprochable Anglaise faisait atteler son boquet à deux roues pour se rendre au Port-Louis, au motif de « rendre visite à une ancienne camarade de pensionnat, une compatriote avec laquelle je suis bien aise de parler ma langue maternelle », se justifiait-elle. Cette « camarade » habitait chez la logeuse que connaissait le convive du Club. La visite était vraiment spéciale et cela durait presque tout l'après-midi, avait chuchoté son voisin de table à l'oreille d'Henri. La révélation était si croustillante que les fantasmes d'Henri s'étaient réveillés à l'égard de son ancienne maîtresse. Il aurait bien remis le couvert avec elle, mais Mary, cette fois, restait de marbre.

Henri de Castelregnault était un peu moins en proie aux préjugés que son épouse, et surtout il adorait sa fille, laquelle avait failli mourir quelques années plus tôt de la malaria. Il avait envie de lui faire plaisir. Françoise et lui avaient perdu deux enfants entre Paul et Charlotte, une petite fille morte des fièvres à deux ans, et un garçon, né avant terme, qui n'avait vécu que quelques heures. Il avait tremblé lorsque Charlotte, à son tour, était tombée malade et aujourd'hui encore il détestait la voir pâle et triste. Sincèrement à l'écoute de sa fille, il comprenait que celle-ci se languisse en compagnie d'une gouvernante à l'allure austère. Réflexion faite, il se dit que le projet d'éducation qu'elles avaient ourdi ensemble ne lui répugnait pas bien qu'il recelât un risque : que l'instruction monte à la tête de la gamine et la rende arrogante. Mais dans ce cas-là, il serait toujours temps de la renvoyer à son statut de fille de cuisine.

Hé hé, se dit-il aussi, *le tendron est bien joli : dans deux ou trois ans, elle sera des plus appétissante. Je ne suis plus aussi vert qu'il y a quelques années, mais un peu de chair fraîche ne pourra pas me faire de mal! Et puis, ça me changera des petites Négresses!*

Mme de Castelregnault s'inclina devant la décision de son époux de mauvaise grâce. Puis elle réfléchit. Son fils Paul allait revenir de Londres dans trois ou quatre années. Cette Sita aurait quinze ou seize ans, propre, pas vilaine à regarder, bien au contraire, avec sa peau blanche. Elle allait sans doute plaire à Paul, qui pourrait ainsi en disposer pour s'amuser un peu sans avoir à courir les Négresses dans les champs de canne, ce que son père n'avait jamais pu s'empêcher de faire.

Sita se retrouva donc promue du rang de petite servante corvéable à merci à celui de demoiselle de compagnie de la fille des maîtres de maison. Elle quitta la petite case de Tantine et de Julius pour habiter la *grand case*. Elle y disposait d'une chambre pour elle toute seule, voisine de celle de Charlotte, et dormait dans un lit à baldaquin aux rideaux de mousseline blanche. Elle avait abandonné son refuge du banian, n'ayant plus besoin d'une cachette pour étudier et pour ranger ses livres et cahiers. On avait descendu du grenier le petit bureau d'écolier d'acajou, de style anglais, qui avait jadis servi à Monsieur Paul. Dorénavant, elle avait le droit d'apprendre au vu et au su de tous.

Tantine avait pleuré lorsque Sita était venue lui expliquer la situation, vêtue de la jolie robe à ceinture rose que lui avait offerte Charlotte quelques semaines plus tôt et non plus pieds nus, mais chaussée de souliers de toile blanche, de vraies chaussures de demoiselle.

Julius avait parlé de chance.

« Non, avait répliqué Tantine dans un sanglot, ce n'est pas la chance, c'est le malheur qui nous arrive ! Avec les *grands mounes*, elle va oublier nos traditions, les dieux vont nous punir ! »

Tantine sentait que Sita, déjà vêtue comme une Européenne, lui échappait. Elle avait remarqué que sa fille adoptive ne portait même plus son *raksha sutra*[1], elle n'était donc plus protégée par leurs dieux. Sita leur avait avoué les leçons données par la préceptrice anglaise et avait confié, sans plus de détails, qu'elle savait déjà lire et écrire.

« Apprendre, c'est bien », lui avait dit Julius.

Tantine n'avait rien répondu mais dès que la jeune fille fut partie, elle s'exclama : « Apprendre à lire ! Non, ce n'est pas bien, ce n'est pas ça qui va lui donner un bon mari ! » Puis, après quelques instants de réflexion, elle avait ajouté : « On n'a pas le droit de s'opposer à ce que les dieux ont décidé pour nous ! Ils vont se venger ! »

Julius avait haussé les épaules, agacé.

Bois Quille n'avait pas craché par terre ni émis le moindre commentaire lorsque Sita était venue lui annoncer la nouvelle. Il avait simplement demandé à la jeune fille de revenir le voir de temps en temps. Elle avait promis.

La vie de Sita fut transformée du jour au lendemain. Elle ne portait plus que des robes d'Européenne offertes par ses protecteurs, cousues par Madame Rose, la couturière malgache de la famille. Celle-ci était une personne

---

1. Bracelet de protection contre les esprits malins ou le mauvais sort.

que l'on remarquait, bien en chair, toujours vêtue comme une Blanche de la bonne société et qui ne sortait jamais sans son chapeau, son ombrelle et ses gants de guipure.

La nouvelle allure de la jeune fille provoqua nombre de commentaires acides dans le petit monde des servantes indiennes de la maison, qui cachaient le plus souvent une féroce jalousie sous couvert de morale à l'égard de quelqu'un qui sortait de son rang. Tantine y mettait bon ordre sur son territoire. Elle avait cloué sèchement le bec à l'une des marmitonnes en sari, et depuis lors le sujet était soigneusement évité dans le périmètre de la cuisine. Mais dans le village indien, ça cancanait ferme derrière son dos sans qu'elle puisse intervenir. Elle savait que le puits où les femmes se retrouvaient pour la corvée d'eau était devenu un salon à commérages malveillants : « Vous l'avez vue, avec ses robes de *mam'zelle* ? Ses manières de Blanche, ça ne durera pas et ce sera bien fait !

– Boulou et Julius, ils feraient mieux de la marier !

– Elle se prend pour ce qu'elle n'est pas ! La vie va la punir, elle va se faire taper sur les doigts ! »

Les femmes et jeunes filles du camp ignoraient dorénavant Sita lorsque celle-ci se rendait chez Tantine, ce qui ne chagrinait pas outre mesure la jeune fille – leur monde n'était déjà plus le sien. Elle ne portait plus sur elle le vieux couteau sans manche : sa robe d'Européenne la protégeait du viol mieux qu'une amulette indienne ou qu'une arme.

Seule Lila avait témoigné de l'intérêt pour la nouvelle personne qu'elle était devenue, mais Lila n'était pas comme les autres. À cause de son boquet, de son cheval, de ses saris rouges brodés de minuscules miroirs qui étincelaient comme des étoiles et de ses longs cheveux portés libres, lustrés à l'huile de coco, les autres femmes la méprisaient. Elles attendaient que Lila ait terminé de puiser son eau pour se rendre à leur tour au puits. Mais Sita, malgré les mises en garde de Tantine, n'éprouvait pas de raisons de la dédaigner.

La jeune fille vêtue de sa « robe de *mam'zelle* » croisa un jour la proscrite en se rendant chez ses parents adoptifs.

« Ta robe te va bien. C'est vrai ce que j'ai entendu dire, tu sais lire et écrire ?

– Oui.

– On dit que Boulou n'est pas contente. Moi, j'aurais bien voulu que mes filles apprennent…

– Elles pourraient aller à l'école, Lila. »

Lila n'avait pas répondu et avait baissé la tête en rabattant sur son visage le pan du *pallu*[1] rouge bordé d'éclats de verre scintillants, comme honteuse. Sita en était restée déconcertée tant cette attitude ne ressemblait pas à Lila.

Les journées de l'ancienne petite servante étaient devenues douces. Sa tâche ne consistait plus qu'à distraire Charlotte ; elle l'accompagnait en promenade, à l'église, bavardait avec elle ou jouait à quelque jeu de société, dames, trictrac, jacquet ou cartes, le plus souvent en trio avec Miss Mary. Lorsque Charlotte travaillait son piano, lisait ou s'adonnait à quelque autre occupation, Mary lui dispensait ses cours.

Sita prenait dorénavant ses repas avec Charlotte et sa préceptrice dans la petite salle à manger aux meubles

1. Extrémité du sari rejetée sur l'épaule.

« Compagnie des Indes » ouverte sur la varangue arrière. La table ronde d'acajou foncé au piétement ajouré qui ressemblait à une dentelle de bois était nappée de coton blanc damassé, amidonné et repassé sous la responsabilité de Rosalie. On mangeait dans de ravissantes assiettes de porcelaine blanc et bleu venues d'Angleterre les mets qu'apportait Shana, une des petites aides de cuisine. Les premiers jours, Sita s'en était émerveillée, puis, rapidement, elle s'en accoutuma comme d'une chose naturelle. Sita ne servait plus, elle était servie.

Shana prenait une mine pincée lorsqu'elle lui présentait les plats, en évitant soigneusement de la regarder, partagée entre deux sentiments : la jalousie – pour qui se prenait-elle, cette Sita ! – et un sentiment de supériorité – elle allait bientôt se marier, elle.

Miss Mary, très pointilleuse sur les règles du savoir-vivre et du maintien à table, profitait de chaque repas pour parfaire l'éducation de Sita dans ce domaine. « Non, Sita, pas ces couverts-là, avec le poisson vous devez vous servir de ceux-ci. Mais sachez que chez mes compatriotes anglais, on n'utilise pas de couverts spéciaux pour le poisson. »

Sita apprit vite. En quelques jours, elle qui jusqu'à présent n'avait mangé qu'avec ses doigts, dans des feuilles de bananier ou des calebasses et assise par terre, se trouva aussi à l'aise à manier ses couverts à table que si elle avait grandi dans la famille Castelregnault.

Parfois, Charlotte et Mary dînaient ou déjeunaient dans la grande salle à manger avec Monsieur et Madame. Ces jours-là, la petite fille courait vers la case de Tantine et de Julius pour partager leur modeste repas de riz et de légumes, assise à même le sol de la case, comme avant.

Avant de revenir à la *grand case*, vers la vie qui était devenue la sienne, elle ne manquait jamais de s'arrêter chez Bois Quille. « *Ki manière, piti ?* » lançait le vieil homme en la voyant arriver, et tous deux s'asseyaient sur le banc devant la case, comme avant.

« Tu reviendras, petite ?

– Promis, Grand-Père Bois Quille », assurait Sita en prenant congé. Et elle tenait parole.

Parfois, Sita croisait encore Rosalie, qu'elle saluait d'un *namasté* auquel la lingère ne répondait jamais. Sita ne s'en offusquait pas car Bois Quille lui avait enfin expliqué comment « la vie avait été méchante » pour l'ancienne esclave.

« Un jour, avait raconté l'affranchi, les habitants [1] nous ont annoncé qu'on n'était plus des esclaves mais des apprentis. La période d'apprentissage, qu'ils disaient ! Mais ça, c'était seulement sur le papier, petite, dans le vrai, c'était toujours pareil, le travail dans les champs et le fouet du commandeur, et pas plus payés qu'avant. On ne pouvait pas changer de maître non plus. La liberté, tu parles ! La seule qu'on avait, elle était, comme avant, dans nos rêves... Écoute ce qui est arrivé à la pauvre Rosalie...

« Rosalie avait deux grands fils, des garçons de quinze et seize ans de son premier mari, de bien beaux gars. Les garçons de Rosalie, ils avaient une idée, ils y pensaient tout le temps, et cette idée, c'était qu'ils ne voulaient plus travailler dans les champs de canne. Ils voulaient vivre dans une *grand case*, porter de beaux habits et le même chapeau que *Missié* Henri. Plus encore que tout le reste, ils voulaient des souliers, de beaux souliers d'homme blanc.

---

1. Planteurs.

« Un jour, ils ont fait une grosse bêtise : l'un a envoyé un coup de pied au commandeur, et son frère s'est empressé de l'imiter. Tous deux ont été punis bien sûr, une nuit à la barre de justice. Apprentis et non plus esclaves, ça ne changeait rien à l'affaire. Petite, tu sais ce que c'est, la barre de justice ? C'était pas beau, ça, non, pas beau du tout. Les pauvres gars, ils y restaient attachés toute la nuit, plusieurs nuits de suite quelquefois. C'est long, une nuit au bloc[1] ! Le lendemain, on les détachait pour les envoyer travailler à la pioche avec les autres. Ils saignaient, avaient mal partout, tremblaient de fatigue et il fallait qu'ils travaillent. »

Bois Quille s'interrompit pour cracher par terre et resta un moment silencieux, perdu dans ses pensées.

« Qu'est-ce que je te disais ? Ah, oui, les deux garçons de Rosalie… Eh bien, le lendemain du bloc, dans la nuit, ils sont partis marrons. »

« En ce temps-là, beaucoup de marrons vivaient sur la montagne, là-bas, loin vers l'est, celle que les Blancs appellent le Morne Brabant. Ils y avaient construit un camp de cabanes et défriché quelques lopins autour, où ils faisaient de l'embrevade, du manioc, de la patate. Ils chassaient, pêchaient, ramassaient des herbes et des fruits sauvages et parfois, la nuit, descendaient dans les vallées d'où ils remontaient chargés de légumes volés, de volaille et même de bétail. C'est là que les garçons de Rosalie se sont réfugiés.

« Au pied du Morne, il y a la mer. Tous deux savaient qu'au-delà de l'eau, bien loin, existait un pays merveilleux la *Grand Terre* d'où les anciens étaient venus, jadis. Ils en avaient entendu parler par les vieux du camp

1. Autre nom de carcan, ou barre de justice.

comme d'un pays de cocagne où la vie était douce, sous les cocotiers. Alors, faute de pouvoir devenir aussi riches et aussi heureux que les Blancs, ils ont décidé de construire une pirogue pour partir vers cette terre fabuleuse. Ils ont travaillé des journées entières à creuser un tronc d'arbre avec des outils de fortune.

« Un soir, tout le camp a vu, effaré, une longue file de torches monter lentement vers le sommet du Morne : les soldats venaient les capturer pour les rendre aux maîtres ! Alors les deux frères se sont regardés sans mot dire. Ils savaient ce qu'ils avaient à faire, c'est ce qu'ils s'étaient promis mutuellement s'ils devaient être arrêtés avant que leur pirogue ne soit achevée. Ils ont lancé un dernier regard à l'embarcation à demi creusée et ils se sont pris par la main pour se donner du courage. Ils se sont dirigés vers le bord de la falaise et avant que les soldats n'atteignent le camp, ils se sont jetés, ensemble, dans l'abîme. Le lendemain, on a retrouvé leurs corps disloqués aux pieds du Morne, à moitié immergés dans l'océan. Ils se tenaient encore par la main.

« Les gens qui montaient au Morne n'étaient pas des soldats mais leurs frères noirs venus leur annoncer la fin des temps de malheur. On venait d'apprendre que le gouvernement avait définitivement aboli l'esclavage dans la colonie. Nous étions tous affranchis, cette fois pour de bon, il n'y avait plus ni apprentis ni esclaves, tout le monde avait le droit de porter des souliers. Les garçons de Rosalie étaient morts en hommes libres et ils ne l'ont jamais su. Leur pirogue inachevée, je sais qu'elle est encore là-haut.

« Tu vois, petite, les anciens croyaient que les âmes des suicidés rejoignaient le pays de leurs ancêtres, la

Grand Terre, là-bas, en Afrique, et c'était aussi ce que croyaient les gars de Rosalie. Ils se trompaient, petite, ils avaient tout faux. Les âmes des fils de Rosalie ne sont pas parties en Afrique, elles sont restées longtemps là où ils sont morts, à hanter les lieux. Ces deux garçons, ils étaient de mauvais morts, des morts avant leur heure. Leurs âmes souffraient et pouvaient à leur tour faire du mal aux vivants.

– Des fantômes !

– Non, petite, n'aie pas peur, plus maintenant. C'est loin, le Morne, mais j'y suis allé en charrette avec Rosalie et d'autres aussi. On a fait des offrandes de fleurs et allumé des bougies, on a honoré leurs âmes pour qu'elles ne souffrent plus et ne s'en prennent pas aux vivants. Maintenant, les gars de Rosalie, ils sont heureux là où ils sont. »

Sita avait pleuré en entendant la fin tragique des fils de Rosalie. Depuis ce jour, elle plaignait la matrone plus encore qu'elle ne la détestait.

D'après son institutrice, les progrès de Sita étaient époustouflants dans toutes les matières enseignées. Elle savait maintenant calculer de tête, elle écrivait de façon aussi soignée que Charlotte et lisait *Le Cernéen* sans qu'aucun mot ne lui échappe. Elle avait appris où situer les continents et les différents pays sur la mappemonde dont le sien, l'Inde d'où sa mère était venue jadis, et aussi la France et l'Angleterre. Mary lui avait enseigné les grandes lignes de l'histoire de France et les détails de la Révolution.

« Comment ai-je pu vivre jusqu'à présent en ignorant tout cela ! S'il vous plaît, Miss Mary, apprenez-moi encore, apprenez-moi tout ! s'écria un jour Sita, émerveillée de ce qu'elle découvrait.

– Ma chère petite, je vais faire de mon mieux ! » répondit sérieusement la préceptrice.

Sita découvrit qu'elle était douée pour le dessin et y trouva de l'agrément. Elle s'exerça au piano, mais sans guère de réussite malgré la patience de Charlotte qui s'était découvert une vocation de pédagogue. Les séances s'avérèrent fastidieuses pour elles deux et elles abandonnèrent rapidement. En revanche, Sita apprit avec facilité à jouer de la flûte avec Mary. L'enseignante, enchantée de son élève, revint un jeudi de son expédition hebdomadaire au Port-Louis avec une longue et mince boîte fermée d'un nœud de satin rouge. À l'intérieur, Sita découvrit, émerveillée, son cadeau : une jolie flûte de bois très clair, lisse et brillant, un véritable instrument venu d'Europe, et non pas cette sorte de flûte élémentaire fabriquée dans une tige de bambou creuse comme certains coolies en possédaient.

Le professeur de danse de Charlotte accepta une élève supplémentaire. Sita montra autant d'aisance et de plaisir que Charlotte pour enchaîner les pas avec grâce. « L'année prochaine, j'irai au bal et je vous y emmènerai dès que vous aurez seize ans ! » promit Charlotte.

Très vite, cette dernière supplia ses parents d'accueillir Sita à la grande salle à manger pour les repas où elle-même et Mary étaient présentes, puis à partager les après-dîners au salon. Son père accorda son autorisation sans hésiter, plein de curiosité à l'égard de cette gamine étonnante sur laquelle sa fille et la préceptrice ne tarissaient pas d'éloges. Madame leva les bras au ciel, exaspérée, mais capitula tout en prévenant son entourage :

« Si sa façon de se comporter avec nous ne me convient pas, je la renvoie d'où elle vient ! »

Sita ne fut pas renvoyée « d'où elle venait ». L'attitude de la petite Indienne était irréprochable. En bout de table, elle ne se trompait jamais entre les différents couverts ou verres et se servait avec élégance lorsque Pétrus, le maître d'hôtel noir, ganté de blanc, lui présentait le plat en dernier après que tout le monde eut été servi.

Discrète, la jeune fille ne se mêlait pas de la conversation, mais répondait avec charme aux questions posées et bien entendu jamais la bouche pleine et dans un français parfait. Elle se tenait bien droite, ses mains posées de chaque côté de son assiette, comme Miss Mary le lui avait appris. « Attention, Sita, l'avait mise en garde la gouvernante. Si vous étiez invitée dans une maison anglaise, vous devriez vous tenir différemment, les mains sur vos genoux, sous la nappe ! » La maîtresse de maison épia l'intruse, guettant la faute, mais en fut pour ses frais. Elle reconnut que le maintien de cette petite servante n'avait rien à envier à celui d'une vraie demoiselle. Elle la considérait d'un œil plus étonné que critique et Monsieur Henri se montrait même admiratif. Sita fut donc de plus en plus souvent conviée à partager la vie quotidienne familiale.

On l'invita une première fois à participer à un après-dîner au salon. En l'absence d'invités ou de visiteurs impromptus apportant une heureuse diversion, les après-dîners s'étiraient dans l'ennui. Henri lisait son journal en silence, Françoise brodait aux lumières du grand chandelier disposé devant un miroir ou feuilletait un exemplaire du *Journal des Dames et des Modes* arrivé de Paris. Parfois elle s'installait devant son ravissant bonheur-du-jour de marqueterie de bois précieux hérité de sa mère, encadré d'appliques supportant des bougies, pour se consacrer à quelque courrier. Charlotte dessinait en dissimulant ses bâillements ou jouait au trictrac avec Mary. Personne ne parlait et tout le monde bâillait, moins de sommeil que d'ennui, en attendant que le cartel qui trônait sur la commode Louis XV en noyer de Bourgogne indique l'heure où il était convenable de se retirer. Sita apporta de la gaieté et de l'entrain dans la monotonie des soirées : on se mit à jouer aux cartes, aux charades et aux devinettes. Parfois, à l'instigation de Mary, Charlotte et Sita chantaient ou jouaient de la flûte en duo. Les parents applaudissaient et plus personne ne guettait avec impatience l'heure du coucher.

Les prédictions de Mary se réalisèrent. Sita en permanence à ses côtés, Charlotte reprit goût à la vie et devint en quelques semaines une jeune fille plus rieuse et heureuse de vivre qu'elle ne l'avait jamais été. Henri et Françoise de Castelregnault ne purent que le constater et s'en féliciter. Eux-mêmes reconnurent que la présence de Sita égayait le quotidien de toute la famille.

Une amitié complice se noua entre les deux jeunes filles. « Promettons-nous que nous n'aurons jamais de secrets l'une pour l'autre ! » avait exigé Charlotte. Sita avait promis de bon cœur et, pour gage de sa sincérité, avait emmené Charlotte visiter son refuge du vieux banian.

« Vous êtes la seule personne au monde à qui je l'ai montré. Ni Tantine ni Mary ne la connaissent !

– Que c'est beau ! s'était enthousiasmée Charlotte. Comme je vous admire ! Sita, vous êtes mon amie pour toujours ! Non, vous n'êtes pas mon amie, vous êtes ma sœur ! » avait-elle conclu.

Elles se promenaient bras dessus, bras dessous, riaient des mêmes choses, lisaient les mêmes livres et les commentaient ensuite. Leur préféré était *Paul et Virginie* de M. Bernardin de Saint-Pierre, que Charlotte connaissait quasiment par cœur pour l'avoir lu et relu de multiples fois. Ses grands-parents Castelregnault avaient même bien connu l'auteur, un ami de la famille, affirmait Charlotte. Les deux jeunes filles et Mary s'étaient rendues une fois au bord de l'océan, face à l'île d'Ambre, là où le *Saint-Géran* s'était abîmé sur les rochers et où Virginie était morte noyée. Elles avaient pleuré de concert sur la fin tragique des deux amoureux, rabrouées par Mary qui trouvait cette attitude bien exagérée.

« Elle m'énerve, Mary, à être toujours derrière notre dos! Et puis elle devient parfois grincheuse, vous ne trouvez pas? » avait chuchoté Charlotte un jour où Mary les avait empêchées de partir seules en promenade.

Sita, par discrétion, et aussi par loyauté envers Mary qui se montrait si généreuse de son temps avec elle, n'avait pas osé acquiescer mais avait elle aussi remarqué les mouvements d'humeur de la préceptrice.

Charlotte avait pris l'habitude de passer souhaiter une bonne nuit à Sita dans sa chambre. Les deux jeunes filles aimaient s'attarder avant de dormir à échanger quelques confidences. « Ouf, enfin tranquilles! » soupirait Charlotte à mi-voix en s'asseyant sans façon sur le lit de Sita.

Un soir, presque au bord des larmes, elle avait pris les mains de Sita dans les siennes : « Sita, promettez-moi de rester avec moi, promettez-moi que nous resterons toujours amies, même quand je serai mariée! »

Sita avait juré, la main sur le cœur : « Je vous dois tout, Charlotte, jamais je ne vous abandonnerai! » Les deux jeunes filles, spontanément, s'étaient embrassées pour sceller la promesse. « Vous êtes ma petite sœur », avait répété Charlotte.

Leur conversation s'était ensuite orientée vers un sujet qui les concernait toutes deux, comme il concernait toutes les jeunes filles de la colonie et d'ailleurs : leur mariage, perspective attendue avec curiosité par Charlotte mais qui rendait Sita anxieuse. Elle avait maintenant treize ans et la menace d'un mariage ourdi par sa famille et par celle d'un jeune garçon du camp indien se rapprochait. Elle était plus que jamais profondément déterminée à lutter pour ne pas être asservie à une union imposée.

Et Tantine continuait à assommer sa fille adoptive de conseils – « Si j'étais toi, je dirais oui à celui-là, tu n'en trouveras pas de mieux! –, de sous-entendus, voire de menaces : « Méfie-toi, ma petite, si tu continues à te prendre pour une *mam'zelle*, aucun garçon convenable ne voudra de toi! »

Sita ne savait plus quoi dire et, parfois, pleurait de rage. *Je me sauverai, je me tuerai, mais ils ne me marieront pas de force, jamais.*

Charlotte et elle s'étaient interrogées sur l'acte mystérieux qui allait se passer le soir de leurs noces et dont elles n'avaient qu'une très vague idée. Charlotte était d'avis que cela devait faire très mal, opinion que partageait Sita, qui se souvenait du bâton brun dressé qui sortait du dhoti de Jimmy. Mais, s'interrogeaient-elles, pourquoi le fait-on, si cela fait mal? Charlotte chuchotait qu'elle avait entendu à plusieurs reprises Lina gémir dans la chambre du maître d'hôtel Pétrus, derrière la cuisine. Sita rétorquait que si cela faisait mal à Lina au point d'en crier, pourquoi ne refusait-elle pas de pratiquer la chose ? Elles auraient bien aimé être renseignées d'une façon précise, mais le thème était si scabreux que jamais elles n'oseraient en parler à quiconque, et surtout pas à leurs mères.

Il leur arrivait d'évoquer le sujet des épousailles avec Mary, mais la conversation ne tournait qu'autour de généralités de bon ton, nouveaux mariages annoncés ou commentaires au sujet des toilettes à porter dans ce genre de circonstances. Il était inenvisageable de lui poser des questions claires sur ce que l'on appelait en baissant la voix « l'acte de chair ». La préceptrice aurait coupé court au motif que cette conversation était indécente. Et puis, Mary n'était-elle pas aussi ignorante qu'elles-mêmes, puisqu'elle n'était pas en puissance de mari ?

Le statut de célibataire de la gouvernante n'inspirait que compassion, voire pitié, mais il ne paraissait nullement l'affecter. Sur ce sujet matrimonial, Mary proférait par ailleurs des idées bien originales : « Charlotte, sauf miracle, vous n'aurez pas la chance d'échapper à un mari ! avait-elle déclaré un après-midi, à l'heure du thé, dans le boudoir du piano. Mais vous, Sita, qui sait, votre ange gardien vous protégera peut-être d'un tel destin ! » Elle avait dit cela d'un ton rêveur, en jetant un regard plein de complicité à Sita.

« Pourquoi dites-vous cela, Miss Mary ? » s'était étonnée Sita.

Mary n'avait pas voulu développer sa pensée, laissant les deux jeunes filles dans l'incompréhension.

Sita aurait bientôt quatorze ans et elle n'était même pas promise. Boulou n'en dormait plus, elle y pensait nuit et jour. Sita aurait déjà pu être mariée dix fois si elle l'avait bien voulu. Les refus systématiques de sa fille la déconcertaient : « Pas question, Tantine ! Je ne veux pas me marier avec celui-là ! » Elle n'avait pas huit ans qu'elle s'opposait déjà à eux, en piétinant, rouge de colère. À l'époque, cela faisait rire Tantine et Julius. Mais maintenant, ni l'un ni l'autre ne s'en amusaient. Même Julius, qui avait toujours montré de l'indulgence envers Sita, commençait lui aussi à se poser des questions. Une fille non mariée à bientôt quatorze ans… Ils étaient en passe de devenir la risée de tout le camp indien.

Boulou plaidait avec insistance : « Ma colombe ! Pourquoi ne veux-tu pas épouser celui-ci ? Il est beau, sa famille est l'une des plus honorables, pourquoi ?

– Tantine, je me marierai un jour, mais pas maintenant. Et puis, moi, je me marierai par amour. »

Boulou, tourmentée, haussait le ton pour soutenir la cause : « Si nous attendons trop, aucun mari ne voudra de toi !

– Tant mieux ! répliquait Sita.

– Ne fais pas l'enfant. Tu sais bien que l'on ne peut pas vivre sans mari ! Une femme sans mari ne vaut rien ! »

Sita ne répondait pas et s'enfuyait dehors pour mettre un terme à cette conversation. Sa mère finissait par hausser les épaules et se raisonnait. Sa fille serait bien obligée d'accepter un prétendant, comme tout le monde. Aucune femme ne peut refuser de se marier, ce serait comme empêcher l'eau de la rivière de couler de la source vers la mer. On n'a jamais vu une rivière couler en sens contraire.

Charlotte, quant à elle, ne faisait pas mystère de son avenir matrimonial, son sort étant quasiment réglé, ce dont elle ne s'offusquait pas : elle se savait promise, bien que rien ne soit officiel, à Jacques de Lamarre-Magnin. Jacques était le fils aîné, donc l'héritier du domaine Lamarre, l'une des plus belles plantations de la colonie et dont les propriétaires, Édouard et Anne de Lamarre-Magnin, étaient amis de ses parents. Jacques se trouvait toujours en Europe, à achever ses études, et Charlotte attendait son retour avec curiosité, mais sans réelle impatience.

« Sita, promettez-moi que vous ne vous marierez jamais ! avait déclaré un soir Charlotte à l'heure des confidences.

– Et pourquoi donc ? s'était étonnée la jeune fille.

– Mais, nous ne pourrions plus être amies, et je ne veux pas vous perdre ! »

Sita n'avait pas saisi pourquoi Charlotte et elle ne pourraient plus être amies si un jour elle devenait une femme mariée. Elle ne comprit qu'après que Charlotte eut enchaîné en soupirant : « Vous, vous serez obligée d'épouser un Indien et vous vivrez dans un village indien. Moi, je vais me marier avec Jacques, nous ne pourrons plus nous fréquenter. »

Sita avait dégluti sans trouver de réponse. Charlotte venait de dresser une sorte de mur entre elles deux. Décontenancée et blessée, elle choisit de poursuivre sur le futur mariage de Charlotte : « L'aimerez-vous, ce mari que vous n'avez pas choisi ?

– Bien obligée, puisque je n'en connais pas d'autres ! » avait répliqué Charlotte d'un air volontairement si sombre que cela avait déclenché une crise de rire contagieuse, qui fit oublier à Sita la réflexion de Charlotte.

Les deux amies s'esclaffaient si bruyamment que Miss Mary en fut alertée. Elle fit irruption dans la chambre de Sita pour trouver les jeunes filles en chemise, assises au bord du lit et pliées en deux de rire.

Mary, les lèvres serrées, visiblement fort contrariée, avait renvoyé Charlotte chez elle, au prétexte que cette attitude n'était « pas convenable ».

« On dirait qu'elle n'aime pas que nous soyons amies ! » avait soupiré Charlotte le lendemain.

Sita, par discrétion, n'avait rien ajouté, mais elle trouvait elle aussi que Mary devenait de plus en plus bizarre. Elle croisait souvent le regard appuyé de la gouvernante et s'en sentait gênée sans bien savoir pourquoi.

4

En mer, à bord du Shangrila

Le jour se levait sur les voiles gonflées du trois-mâts le *Shangrila* ; il cinglait vers Maurice à bonne allure, cap au vent, de tout son gréement déployé. Il arriverait au Port-Louis en fin d'après-midi si les vents ne tournaient pas, avait annoncé le capitaine la veille.

Sur le pont, l'officier de quart effectuait sa ronde et deux matelots à quatre pattes flanqués chacun d'un seau d'eau, brosse en main, récuraient à grands gestes énergiques le plancher de bois. Tous les passagers dormaient encore dans les cabines, excepté Guillaume. Réveillé avant l'aube par l'ivresse de l'arrivée imminente, il se trouvait à la proue, le regard tendu vers le lointain, scrutant avidement la silhouette allongée qui se dessinait au loin, immense navire aux mamelons mauves flottant sur l'horizon, au-delà de l'indigo profond de l'océan. Les premières mouettes étaient déjà venues saluer les voiles tendues dans le vent, et un bel oiseau à queue fourchue – une frégate, lui avait dit l'officier de quart – planait silencieusement autour du sommet du grand mât. Pour rien au monde il n'aurait voulu manquer cet instant, la naissance de la terre au loin.

Il emplit ses poumons d'une grande goulée de brise de l'aube, délicieusement fraîche, et sourit tout seul au jour qui se levait. La lumière de l'aurore, aux transparences de perle irisée, lui sembla être celle d'un matin de commencement du monde.

Quatre mois plus tôt, les biens d'Antoine de Charnay avaient été liquidés en un temps record grâce aux bons offices du notaire de Saint-Germain. Les deux jeunes gens avaient ensuite rallié Paris en diligence, où une agence leur avait vendu un passage sur le *Shangrila*, le prochain navire prévu au départ de Londres pour Bombay, et qui ferait escale à Maurice trois mois plus tard.

Antoine tomba malade en embarquant sans que le chirurgien[1] du bord ne s'en inquiète de prime abord : « Le mal de mer! Rien à faire, mais pas de souci : dans moins d'une semaine il sera amariné et il n'y paraîtra plus. »

Malheureusement, une semaine plus tard, puis deux, puis trois, Antoine n'avait toujours pas pu quitter la couchette de la cabine qu'il partageait avec Guillaume. Depuis que le *Shangrila* avait levé l'ancre, il n'avait pratiquement jamais pu se nourrir, ne gardant rien, si ce n'est un peu d'eau. Il n'avait, bien sûr, pas pu se montrer à la salle à manger, ni même quitter sa cabine, ne serait-ce que pour une brève promenade sur le pont. Le teint cireux, il passait des heures entières à somnoler, couché en chien de fusil, apathique, sauf quand de violentes douleurs au ventre le tordaient en lui arrachant des gémissements. Guillaume, impuissant à le soulager, veillait le malade sans faillir, se faisant apporter ses repas

1. Infirmier.

pour n'avoir pas à le laisser seul. L'infirmier, démuni devant l'état d'Antoine, avait prévenu un autre passager, le seul médecin présent à bord, un missionnaire anglican qui avait été jadis médecin de campagne avant de devenir pasteur. Celui-ci ne cacha pas son inquiétude. Il avait diagnostiqué une pérityphlite [1].

Au large des côtes du Sahara occidental, l'état du comte empira. Victime d'un violent accès de fièvre, il ne reconnaissait plus son compagnon de voyage et délirait, marmonnant des propos incohérents. Le chirurgien et le pasteur-médecin comprirent que la science médicale serait impuissante. Ce fut le chirurgien qui suggéra à Guillaume de faire venir auprès du malade un autre passager, le prêtre catholique français qui se trouvait à bord, en route pour Bourbon.

Guillaume-Antoine de Charnay mourut à l'aube.

Guillaume resta un long moment recueilli auprès du corps de son frère de lait. Puis il mit rapidement de l'ordre dans les papiers et bagages avant de se présenter à la cabine du prêtre qui avait administré les derniers sacrements à Antoine pour lui annoncer son décès.

Il le pria aussi de l'entendre en confession, sans tarder, ce que le missionnaire ne put refuser malgré un accès de nausée : même cloué sur une couchette par le mal de mer, on ne prive pas un pénitent des secours de la religion.

Le secret de la confession scella à jamais le mensonge de Guillaume.

Tous les passagers, le capitaine et quelques marins non occupés aux tâches indispensables se groupèrent sur le pont autour de lui pour assister aux obsèques en mer

1. Appendicite.

du défunt. Le prêtre français, toujours alité n'avait pu se lever pour célébrer l'office des morts. Le pasteur anglais accepta de célébrer les funérailles, bien que le défunt fût catholique.

À la fin de la cérémonie, le corps d'Antoine de Charnay enveloppé de son linceul blanc glissa lentement vers l'océan le long du plan incliné. Sa dépouille se fondit sans un bruit dans les douces ondulations bleues d'une houle légère, dans le silence recueilli des participants. On n'entendait que les gémissements du vent dans les drisses, telle la complainte d'une pleureuse funèbre.

Le corps de Guillaume-Antoine de Charnay avait été confié à l'océan sous le nom de Guillaume Petitguillaume, instituteur de son état, né à Fargy, département de Saône-et-Loire, fils légitime de Claude Petitguillaume et de défunte Pascaline Bugnet.

Guillaume Petitguillaume, dit le Guil, n'était plus.

Dès son retour en Europe, le capitaine ferait suivre à l'administration française l'avis du décès en mer de son passager.

Guillaume eut un peu de peine en pensant au vieux Philibert Monard, le maire de Fargy, qui recopierait de sa belle écriture calligraphiée l'avis de décès sur les registres d'état civil de la mairie. Philibert Monard aimait bien le Guil, et essuierait une larme sincère en le regrettant.

Guillaume savait que dans les hameaux, les langues iraient bon train et, contrairement à celle du maire, ne montreraient pas la moindre indulgence à l'égard du supposé défunt : « Quel imbécile, ce pauvre Guil ! Il avait une si bonne place à Fargy, une bonne paye chaque mois, et sans se fatiguer ! »

« Il en a gros sur la patate, le Troisvalets ! Il a nourri le gamin pendant des années et celui-ci fout le camp, pour mourir bêtement au lieu de lui rendre ses sous ! »

« Le Guil, il a été puni ! Il a visé trop haut ! »

« Il s'est fait taper sur les doigts ! »

« Il était bien comme sa mère, allez ! Elle se croyait, la Pascaline, vous vous souvenez ? Quel besoin elle avait d'aller avec un comte ! Elle aurait marié le Pierrot qui la voulait, il n'y aurait pas eu tout ce malheur ! »

Guillaume se présenta aux passagers du navire sous le nom qui désormais était le sien, Guillaume-Antoine de Charnay. Il priait ses interlocuteurs de l'appeler Guillaume dès qu'un courant de sympathie réciproque s'était établi. Le décès de son compagnon de voyage fit du jeune homme la coqueluche du bord : on se disputait l'honneur de distraire de son chagrin ce jeune aristocrate français. Tous s'accordaient à le trouver aussi aimable que distingué et cultivé, et si généreux de surcroît ! Il avait soigné avec un tel dévouement son malheureux ami jusqu'à la fin, et avec tant de constance, qu'on n'avait pas encore pu faire sa connaissance tant il répugnait à abandonner le malade seul dans sa cabine.

Bien que n'ayant jamais quitté jusque-là sa Bresse natale, Guillaume s'était amariné le plus naturellement du monde et se montrait aussi à l'aise à bord qu'un habitué des voyages au long cours.

L'une des passagères à s'être entichée de Guillaume était Lady Margaret West, une dame de forte corpulence d'une cinquantaine d'années qui se protégeait de son ombrelle chaque fois qu'elle s'enhardissait à faire quelques pas sur le pont tant elle avait peur du soleil.

Elle rejoignait son mari, un général en garnison à Maurice. Elle s'offrit à donner des leçons d'anglais au jeune homme. Guillaume accepta avec reconnaissance : l'anglais étant la langue officielle de l'île, il savait que sa maîtrise lui serait indispensable, bien que le français y fût d'usage courant. La dame était accompagnée de sa fille, une fade gamine de quinze ou seize ans, et il devint vite évident que la mère n'aurait pas été hostile à un rapprochement franco-britannique entre les deux jeunes gens. Mais Guillaume, tout en se montrant aimable avec elles deux, échafaudait un autre projet. Une autre passagère, Lady Victoria Nobleddon, une grande et belle rousse au teint de lait qui avouait vingt-cinq ans, faisait route vers Bombay elle aussi pour y rejoindre un époux officier. Elle complétait très aimablement les cours de Lady West par la pratique de la conversation.

Lorsque le navire se trouva encalminé au niveau de l'équateur dans une chaleur étouffante, elle proposa de prolonger l'exercice à l'abri de sa cabine. La chose parut du plus haut intérêt aux yeux de Guillaume et il prit l'habitude de s'y adonner avec enthousiasme, chaque nuit, et souvent aussi aux heures brûlantes de la sieste.

Dans l'intimité de la cabine de Victoria, Guillaume apprit beaucoup, mais peu en anglais. Il découvrit avec ravissement que la jeune femme détenait des compétences qui auraient pu en remontrer à la Titine, de la rue des Vieilles-Boucheries à Louhans, qui pourtant était censée en connaître un rayon puisqu'elle faisait commerce de ses charmes, ou plutôt de ce qu'il lui en restait. Elle avait la réputation d'avoir dessalé plusieurs générations de futurs bacheliers du collège des jésuites, à qui elle concédait un prix au rabais. Antoine et le Guil avaient été parmi eux.

Un pas lourd sur le pont arracha Guillaume à sa rêverie. Sans avoir à se retourner, il reconnut le pas de son nouvel ami, John Claridge, un important négociant londonien d'une cinquantaine d'années, lequel se rendait à Maurice pour ses affaires.

« Avez-vous passé une bonne dernière nuit à bord, mon jeune ami ? » s'enquit le Britannique sans laisser paraître la moindre trace d'ironie. Guillaume répondit tout aussi aimablement. Il savait que John occupait une cabine voisine de celle de Lady Nobleddon et, la nuit précédente, Victoria et lui s'étaient dit adieu sans refréner leur passion.

Guillaume avait si bien su tirer profit des enseignements des dames anglaises du bord qu'il était désormais capable d'entretenir une conversation simple en anglais, à la grande fierté de Lady West, son professeur principal. La langue de Shakespeare lui permit de sympathiser avec le négociant devant la cible du jeu de fléchettes. Guillaume avait gagné une première partie malgré un roulis peu propice, et avait eu la bonne idée de laisser John prendre sa revanche au cours de la partie suivante. Une semaine plus tard, il devenait un habitué de la table de whist, après qu'il eut accepté de faire le quatrième pour rendre service à John, Lady West et Lady Nobleddon. Tous trois, passionnés de whist, se mirent en tête de lui en apprendre les règles. Les cartes lui plaisaient et, en quelques séances, Guillaume tint fort honorablement sa place à la table de jeu.

John Claridge l'invitait souvent aussi à disputer une partie d'échecs. Contrairement au whist, dont Guillaume ignorait jusqu'au nom avant de monter à bord, il maîtrisait plutôt bien les subtilités de ce jeu de stratégie depuis ses années de pensionnat chez les jésuites. Tous deux passaient de longues heures autour du damier, complètement absorbés par leurs tactiques. De partie d'échecs en partie de whist ou de fléchettes, d'une conversation à bâtons rompus à une autre, l'homme d'affaires fut séduit par l'énergie du jeune Français tout autant que par sa culture. Ils avaient eu une longue discussion sur les différences entre le droit français et anglais. C'est que Guillaume avait opportunément mis à profit sa claustration forcée au chevet d'Antoine pour étudier les livres de droit de celui-ci. Il ne se fiait guère à ce qu'Antoine était censé avoir retenu après plusieurs années d'études et avait insisté pour qu'il emportât ses livres de cours car la connaissance du droit pouvait leur être bien utile dans leur nouvelle situation.

Les conversations entre Guillaume et John devinrent de plus en plus personnelles au fil des milles et des parties.

« Pourquoi donc quitter un pays où vous jouissiez d'une position pour vous lancer dans l'inconnu ? s'était enquis l'Anglais un soir après le dîner, en prenant le frais dans les fauteuils d'osier du pont, tout en humant en connaisseur son verre de cognac français. Non, laissez-moi répondre ! L'argent, bien sûr, on ne va aux colonies que pour faire de l'argent. Loin de moi l'idée de vous en blâmer ! Moi-même, je ne m'inflige ces trois mois de navigation que pour mes affaires.

– L'argent, oui, bien sûr, je ne peux vous le cacher, mais pas seulement. Connaissez-vous, mon cher, la force du mot "ailleurs" ? C'est un mot qui a carillonné à mes oreilles durant toute mon adolescence. Jeune adulte, ce mot a continué à me hanter. Je pourrais aussi vous parler de soif de liberté, un moteur encore plus puissant que le goût pour l'argent.

– La liberté, l'aventure ! Comme je vous comprends ! Moi-même, à votre âge... Mais pardonnez-moi de refréner votre enthousiasme : il faut que vous sachiez que les colons de Maurice considèrent leur île comme une prison. Ils vous diront que l'océan et l'éloignement les enferment aussi sûrement que des barreaux.

– Cher ami, je vous assure que l'on peut éprouver un sentiment d'enfermement ailleurs que sur une île perdue au milieu de l'océan Indien.

– Besoin de vous libérer d'un carcan, n'est-ce pas ? »

– Vous voyez juste, John, reconnut Guillaume en échangeant un regard entendu avec son interlocuteur. Maintenant que je n'ai plus mes parents ni aucune famille proche, rien ne me retient face à l'appel du grand large. Cette île, une prison pour ceux qui l'habitent me dites-vous, sera pour moi la terre de tous les possibles. Là-bas, je serai un homme neuf. Il me tarde d'arriver. »

John avait souri : « Que j'aime votre énergie juvénile, Guillaume ! Maurice sera donc ce que vous en ferez, espace de liberté et non d'exil ou d'enfermement. Mais dites-moi, pourquoi avoir choisi Maurice, l'Anglaise ? Vous auriez pu jeter votre dévolu sur une possession française, Bourbon ou les Antilles, par exemple.

– Un vieux rêve d'enfant », confia Guillaume en souriant.

Il n'eut pas besoin de mentir pour évoquer son précepteur, un ancien séminariste féru d'îles tropicales qui ressentait une inclination particulière pour l'isle de France et l'avait transmise à son élève. Il relata à John les séances de lecture de chaque matin sur un roman du siècle dernier qui semblait passionner le jeune enseignant, *Paul et Virginie*, lequel avait pour cadre l'isle de France, l'actuelle île Maurice. L'auteur décrivait l'île comme un paradis tropical où s'épanouissait une nature généreuse et amicale. Après la séance de lecture, l'enseignant commentait et s'étendait sur l'histoire, la géographie. Il racontait souvent des histoires de voyages extraordinaires ou des batailles navales et de corsaires : « Il connaissait les aventures de Robert Surcouf par cœur, le corsaire qui, pardonnez-moi, John, taillait des croupières aux vaisseaux de Sa Gracieuse Majesté dans les eaux de l'océan Indien du côté de l'isle de France. Les yeux de mon précepteur brillaient alors d'une étrange flamme, le rouge de l'excitation colorait ses joues pâles et moi, du haut de mes dix ans, je buvais ses paroles...

– Et il vous contait des histoires de trésors perdus que de mystérieuses énigmes transcrites sur de vieux grimoires permettraient de dénicher ?

– Naturellement ! Que d'histoires de coffres remplis d'or et de pierreries ne me suis-je pas racontées !

– Nombre d'aventuriers ont perdu leurs forces, leurs biens, et même leur vie à croire à ces légendes.

– Certes, John, certes, mais comprenez l'effet de ces histoires sur l'imagination d'un enfant de dix ans qui s'ennuyait ferme dans sa province boueuse ! À l'évocation de ces aventures, je vibrais de la même ivresse que mon maître. Combien de fois n'ai-je pas posé mon doigt sur un emplacement minuscule de la mappemonde, celui de l'isle de France perdue dans les mers du Sud ! La pluie battait les vitres, l'humidité glacée transperçait les vieux murs, et moi, je fermais un instant les yeux en rêvant du jour où j'accosterais dans ce paradis !

– Pardonnez-moi de vous décevoir à nouveau, mon jeune ami, mais les tropiques ne sont un paradis que dans les romans. Dans la réalité, ils sont tristes, ils sont âpres. On s'y bat souvent, la nourriture manque parfois, on y est malade et on y meurt beaucoup. Mon dernier associé est décédé d'une mauvaise fièvre, de celles que l'on ne contracte que dans ces régions du monde, lors d'une épidémie qui fit des milliers de victimes. Le précédent était mort de mort violente, assassiné en 1841 par trois malheureux affranchis affamés qui, certes, ne lui voulaient pas de mal, ne s'intéressant qu'à sa bourse, mais Peter avait eu le tort de la leur refuser. »

Guillaume avait confié à John son projet de s'établir planteur, mais le Britannique, qui connaissait bien Maurice, avait à nouveau douché son enthousiasme. Il lui avait fait valoir que les bonnes terres à canne étaient si recherchées par les colons en place qu'il était quasiment impossible pour un nouveau venu d'en acquérir, sans parler du prix de ces terres, démesurément élevé.

« J'emprunterai, si ma fortune ne suffit pas ! avait tranché Guillaume. N'y a-t-il pas de banques dans cette île ?

– Bien sûr qu'il y a des banques ! La Banque commerciale, la Banque de Maurice, pour ne citer que celles-là… Mais l'argent manque dans la colonie, il est rare et il est cher. La situation financière est mauvaise, beaucoup de colons sont lourdement endettés. Cela représente un handicap pour le développement du territoire. Avez-vous pensé également à la main-d'œuvre dont vous auriez besoin ? Vous savez que mon gouvernement a heureusement supprimé le statut d'esclave en dépit des cris d'orfraie de vos compatriotes planteurs.

Ces malheureux esclaves ont été remplacés par des travailleurs libres, indiens, sous contrat, mais malgré les arrivées qui se succèdent, les planteurs manquent de main-d'œuvre. Les meilleurs sujets sont évidemment recrutés dès leur descente du bateau par les colons en place. Je crains que vous ne rencontriez les plus grandes difficultés à mener à bien votre projet.

– Mais alors… que me conseilleriez-vous ? avait demandé Guillaume, désappointé.

– J'ai une idée, mais laissez-moi y réfléchir avant de vous en parler », avait répondu le Britannique.

Cette idée, John l'avait développée quelques jours plus tard.

Il était en quête d'un associé à Maurice pour remplacer son partenaire décédé quelques mois plus tôt. Le travail consisterait à tenir le bureau de commerce du Port-Louis, à organiser la vente dans la colonie du contenu des cales des navires venant d'Europe ou d'Orient et à remplir ces mêmes navires de produits des Indes ou de Chine – soieries, pierres précieuses, thé, cachemires, bois rares – pour alimenter la maison mère de Londres.

« Je vous observe depuis plusieurs semaines. Vos qualités feront de vous un excellent négociateur. Le métier ne s'improvise pas, mais ne vous alarmez pas, je vous épaulerai le temps de mon séjour dans la colonie, et je sais que vous apprendrez vite. Votre mise de fonds sera modeste par rapport à celle dont vous auriez besoin pour vous établir planteur et je pense pouvoir vous prédire une rapide et importante augmentation de votre fortune. Qu'en pensez-vous ?

– John, votre confiance m'honore.

– Je tiens aussi à vous dire que dans une colonie telle que Maurice, le négoce n'est point métier à déroger pour un sang-bleu. »

Guillaume s'était incliné légèrement en signe d'assentiment. « Certes, John. J'ai ouï dire qu'un de mes lointains parents du temps de Sa Majesté Louis le Bien-Aimé, officier de la Compagnie des Indes, pacotillait[1] avec succès ; il aurait ainsi bien remis du fumier sur nos terres ! »

Le négociant sourit en retour à son interlocuteur – ces aristocrates français étaient incorrigibles – et les yeux de celui-ci se perdirent un instant dans l'océan indigo profond.

Sang-bleu, songea Guillaume. Rien n'avait changé, tout avait changé. Il était toujours lui-même avec son ambition, son énergie, son courage, mais en même temps plus rien n'était comme avant, tout devenait facile, les portes s'ouvraient devant lui comme par enchantement. Le modeste instituteur de Fargy, sous le nom du comte Guillaume-Antoine de Charnay, arrivait à Maurice nanti de tout ce qu'il n'aurait jamais obtenu sous le nom de Guillaume Petitguillaume. Il lui avait suffi d'effacer son statut de fils de paysan pour qu'on le considère différemment, comme si le fait de coller une étiquette de grand cru sur une bouteille de vin commun pouvait en changer le contenu.

Pour l'heure, les deux hommes scrutaient les contours de l'isle de France, aussi impatients l'un que l'autre de mettre pied à terre.

---

1. Les officiers de la Compagnie des Indes ou de la Royale avaient le droit dit « de pacotille » d'embarquer des marchandises qu'ils revendaient pour leur propre compte.

« La crête un peu triangulaire, la plus haute, à notre droite, vous voyez ? dit Claridge. C'est la montagne de la Découverte. À cette heure, un drapeau blanc flotte déjà là-haut pour annoncer l'arrivée de notre clipper ! Je gage que l'agitation gagne toute la colonie, l'arrivée d'un navire d'Europe est un tel événement ! Au port, les marchands se préparent, les porteurs de bagages sont déjà à pied d'œuvre, et dans les riches maisons, les dames sont en effervescence et se disputent déjà les couturières en prévision des tissus et dentelles d'Angleterre qu'elles espèrent voir arriver ! Et encore, elles ne savent pas qu'un jeune comte français est à bord. Quand elles l'apprendront, toutes les mères de jeunes filles à marier se battront pour vous inviter ! »

5

Domaine des Aubiniers

La chaleur pesait en cette fin de matinée asphyxiée d'une épaisse brume, sans un souffle d'air. La belle demeure des Castelregnault semblait baigner dans une vapeur d'étuve qui estompait tout, l'allée solennelle soulignée de sa double rangée de hauts flamboyants qui menait à la cour d'honneur, la belle toiture de bardeaux à quatre pentes, les varangues aux deux niveaux sur chaque face, soutenues par de longues enfilades de colonnes de pierre – on en comptait soixante-douze en tout, affirmait Charlotte qui se souvenait d'avoir dû les dénombrer un jour, une punition donnée par sa gouvernante.

Sous la varangue arrière, Charlotte et Alice profitaient d'une fraîcheur toute relative grâce à l'exposition à l'ouest, abritée du soleil du matin. Charlotte avait installé son métier à broder et semblait concentrée sur son ouvrage, une rose aux multiples nuances d'une interminable pièce au demi-point destinée à recouvrir l'un des fauteuils de sa chambre. Alice lisait *Le Cernéen*, le journal qu'Henri de Castelregnault lui faisait remettre après l'avoir lu.

Plus de deux années s'étaient écoulées depuis le jour où Rosalie avait failli noyer Sita dans un baquet d'eau de lessive.

Aujourd'hui, Sita avait quatorze ans et elle n'était plus Sita, sauf pour Tantine Boulou et Julius. Elle s'appelait désormais Alice, et Alice devenait belle à ravir. Ses yeux mordorés pétillaient d'intelligence et de gaieté sous des cheveux couleur de jais sagement disciplinés en une tresse ou même de plus en plus souvent en un chignon bas qui transformait l'adolescente en une belle jeune fille au visage à l'ovale parfait, au corps mince et gracile.

À son arrivée auprès de Charlotte, Sita avait pris l'habitude de les accompagner, Miss Mary et elle, à la messe chaque dimanche matin à l'église de Pamplemousse. La solennité des célébrations, les vêtements liturgiques du prêtre, bien plus majestueux que ceux du pandit[1], les chants de la chorale dans une langue inconnue – du latin, avait précisé Charlotte –, tout l'enchanta. Les cortèges de statues de saints et de saintes au visage si doux, les yeux levés vers le ciel et les mains jointes, lui parurent infiniment plus amicaux que l'idole bleue aux multiples bras ou celle à tête d'éléphant devant lesquelles Tantine Boulou déposait des offrandes de fleurs ou de fruits. Et puis surtout, la souffrance de celui qui était cloué sur une croix derrière l'autel l'émouvait profondément. Elle décida de devenir chrétienne.

Charlotte, paroissienne moyennement assidue mais fervente croyante, mise dans la confidence, en fut ravie. Une âme de plus apportée à Notre Seigneur Jésus-Christ, et grâce à elle !

---

1. Prêtre hindou.

Sita fit part de sa décision à M. et Mme de Castelregnault et sans hésiter sollicita d'eux l'honneur de tenir pour elle les rôles de parrain et marraine. Tous deux en restèrent sans voix dans un premier temps.

Henri tint conseil avec sa femme le soir même. « Je ne m'attendais pas à ça ! soupira-t-il, visiblement contrarié.

– Marraine d'une servante qui joue les demoiselles de famille, quelle situation incongrue ! » renchérit son épouse, suffoquée. Elle, la comtesse de Castelregnault, marraine d'une fille de coolie !

Bien calé dans son fauteuil, Henri lissa sa moustache en silence. Il resta pensif encore quelques instants puis se décida : « Cela ne se refuse pas, le père Bosjean nous le dirait lui-même. Après tout, nos grands-parents aristocrates n'étaient-ils pas parrains et marraines d'une ribambelle d'enfants de leurs paysans ou de leurs domestiques ? Nous ferons donc preuve de charité chrétienne.

– Henri, n'en appelez pas à la charité chrétienne, vous savez bien que vous vous en moquez comme d'une guigne ! Tout autant que de la messe du dimanche, à laquelle vous préférez et de loin vos chevaux de course et vos amis de l'hippodrome du Port-Louis ! »

Henri éclata d'un rire sonore, ce qui fit hausser les épaules d'exaspération à son épouse.

« Vous avez bien raison, ma chère Françoise, admit-il quand il se fut calmé. Je préfère, et de loin, mes chevaux et mes amis de l'hippodrome à la messe, et ne prétendrai jamais le contraire ! Et puis, ne jouez pas les paroissiennes modèles avec moi, s'il vous plaît, vous n'allez à la messe que pour exhiber vos dernières toilettes et rencontrer vos amies et relations ! Ne me reprochez pas mes chevaux et mes courses ; vous-même, pour rien au monde, vous ne manqueriez la saison de notre Turf Club, n'est-ce pas, autre occasion d'étaler vos nouvelles robes et de trôner dans la loge que j'achète à grands frais pour cette occasion !

– Henri, je ne vous permets pas...

– Allons, Françoise, pas d'hypocrisie avec moi ! Je ne vous blâme pas, croyez-moi ! Je suis content que vous partagiez mon intérêt pour la saison des courses et je comprends que le grand avantage de la messe du dimanche réside dans l'occasion de rencontrer le monde et de se montrer ! Cela dit, il nous faut accepter la demande de Sita », conclut-il avec une nuance de regret dans la voix.

Henri et Françoise étaient aussi réticents l'un que l'autre à devenir le parrain et la marraine de Sita, mais pour des raisons bien différentes.

Françoise de Castelregnault détestait mélanger les genres : « Chacun à sa place, on ne mêle pas les torchons et les serviettes. C'est une règle de bon sens pour que le monde tourne rond. » Et devenir la marraine d'une fille de coolie, charité chrétienne ou pas, c'était une situation parfaitement déplacée, en complète contradiction avec ses principes.

Henri, quant à lui, regrettait bien autre chose. Il guettait avec gourmandise les jeunes seins qui commençaient à pointer sous le corsage de mousseline de Sita, ses sourires plus que charmants qui dévoilaient une rangée de ravissantes petites dents – si blanches, si parfaites, de vraies perles – et sa taille qui s'affinait, élancée. Bientôt, quel mets de choix à mettre dans un lit pour un vieux libertin comme lui !

Personne dans la colonie ne se scandaliserait jamais de le voir entretenir une liaison avec un tendron affichant le quart de son âge, pas plus qu'avec une servante, y compris déguisée en demoiselle de compagnie de sa fille. Mais avec une filleule ! Cela ne serait vraiment pas convenable, même pour des esprits aussi peu religieux que le sien et celui de la plupart de ses amis.

Il finit par se résigner. Il serait le parrain, et ne toucherait donc jamais cette gamine qui lui faisait déjà tant envie.

Sita choisit les prénoms chrétiens d'Alice et de Françoise pour son baptême, choix qu'elle justifia auprès de sa marraine : « Alice en honneur de feu Madame votre mère, la comtesse Alice du Bois de Roche, et Françoise en votre honneur, Madame. »

La cérémonie avait été expédiée sans tambour ni trompette, en fin d'après-midi, un jour de semaine, par le père Bosjean. Seuls le parrain et la marraine assistèrent à l'événement, ainsi que Charlotte et Mary. Alice portait une jolie robe blanche prêtée par Charlotte, ses compagnes lui ayant affirmé d'une même voix qu'une tenue blanche était indispensable pour ce genre de cérémonie. Alice avait été un peu déçue par la brièveté du rite, elle aurait aimé davantage de solennité. Le prêtre avait mis un cierge allumé dans sa main, avait psalmodié un texte en latin auquel elle n'avait rien compris, puis avait versé un filet d'eau sur sa tête en prononçant une autre formule, dans laquelle elle n'avait saisi que les mots d'Alicia et Francisca.

De retour à l'habitation, la nouvelle baptisée fut conviée à partager le dîner dans la grande salle à manger et à sa place habituelle, en bout de table. Au moment de la crème renversée à la vanille, elle sollicita l'autorisation de dire quelques mots.

« Madame ma marraine, Monsieur mon parrain, permettez-moi de vous adresser mille mercis et de vous dire ma gratitude pour tous les bienfaits que vous me prodiguez. Merci aussi à vous, Charlotte, mon amie, pour m'avoir montré le chemin de Notre Seigneur Jésus-Christ. Et merci à vous, Miss Mary, qui par votre enseignement patient travaillez à élever mon esprit… »

C'était si gracieusement dit que Charlotte et Mary en eurent les larmes aux yeux. Henri lissait sa moustache en souriant paternellement, et même Madame se surprit à sourire à cette nouvelle filleule bien avenante. Son sourire se crispa cependant quelque peu lorsque Alice termina son discours : « Madame ma marraine, Monsieur mon parrain, m'autoriserez-vous à vous appeler Marraine et Parrain ?

– Mais bien sûr, ma chère enfant ! » répondit spontanément Henri en ignorant le regard furieux de son épouse.

Plus tard, Alice se décida à annoncer la nouvelle à Boulou, inquiète de la réaction de sa mère adoptive face à son changement de religion. Boulou, qui pourtant critiquait durement Bois Quille de fréquenter l'église des Blancs, haussa les épaules sans protester. Seul son changement de prénom la chagrina et elle assura à sa fille que pour elle et Julius, elle serait toujours Sita et non pas Alice. Puis elle parla d'autre chose : une nouvelle proposition de mariage lui avait été transmise par une entremetteuse. Mais pour une fois, Boulou ne reprocha pas à sa fille son refus exaspéré ; Julius et elle étaient d'accord pour ignorer cette démarche-là, jugée saugrenue.

Pour l'heure, en ce jeudi matin d'été étouffant, sous la varangue, les deux jeunes filles semblaient sagement absorbées dans leurs occupations, mais ce n'était qu'une illusion : elles guettaient l'invité que toute la famille attendait pour le déjeuner. Depuis la veille, une atmosphère d'effervescence animait l'habitation.

Un cousin inconnu venu de Bourgogne, la région d'origine de la famille de Madame, avait débarqué au Port-Louis quelques semaines plus tôt et s'était présenté par un billet, apporté par un courrier à cheval. Il avait reçu en retour une invitation empressée – lorsque l'on vit emprisonné dans une île du bout du monde où tout le monde se connaît, la venue d'un étranger, de surcroît un jeune cousin aristocrate, constitue une fête.

Toute la colonie était déjà au courant de l'arrivée du jeune comte Guillaume de Charnay. « L'unique héritier d'une famille d'aristocrates bourguignons, de très ancienne noblesse terrienne abondamment titrée. L'un de ses ancêtres fut compagnon d'armes de Charles le Téméraire. Plus récemment, un de ses arrière-grands-pères s'est illustré à la bataille de Fontenoy et ses grands-parents, fidèles monarchistes, ont échappé de peu à la guillotine au moment de la Révolution ! »

La rumeur s'était propagée dans tous les salons qui comptaient à Maurice, attisant la curiosité. On savait qu'il était le nouvel associé de John Claridge, bien connu sur l'île car propriétaire de la plus grosse maison de commerce anglaise présente dans la colonie, ami proche de Lord Gomm, le gouverneur, et apparenté à son épouse. À peine débarqué, le jeune comte de Charnay avait installé ses bureaux sur le port et recruté des collaborateurs. Un confrère, négociant à la réputation de requin redoutable, s'était déjà vu rafler une cargaison venue de Chine à son grand étonnement.

Guillaume n'avait pas pris plus de retard dans les mondanités que dans les affaires. Il avait immédiatement été présenté au gouverneur et à Lady Gomm par son associé John Claridge lors d'un cocktail à la nouvelle chambre de commerce qui venait d'être créée. Dans la foulée, il avait été convié à un grand dîner offert par le général et Lady West, au cours duquel Claridge et lui avaient retrouvé le gouverneur et son épouse. On avait vu Lord Gomm converser longuement avec le jeune homme. Lord et Lady Gomm avaient été séduits par ce nouveau venu et celui-ci avait été prié de dîner dès la semaine suivante au château du Réduit. On se disputait déjà sa personne : il avait été vu chez Charles d'Épinay et au château de la Bourdonnais, chez les Wiehe. Les on-dit allaient bon train dans les salons des *grands cases*, tous louaient l'élégance, la prestance et la conversation de Guillaume de Charnay. Surtout, il était riche : « Une très jolie fortune, vous savez, chuchotait-on avec envie. Il a vendu ses biens en France, des châteaux, des domaines… Sans doute aussi un beau portefeuille de valeurs… »

Un parti bien prometteur, concluaient silencieusement les mères des jeunes filles à marier en se demandant comment attirer le comte dans leurs salons, si possible avant leurs amies.

Françoise de Castelregnault n'était pas la dernière à se sentir galvanisée par la venue de ce jeune cousin inconnu et elle aussi échafaudait quelques supputations. Jacques de Lamarre-Magnin, le promis officieux de sa fille, tardait au-delà du raisonnable à rentrer d'Europe…

Elle avait réfléchi pendant plusieurs jours au menu du déjeuner, craignant qu'un mets ne convienne pas au palais raffiné de son invité français. Elle avait assommé la pauvre Tantine d'ordres et de contrordres à lui en donner le tournis, avant de se décider pour un gratin de palmiste en lieu et place des huîtres initialement prévues et de la vieille rouge [1] à la chair délicate, pêchée du matin et qui serait apportée du littoral à bride abattue. Elle avait beaucoup hésité sur un civet de cerf, craignant que ce plat ne soit trop banal, mais s'y était finalement arrêtée, se souvenant que les aristocrates français pratiquaient la chasse et devaient donc apprécier le gibier.

Pour l'heure, elle se trouvait encore dans ses appartements à se faire coiffer. Tout en surveillant dans son miroir à main les progrès des anglaises naissant du savoir-faire de sa coiffeuse, elle contemplait avec satisfaction son image. Ses grands yeux sombres étirés vers les tempes, ses cheveux auburn, souples et ondulés, et ses traits intacts malgré une quarantaine bien dépassée ne trahissaient pas son âge. Elle avait cependant un souci : quelle robe et quels bijoux serait-il opportun de porter pour cette occasion particulière ?

Sous la varangue, les deux jeunes filles avaient réglé dès le matin cette importante question. Charlotte avait opté pour la robe neuve de fine toile jaune paille que Madame Rose venait de terminer et Alice portait une ravissante robe de percale légère d'un vert d'eau très pâle, nouée d'une large ceinture vert foncé.

« Est-il aussi séduisant qu'on le prétend ? » se demanda Charlotte à haute voix, tout en cherchant à enfiler un fil rouge récalcitrant dans son aiguille à broder, les sourcils froncés.

---

1. Poisson local très apprécié.

Alice releva les yeux de sa page de lecture et sourit, amusée : « Charlotte ! Si votre futur fiancé vous entendait !

– Pas de danger, ma chère Alice, vous savez bien qu'il se plaît à rester en Europe, ma voix ne porte pas si loin, n'est-ce pas ? »

Les deux amies se sourirent avec connivence. Il y avait plusieurs années que Jacques ne semblait nullement pressé de revenir à Maurice. Il ne paraissait pas plus pressé de se marier. Cela ne contrariait pas Charlotte outre mesure : elle se souvenait à peine de l'adolescent boutonneux qu'était Jacques lorsqu'il avait quitté la colonie pour Paris alors qu'elle-même n'était qu'une petite enfant.

« Et si notre invité ne pouvait venir à cause d'un orage sur Port-Louis ? Mary m'a dit ce matin que le baromètre baissait rapidement, elle a même renoncé à son déjeuner chez son amie pour se consacrer à du courrier.

– Le ciel ne semble pas être à l'orage… Mary ne s'est donc pas rendue au Port-Louis ce jeudi ? »

Les deux jeunes filles échangèrent un nouveau regard de complicité. Soleil de plomb, pluie ou vent en tempête, jamais Mary n'avait manqué depuis plusieurs années son rendez-vous hebdomadaire. On ne savait rien de plus de cette amie, sinon qu'elle était anglaise et que Mary appréciait de converser une fois par semaine dans sa langue maternelle. Les jeunes filles avaient remarqué que la gouvernante revenait en général fort détendue du Port-Louis, le sourire aux lèvres, ce qui était assez rare pour être remarqué. L'amie était-elle un ami ? « Un amant », avait suggéré Charlotte en rougissant, le mot même lui paraissant bien osé à prononcer pour une jeune fille. Elles pouffaient en faisant ces suppositions. Toutes deux étaient bien loin d'imaginer que cette personne puisse être en fait une amante.

Alice, soudain, rejeta le journal sur le guéridon et s'exclama en portant la main à sa bouche en un geste d'horreur : « Oh, mon Dieu ! C'est affreux, je viens de comprendre !

– Alice ? Que se passe-t-il ?

– Il faut que j'aille voir Bois Quille ! Son petit-fils...

– Bois Quille ? Mais vous n'en avez pas le temps, l'heure avance, vous ne pouvez vous mettre en retard pour le déjeuner !

– Je me change, je saute sur Jason : dans moins d'une demi-heure je serai de retour au salon. »

Alice était déjà dans sa chambre à troquer sa jolie robe vert d'eau pour ce que Charlotte et elle appelaient leurs « culottes de garçon », des tenues d'équitation masculines. Grâce au maître d'équitation, Alice chevauchait désormais aussi bien que Charlotte, et elles avaient décidé de concert que la monte en amazone était non seulement ridicule, mais surtout parfaitement inadaptée à la pratique de l'exercice. Comme d'habitude, la mère de Charlotte avait commencé par refuser une telle incongruité puis avait cédé, et Madame Rose avait cousu les costumes, sans cacher par ailleurs son désaccord : « Des jeunes filles habillées en garçon ! Les pauvres, elles ne trouveront jamais de mari ! »

Depuis deux ou trois jours, Alice se tracassait beaucoup au sujet de son vieil ami Bois Quille. Elle le trouvait toujours à la même place, immobile sur son banc devant sa case, comme transformé en une statue de sel. Il n'avait jamais été bavard mais à présent il ne disait plus un mot et, pis encore, il renvoyait la jeune fille avec brusquerie au lieu de l'accueillir d'un chaleureux : « *Ki manière, piti*? » Il refusait de répondre à ses questions pressantes et ne crachait même plus en signe de mécontentement. Alice, désarçonnée par l'attitude du vieil affranchi, n'osait pas insister et ne comprenait pas. La lecture du *Cernéen* venait de lui ouvrir les yeux.

En tenue de cheval, elle se précipita à la cuisine et bouscula plusieurs des petites aides cuisinières.

« Tantine? S'il te plaît, aurais-tu quelques restes? »

Boulou rouspéta : « Encore cette tenue! Et que veux-tu faire de restes? C'est pas l'heure de m'embêter, j'ai du travail, moi! »

Mais Alice avait déjà mis un reste de gâteau coco et un bol de manioc cuit de la veille dans un panier. « Merci, ma tantine! » cria-t-elle en s'élançant vers les écuries.

Le palefrenier qui baguenaudait dans la cour l'aida à seller Jason en quelques secondes et elle sauta avec aisance dans les étriers pour disparaître à toute vitesse vers la case de Bois Quille.

Le vieil homme était installé à la même place que la veille, les yeux perdus au loin. Il ne réagit pas lorsque la jeune fille descendit de sa monture, chargée du panier qu'elle déposa sur le banc à côté de lui.

Elle s'assit à son côté, des larmes silencieuses coulant sur sa joue. Elle prit la main rêche et calleuse de l'ancien esclave dans la sienne, sans un mot, main qu'il ne lui refusa pas.

Ils restèrent ainsi de longues minutes. Il n'y avait rien à dire.

Alice avait lu dans *Le Cernéen* le compte rendu du procès qui venait d'avoir lieu au Port-Louis, celui d'un affranchi condamné à mort pour avoir assassiné un Blanc.

C'était le petit-fils de Bois Quille.

« Tu ne peux pas rester, petite, l'orage arrive, murmura Bois Quille d'une voix enrouée après de longues minutes de silence.

– Mais non, le ciel est tout clair ! Je t'ai apporté ton repas, c'est Tantine qui me l'a donné...

– L'orage va éclater, je te dis, dépêche-toi de rentrer !

– Fais-moi plaisir, mange un peu... Je reviendrai te voir ce soir. »

Alice avait déjà sauté, souple et agile, sur son cheval et l'éperonnait en direction du chemin. Elle ne serait pas en retard pour le déjeuner.

Un vent fort, bizarrement frais alors que l'atmosphère était brûlante depuis le matin, s'était brusquement levé, faisant voler des feuilles arrachées aux arbres. Lorsqu'elle traversa le bosquet de *bois noirs*, leurs gousses sèches crépitaient dans le vent dans un bruit d'incendie. Un groupe de pailles-en-queue piaillantes traversa le ciel suivi de la flamme rouge de leurs queues, ce qui alerta la jeune fille. Elle se retourna : derrière elle, un amas de nuages noirs avait jailli dans la brume de derrière la colline et, poussé par le vent, avançait vers elle, menaçant comme une armée en marche forcée.

Elle éperonna plus franchement sa monture pour amorcer un galop, il lui fallait gagner l'habitation avant la pluie. Bois Quille avait raison, l'orage arrivait.

Un premier coup de tonnerre violent les surprit, Jason et elle. Le cheval fit un écart brusque qu'elle maîtrisa.

Elle lui flatta l'encolure pour le rassurer et aussi pour se rassurer elle-même – elle détestait le tonnerre à l'abri de la maison et, à l'extérieur, c'était bien pire. Le cœur battant la chamade, elle calcula qu'elle était encore à cinq minutes de trot de la demeure – impossible de maintenir un galop entre ces arbres. Cinq minutes, c'est long quand on tremble de peur. Le vent s'était mis à souffler en tempête, de plus en plus violemment, il tordait les arbres dans des grincements sinistres. Une branche cassée vola devant elle dans une pluie de brindilles et de feuilles lacérées, un nouvel éclair zébra le ciel, suivi d'un étourdissant coup de tonnerre. Elle se coucha sur l'encolure de Jason.

Elle arrivait en vue des deux pavillons de la grille d'entrée, encore quelques foulées de Jason et elle serait sur l'allée de flamboyants. *Ouf,* se dit-elle en se redressant, *sauvée ! Il ne pleut pas encore, ma coiffure aussi est sauvée !*

C'est à ce moment qu'elle se vit entourée d'une sorte de nappe de feu dans une explosion assourdissante. Elle eut conscience de la ruade de Jason affolé, de son éjection, d'une violente douleur à la tête, puis plus rien.

6

« Sortir alors que l'orage menaçait, quelle idée stupide, mais quelle idée ! » répétait Mary en faction derrière une fenêtre du premier étage d'où elle guettait Alice en compagnie de Charlotte.

Charlotte restait silencieuse, aussi inquiète que Mary de savoir son amie à l'extérieur sous cet orage inattendu qui montait en puissance. Toutes deux craignaient la foudre, parfois responsable de décès de coolies. Un éclair avait aussi provoqué un incendie à la sucrerie l'année précédente, heureusement circonscrit à un hangar de stockage.

« La voilà ! Je vois son cheval, il arrive au galop ! »

Elles se précipitèrent ensemble en bas sous la varangue pour accueillir Alice alors que les nuages venaient de crever et dégorgeaient des torrents d'eau.

Mais le cavalier qui se trouvait déjà sous la varangue à l'abri des cataractes qui explosaient avec bruit sur la toiture de bardeaux n'était pas Alice, et il tenait la jeune fille inanimée dans ses bras. Un des palefreniers arriva en courant sous l'averse pour prendre par la bride le cheval du visiteur et l'emmener vers les écuries.

« Je suis Guillaume de Charnay, cette enfant est inanimée, aidez-moi, je vous prie, nous ferons les présentations plus tard ! »

La famille Castelregnault devait se souvenir longtemps de l'arrivée de son cousin. La maîtresse de maison avait soigneusement orchestré l'accueil de Guillaume : elle descendrait, majestueuse et affable, le grand escalier pour accueillir son invité, lequel aurait été introduit dans le hall par Shana, munie pour l'occasion d'un impeccable tablier blanc amidonné et d'un bonnet de dentelle. Elle avait finalement choisi une robe de linon bleu-vert, au décolleté souligné d'un double rang de perles à l'orient parfait – il fallait que ce soit discret et élégant, ce n'était qu'un déjeuner intime d'été. Dans la glace de sa chambre, elle s'était trouvée irréprochable.

Au lieu de cela, il n'y eut que tumulte, désordre et désorganisation. On avait étendu Alice évanouie sur la banquette du hall. Une blessure au front laissait une large traînée de sang sur tout un côté de son visage. Shana oublia toutes les directives données par Françoise pour se mettre à hurler en levant les bras au ciel : « *Alice line mor!* (Alice s'est tuée!) » Le tintamarre du déluge qui s'abattait sur la maison, celui des roulements continuels du tonnerre et du vent furieux ne submergèrent pas ses cris. Alerté, Henri sortit de son cabinet de travail en courant et se trouva devant Charlotte, aussi pâle que l'accidentée, qui tremblait de tous ses membres en psalmodiant des « Oh mon Dieu, oh mon Dieu ». Mary semblait tétanisée, une main sur le bras de Charlotte pour tenter de la calmer, hésitant entre s'occuper d'elle au bord du malaise ou d'Alice blessée et évanouie, sur laquelle se penchait un jeune homme.

L'inconnu, dont tout le monde avait compris qui il était, tapotait la joue d'Alice, blême, les yeux clos et les cheveux défaits répandus sur ses épaules. Des éclairs bleutés illuminaient toute la pièce presque en continu dans des explosions de tonnerre.

Henri secoua la servante : « Cours chercher de l'eau fraîche pour lui bassiner le visage, cela vaudra mieux que de crier ! » À ce moment, Joshua, le palefrenier qui avait aidé Alice à seller une demi-heure plus tôt, fit irruption dans le hall, trempé, en tordant son chapeau et en glapissant : « Le ch'val de *Mam'zelle* Alice, il est arrivé tout seul ! »

Shana revint, un récipient d'eau dans les mains, suivie par Tantine dans son sari bleu ceint du vieux torchon maculé de multiples taches qui lui servait de tablier : « *Mo tifi line mor !* (Ma fille est morte !) » Plusieurs des petites bonnes de la maison surgirent à leur tour, en roulant des yeux terrifiés.

Françoise de Castelregnault apparut à ce moment-là sans que personne ne pense à l'admirer. Elle contempla la scène, consternée – les bonnes qui piaillaient autour d'Alice, pâmée et ensanglantée, Mary qui lui passait un mouchoir humide sur le visage, Tantine avec son torchon sale qui lui tenait une main en répétant des « *To pane mor, dir mwa ki to pane mor !* (Dis-moi que tu n'es pas morte !) » et Joshua qui triturait son chapeau, la bouche ouverte, une flaque d'eau s'élargissant autour de lui sur le parquet de bois précieux du hall. Pour couronner le tout, son invité tant attendu ne semblait s'intéresser qu'à Alice. Il lui tapotait doucement la joue en lui parlant : « Mademoiselle, réveillez-vous… » Henri, de son côté, parlait d'envoyer Julius quérir le médecin au Port-Louis.

Alice ouvrit enfin les yeux sur le visage de Guillaume.

« *Line re vive!* (Elle revient!) » cria Boulou.

« Qu'est-ce que tu attends pour aller t'occuper du cheval? » gronda la voix d'Henri à l'adresse de Joshua, lequel disparut promptement.

« Boulou, retournez à la cuisine, vous voyez bien qu'Alice n'est pas morte! Faites-moi disparaître cette flaque d'eau! » ordonna Françoise à l'adresse du groupe des petites bonnes. Puis elle se tourna vers Alice, qui s'était assise, encore blanche comme un linge, soutenue par Mary : « Vous vous sentez mieux, Alice? Lina va vous aider à monter dans votre chambre reprendre vos esprits.

– Oui, Marraine, merci. Je me sens bizarre.

– Permettez, Maman, que Mary et moi nous l'accompagnions. »

Mary et Lina s'emparèrent chacune d'un bras d'Alice et, suivies par Charlotte, elles montèrent en cortège vers l'étage, suivies du regard par le nouveau venu et par Henri, plus inquiet qu'il ne voulait le montrer – Alice n'avait pas l'air bien du tout.

Les roulements du tonnerre s'éloignaient déjà alors que le tambourinage de la pluie sur la toiture s'estompait. Le monde revenait à la normale.

Enfin, on put se tourner vers Guillaume de Charnay : « Cher cousin, que d'émotions, n'est-ce pas! Si vous n'aviez pas ramené cette jeune fille à l'abri, je n'ose imaginer ce qui se serait passé sous ce violent orage! » déclara Françoise, aimable et gracieuse alors qu'elle ruminait en son for intérieur : *Quelle écervelée, cette Alice, on n'a pas idée! Et elle m'a gâché la venue de mon cousin!*

« J'en suis heureux, chère cousine! Il est bien rare de rencontrer l'occasion de secourir ainsi son prochain. »

On conduisit Guillaume au grand salon, celui que l'on n'ouvrait que pour les invités, là où il aurait dû se trouver dès son arrivée sans cette histoire ridicule.

On s'installa dans les précieux cabriolets Louis XV, autour du guéridon Boulle, meubles venus jadis du salon de compagnie du château du Bois de Roche, en Bourgogne. Sur le guéridon, un plateau d'argent supportait des verres de cristal de Bohême remplis d'eau de coco. Sous le grand tableau représentant la victoire de la Royale à Grand Port sur l'escadre anglaise, on put, enfin, passer à une conversation de bon aloi, tout en continuant de regretter le tohu-bohu.

« Dans toute cette confusion, nous avons manqué à nos devoirs d'hôtes, Guillaume, et avons négligé les présentations ! Vous avez vu notre fille Charlotte, Mary est sa préceptrice anglaise. La jeune fille que vous avez secourue est Alice...

– Votre filleule, j'ai cru comprendre ?

– La demoiselle de compagnie de Charlotte. Accessoirement notre filleule, trancha Françoise. Notre fils Paul est encore absent, il a terminé dernièrement ses études d'économie en Europe. Ah, mon cousin, nous sommes bien malheureux d'être obligés d'envoyer nos fils étudier si loin de nous, à Paris et même chez les Anglais ! Comme si cela ne nous suffisait pas d'avoir à les supporter ici, chez nous ! Mais assez parlé de nous. Racontez-nous votre traversée, ne fut-elle pas trop longue et ennuyeuse ?

– Une épreuve, ma cousine. Non pas tant à cause de l'inactivité forcée, des escales pénibles, dont celle à Sainte-Hélène de sinistre mémoire pour nous autres qui admirions l'Empereur, ni des épisodes de gros temps.

Le pire dans tout cela, on vous l'a sans doute déjà rapporté, ce fut la disparition de mon compagnon de voyage, mon comptable, ami d'enfance et frère de lait… Il me manque, c'était un garçon brillant. Il ne rêvait que de voyages au long cours… Hélas ! »

Un silence plein de compassion accueillit les confidences de Guillaume et Françoise crut bon d'ajouter : « Nous prierons pour lui, cher Guillaume », sans voir la mimique narquoise qui venait de s'inscrire sur les traits de son époux, avant de passer à d'autres questions plus agréables. On parla projets, et aussi famille et cousinages, sujets sur lesquels Guillaume en savait autant qu'un authentique Charnay grâce à ses années d'intimité avec le jeune Antoine dans la salle de classe du vieux château, ainsi qu'à une mémoire redoutable. Il évoqua « sa » grand-mère, la comtesse Jeanne de Charnay, avec autant de précision que s'il avait autrefois sauté sur ses genoux.

On fit raconter à Guillaume son arrivée, ses premières impressions et ce qui le surprenait le plus après plusieurs semaines de présence dans la colonie.

Guillaume n'eut pas à réfléchir : « L'omniprésence de la langue française dans cette possession britannique, la mémoire encore si vivante de la lointaine mère patrie après bientôt quarante ans de présence anglaise, quelle surprise et quelle émotion ! » Il avait ainsi assisté à une représentation théâtrale du *Barbier de Séville* au grand théâtre devant une salle comble – une assistance tant française qu'anglaise. La représentation avait eu lieu en français, ce qui constituait déjà un étonnement alors que le gouverneur et son épouse se trouvaient présents dans leur loge. « Avant le lever de rideau, l'orchestre a donné le *God Save* et ensuite, je n'en croyais pas mes oreilles, il a entonné *La Marseillaise*! Et ici, sur une terre anglaise, toute la salle debout comme un seul homme écoutait, recueillie. Ce fut incroyablement émouvant pour moi, notre hymne national à des milliers de kilomètres de la France et écouté avec une ferveur toute religieuse!

– C'est l'usage, même en présence du gouverneur anglais. Il arrive que notre *Marseillaise* soit reprise à pleine voix par les colons français lorsque ceux-ci estiment avoir quelques motifs de mécontentement de la part du gouvernement anglais! » précisa Henri en riant.

Une ravissante robe jaune paille, des boucles blondes et des lèvres roses et fraîches dans un gracieux minois de dix-sept ans s'encadrèrent dans la porte : « Je vous dois mille mercis, cousin Guillaume, vous avez sauvé la vie de mon amie. Alice se repose maintenant. Elle a très mal à la tête et notre gouvernante est inquiète. Maman, Mary vous demande l'autorisation de rester auprès d'Alice et de ne pas descendre à la salle à manger. »

Pétrus, le maître d'hôtel, fit à son tour son entrée, pour annoncer très cérémonieusement : « Madame est servie. »

Françoise offrit son bras à son invité, Henri prit celui de sa fille et on passa à la salle à manger.

Après le repas, trouvé succulent – « Notre cuisinière est une perle que toute la colonie nous envie », avait expliqué Françoise –, on prit le café sous la varangue. Le jardin étincelait de couleurs franches, lavées par le déluge; seules les feuilles hachées et les fleurs décapitées qui jonchaient les pelouses et les allées témoignaient de la violence de l'orage tropical qui s'était abattu quelques heures plus tôt. Après le café, les messieurs se retirèrent dans le fumoir déguster un vieil armagnac de France dont Henri annonçait le plus grand bien, pour parler affaires et politique. Charlotte fit savoir qu'elle se rendait au chevet d'Alice.

« Charlotte, puis-je vous demander la faveur de nous faire parvenir des nouvelles de notre accidentée ? » avait prié Guillaume.

« Ha ha, s'amusa Henri, à peine installé dans l'un des fauteuils du fumoir, j'ai bien vu dans vos yeux à quoi vous pensiez au sujet de la petite Alice ! Il me faut vous prévenir, mon jeune ami, la forteresse sera, je présume, bien gardée ! »

Guillaume sourit en échangeant un regard de complicité avec Henri : « Je vois ! Me faudrait-il donc épouser ? »

Henri partit d'un rire franc et jovial : « Comme vous y allez ! N'avez-vous donc pas remarqué qu'elle n'est pas blanche ? Elle cache bien son jeu, notre petite Alice ! Son prénom d'origine est Sita, elle est la fille d'une de nos coolies décédée, sans doute bâtarde d'un Anglais.

– Vraiment ?

– Difficile à deviner, n'est-ce pas, au premier coup d'œil ! En ce qui vous concerne, oubliez-la et rassurez-vous, vous ne manquerez pas d'amusement dans la colonie. Les petites Négresses dociles ou les Indiennes qui ne demandent que ça ne manquent pas. La chose est presque aussi aisée que du temps des esclaves, nous n'avions alors qu'à choisir et nous servir ! Entre nous, je crois bien avoir sérieusement augmenté la fortune en esclaves de mon père ! C'était le bon temps ! Venez, assez plaisanté, je vous emmène visiter nos installations. »

L'usine sucrière se trouvait à moins d'un kilomètre de la demeure, reliée à celle-ci par un chemin de terre damée, ombragé de doubles haies de hautes fougères arborescentes. Ils s'y rendirent à cheval en devisant gaiement.

Aucun flot de fumée n'émanait de la massive cheminée de la sucrerie, en repos après la campagne de coupe. Seuls quelques ouvriers y œuvraient encore, surtout à des tâches de maintenance.

Henri entraîna Guillaume dans les différents bâtiments et hangars en les commentant : celui des cylindres de broyage, celui des machines à vapeur, ceux des défécateurs où s'effectuait la clarification du jus, ce qu'il appelait le *clairçage*, celui des chaudières destinées à la concentration du vesou, les salles des rafraîchissoirs sur lesquels le sucre cristallisait en fin de processus, puis les halls du séchage et de l'ensachage, où quelques ouvrières travaillaient encore au conditionnement. Tout un monde que Guillaume n'avait jusqu'à présent jamais approché.

Après la visite, terminée par celles des bureaux, leur attention fut attirée par un petit groupe d'hommes en palabres dans la cour, et parmi eux trois uniformes de policiers anglais.

« Allons voir ce qui se passe, voulez-vous ? Ah, je vois M. Maisonneuve, mon régisseur, et l'un de nos sirdars. »

En approchant, ils remarquèrent les deux coolies indiens assis par terre, menottés, tête basse, les yeux fixés sur leurs pieds nus et poussiéreux. Le régisseur, reconnaissant Monsieur Henri, se porta au-devant d'eux, son chapeau à la main : « Ces messieurs de la police viennent de nous ramener deux gaillards à nous, ils s'étaient enfuis il y a trois jours !

– À la bonne heure. Merci, messieurs. Qui sont-ils, monsieur Maisonneuve ?

– Deux des engagés du mois dernier. Je les avais mis dans la bande [1] de Johda pour remplacer le vieux Goppee décédé et un jeune paresseux qui se dit malade et refuse de quitter son grabat. Ces deux-là n'ont pas tenu un mois de travail !

– Demandez-leur, je vous prie, pourquoi ils se sont enfuis. Ne seraient-ils pas bien traités chez moi ? »

Ils ne se plaignaient pas d'être mal traités, traduisit Johda, mais ils n'étaient pas venus à Maurice pour exercer le métier de coolie. L'un était charpentier et l'autre commerçant. Le *mestry* [2] leur avait promis qu'ils ne travailleraient pas la terre.

« Ridicule ! Ils savaient bien qu'ici nous n'avons besoin que de laboureurs sur nos plantations ! Ils ont accepté leur avance de six mois de gages, ils ont signé les contrats en toute connaissance de cause, bien contents de prendre l'argent, et quelques jours plus tard cela ne leur convient plus et ils s'imaginent qu'ils peuvent nous voler ! Mettez-moi ça au trou, messieurs, que ces gredins réfléchissent ! »

Les policiers firent se lever les deux malheureux pour les emmener en prison. Henri contempla la scène avec réprobation, la mine sévère, et se tourna vers Guillaume : « Vous voyez les difficultés auxquelles nous sommes confrontés, nous les planteurs ? Nous avons failli mourir de l'abolition de l'esclavage, une solution a été trouvée avec les engagés indiens pour éviter la ruine de toute la colonie, et voilà que nos coolies se permettent de ne pas respecter les contrats qu'ils ont signés ! Chez eux, ils

1. Groupe de coolies sous la responsabilité du sirdar, le contremaître.

2. Recruteur.

mouraient de faim, chez moi ils ont de la nourriture, une case, ils sont vêtus, payés, et ils se plaignent ! Certains se prétendent malades pour échapper à leur travail ! Je soupçonne par ailleurs les médecins d'encourager leur paresse et de les inciter à se dire malades quand ils ne le sont pas plus que vous et moi.

« Venez, allons visiter la distillerie, cela va me rendre ma bonne humeur : elle marche du feu de Dieu ! »

Effectivement, des arômes d'alcool émanaient d'un grand hangar ouvert, surmonté de plusieurs cheminées de fer. Des ouvriers indiens en dhoti clair s'y activaient autour d'alambics géants, qui brillaient de tous leurs cuivres.

« Nous exportons vers Madagascar, le reste est consommé localement, expliqua Henri. Les affranchis sont nos plus gros clients, ils ne peuvent vivre sans arack ! Ils apprécient aussi notre *frangourin*[1], nous en produisons encore un peu. Ce bâtiment dans lequel nous nous trouvons a remplacé la vieille indigoterie créée par mon grand-père. L'indigo, toute la colonie l'a abandonné depuis longtemps, la canne est d'un bien meilleur rapport. Avez-vous entendu parler de feu M. Adrien d'Épinay ?

– J'ai rencontré son fils Charles.

– Un homme charmant, n'est-ce pas ? Son père fut le défenseur le plus acharné des planteurs français contre le gouvernement anglais. Un grand homme, c'est lui qui nous a obtenu les indemnités qui ont permis à nos habitations de survivre à l'abolition de l'esclavage. J'ai investi les miennes dans cette distillerie et je m'en félicite tous les jours, car grâce à ses revenus, j'ai pu embaucher

1. Jus de canne fermenté mais non distillé, sorte de vin de canne.

nombre d'engagés indiens. Nous avons eu quelques années difficiles mais, aujourd'hui, nos affaires sont florissantes. »

Pendant qu'Henri faisait les honneurs du domaine à Guillaume, Alice s'était dans un premier temps profondément assoupie, veillée par Mary. Puis elle s'était réveillée en proie à un violent mal de tête.

On avait envoyé Lina, la femme de chambre, prévenir Tantine Boulou et celle-ci avait apporté un pot d'infusion souveraine contre la migraine que l'on fit prendre à Alice, mais son état ne s'améliora pas. Elle somnolait sans sembler pouvoir se réveiller tout à fait et gémissait dans son sommeil. Une énorme bosse presque aussi grosse qu'un œuf était apparue sur son front.

À son chevet, Tantine s'affolait, se tordait les mains en balbutiant des sortes d'incantations en hindi. Lina semblait désorientée, ne sachant que faire devant le lit d'Alice, et Charlotte et Mary échangeaient des regards désemparés.

Le bruit et l'agitation en provenance de la chambre d'Alice firent sortir Françoise de Castelregnault de ses appartements, où elle se reposait.

« Que se passe-t-il ? Charlotte, est-ce vous qui avez permis à la cuisinière de monter dans les appartements ? Boulou, votre sari est éclaboussé de taches diverses et variées, demain je veux vous voir avec un sari propre ! Et vous, Lina ? Vous n'avez donc rien à faire ni l'une ni l'autre ?

– Maman, j'ai fait demander à Boulou d'apporter une infusion pour Alice, malheureusement sans effet. Son état empire, nous pensons qu'elle est plus gravement blessée qu'il n'y paraissait. Permettez-moi de faire venir Bois Quille, il connaît les plantes médicinales.

– Bois Quille ? Le Nègre du poulailler ? Hors de question qu'il mette un pied ici, voyons !

– Maman ! » Charlotte éclata en sanglots nerveux alors que les incantations de Boulou se faisaient plus stridentes.

« Charlotte, tenez-vous, je vous prie, vous vous couvrez de ridicule. Et vous, Boulou, cessez vos litanies, c'est exaspérant. Si l'état d'Alice ne s'améliorait pas dans les heures à venir, je ferai quérir un médecin. Il ne sera pas dit que chez moi, on laisse une de mes employées sans soins ! »

Mary, blême et les lèvres serrées, se dirigea vers la porte : « Notre inquiétude est justifiée, Madame. Alice ne va pas bien du tout, sa blessure est très grave. Un médecin ne serait pas là avant une bonne paire d'heures et certainement plus, or le temps presse. Pardonnez-moi, il me faut aller chercher le guérisseur. »

Mary disparut en courant sans attendre l'assentiment de Françoise.

Cette dernière resta une seconde interdite, son autorité mise à mal, puis décida qu'il lui fallait prendre la direction des opérations : « Lina, mettez une compresse fraîche sur le front d'Alice, ce sera plus utile que de rouler des yeux effarés. Boulou, vos jérémiades n'aident personne, retournez à la cuisine, on vous appellera si on a besoin de vous, et vous, Charlotte, retrouvez votre calme, je vous prie. Votre attitude est absurde. »

Une heure plus tard, Bois Quille entrait pour la première fois de sa vie dans la *grand case* et, accompagné de

Mary, montait avec difficulté, sur sa jambe de bois, les escaliers vers les appartements de l'étage.

Alice, très pâle, somnolait en laissant échapper de faibles plaintes de temps à autre, veillée par Charlotte, assise au bord du lit.

« Elle ne va pas mieux. Merci à vous, monsieur Bois Quille, d'être venu. Pourrez-vous faire quelque chose pour elle ?

– *Moi capave*, répondit Bois Quille, déjà penché sur Alice. Petite… c'est moi. Le mal, je vais te l'enlever. »

Il avait sorti un petit caillou blanc de la poche de sa chemise, et l'approcha du front d'Alice. Il s'en servit pour effectuer trois fois le tour de la grosse bosse. « Voilà, le mal, il ne va pas s'étendre. Maintenant je vais *marker*, pour que le mal, il sorte. » Charlotte et Mary le virent tracer une petite croix sur la bosse, toujours avec le caillou, geste qu'il répéta aussi trois fois.

Puis il sortit de son sac un flacon de décoction brunâtre qu'il posa sur la table de nuit et une calebasse remplie d'une mixture pâteuse, brune, dans laquelle il trempa les doigts pour l'appliquer sur la blessure d'Alice. « C'est pour enfermer le mal qui sort de sa tête. Surtout, vous ne touchez pas le cataplasme, le mal il viendrait sur vous », recommanda-t-il. Il versa ensuite un peu du liquide du flacon dans le verre qui se trouvait sur la table de nuit : « Il faut qu'elle boive le *latizann.* »

Mary et Charlotte soulevèrent doucement Alice et Bois Quille lui fit boire le contenu du verre.

« C'est fini pour aujourd'hui. Je reviendrai demain matin et encore demain soir pour changer le cataplasme. Il faudra lui faire boire le reste du *latizann* en deux fois demain, la moitié le matin et l'autre dans l'après-midi.

Le cataplasme, n'oubliez pas, surtout n'y touchez pas, le mal vous prendrait. Pas la peine d'aller chercher un docteur, après-demain elle sera guérie. »

Curieusement, Alice semblait plus calme. Elle ne geignait plus dans son sommeil et son souffle était régulier. Elle reposait tranquillement avec cette couche de boue pâteuse sur le front.

Henri, de retour de la visite du domaine en compagnie de Guillaume, s'était étonné de voir un âne attaché au premier flamboyant de son allée solennelle : « Un âne ici ! Vous avez vu, Guillaume ? J'ignore encore qui est l'auteur de cette impertinence, mais je le trouverai et il sera puni ! »

Quelques instants plus tard, il pénétrait dans le hall de sa demeure et tombait nez à nez avec Bois Quille, encadré par Mary et Charlotte. Henri avait manqué de tomber à la renverse.

« Voilà qui est le comble ! Qui a introduit ce Nègre ici ?

– Papa, Bois Quille est venu ici à notre demande, pour soigner Alice. Elle est plus gravement blessée qu'il n'apparaissait…

– Monsieur, c'est moi qui suis allée chercher Bois Quille, intervint Mary. Mme de Castelregnault est au courant. Alice allait très mal. Votre affranchi était son seul secours, il connaît les plantes qui soignent.

– C'est *li bon Dié* qui guérit la *mam'zelle*, crut bon de préciser Bois Quille.

– Bois Quille devra revenir chez nous demain matin et demain soir, Papa.

– Eh bien, mieux vaut en rire qu'en pleurer ! Et surtout, n'oublie pas ton âne ! » grinça Henri à l'adresse de Bois Quille avant de conduire Guillaume vers le salon.

Moins de deux heures auparavant, Mary, anxieuse, avait couru à la case du vieil affranchi et lui avait scrupuleusement décrit l'état d'Alice. Bois Quille avait écouté attentivement, avait posé quelques questions, puis avait affirmé : « *Moi capave.* » Il avait fait asseoir Mary sur le banc devant sa case et avait disparu à l'intérieur en refermant la porte.

Mary entendait le *tac tac tac* de la jambe de bois aller et venir sur le sol de larges pierres plates de la masure et trouvait le temps bien long. Enfin, Bois Quille était ressorti, un sac de grosse toile brune à la main. Il était allé chercher Cadix dans son enclos, s'était juché sur son dos et était parti en direction de la demeure suivi par Mary à pied, qui s'essoufflait.

Le remède appliqué par Bois Quille, aussi bizarre qu'il puisse paraître aux yeux d'une personne rationnelle, agissait visiblement. Alice dormait maintenant paisiblement. Mary décida de se faire monter un repas dans sa chambre et d'y installer son matelas pour la nuit, pas encore assez rassurée pour la laisser seule. Elle passa la nuit sans s'assoupir, attentive à la respiration régulière, apaisée d'Alice. Celle-ci se réveilla sans migraine, la bosse de son front avait presque complètement disparu. Le surlendemain au matin, Bois Quille revint pour chercher le dernier cataplasme, que l'on avait soigneusement mis de côté dans un vieux pot selon ses indications. Sa patiente l'attendait, déjà debout et souriante. Les larmes aux yeux, Alice prit les mains du vieillard dans les siennes : « Tu es venu à mon secours alors que tu étais dans le chagrin. » Elle embrassa Bois Quille avec effusion et le serra dans ses bras plusieurs secondes durant.

« C'est le bon Dieu qui t'a guérie, petite. Moi j'ai *marké*, j'ai *barré*, j'ai prié, je t'ai fait un cataplasme d'*herbe bouc* qui guérit vite, de badamier qui enlève le mal de tête, de safran vert et d'autres choses encore. Tu as bu le *latizann* avec les mêmes plantes. C'est tout. Ce n'était pas ton heure, petite. *Tou dans la mé bon Dié*[1]. »

Françoise de Castelregnault avait soigneusement évité de se trouver en présence du guérisseur. Un Noir chez elle, c'était au-dessus de ses forces. En plus, il s'agissait de Bois Quille, le dernier qu'elle avait envie de croiser chez elle. Elle avait appris récemment quelque chose qui l'avait mise hors d'elle, quelque chose qu'elle ne pouvait pardonner à son affranchi : l'ancien esclave assistait chaque dimanche à la messe des Noirs, dite par ce curé français qu'elle avait surnommé *le négrophile*, un prêtre qui non seulement ne se déplaçait que sur un âne, en vieille soutane râpée et rapiécée et en chaussures éculées, une honte pour la religion, mais, pis que tout, ne s'occupait que des anciens esclaves. Et il se permettait de regarder de travers les propriétaires blancs ! Un scandale, une faute autant morale que politique : qu'allaient-ils devenir, eux, les Blancs, les maîtres légitimes de la colonie, si des prêtres à l'esprit subversif comme ce *négrophile* montaient les Noirs contre eux ?

Malgré le peu d'estime qu'elle éprouvait envers Bois Quille, elle ne put que constater l'efficacité du traitement appliqué. Elle en conclut qu'Alice, finalement, n'était sans doute pas aussi mal en point que Charlotte, Mary et le reste de la maisonnée le croyaient. « Nous nous sommes affolés pour rien, enfin, tout est bien qui finit bien », épilogua-t-elle.

---

1. « Tout est dans les mains du bon Dieu. »

« Guérison naturelle ou miraculeuse, quelle importance, après tout ? » avait résumé Henri de son côté.

Les deux époux se trouvèrent sincèrement soulagés du rétablissement rapide d'Alice. Ils étaient obligés de reconnaître que leur fille se montrait plus épanouie, avait plus d'appétit et bien meilleure mine depuis qu'elle côtoyait au quotidien cette jeune fille. En quelques mois, Alice avait réussi le tour de force de se faire accepter dans le cercle familial des Castelregnault. Malgré leurs préjugés originels, ils s'étaient attachés à elle. Elle partageait maintenant tous les repas à la grande salle à manger, comme un membre à part entière de la famille. On invitait même Alice lorsque des invités du cercle intime étaient présents.

Lors du premier déjeuner en présence d'Hélène de Champfrenay, celle-ci avait ostensiblement dardé son face-à-main sur elle, lui avait posé quelques questions auxquelles Alice avait répondu avec une franchise souriante et une déférence naturelle, exempte d'obséquiosité, qui enchantèrent la vieille dame. La cousine Hélène, qui pourtant n'avait pas la réputation de montrer de l'indulgence à l'égard de son prochain, surtout lorsqu'elle considérait que le prochain en question était d'un rang inférieur au sien, avait assuré au cours d'un aparté avec sa cousine : « Françoise, vous avez eu raison. Cette petite est une demoiselle de compagnie très convenable pour Charlotte. Charlotte fait plaisir à voir, en pleine santé. Votre Alice me plaît, je la trouve bien civile. Mais attention, Françoise, souvenez-vous toujours d'où elle vient ! »

Cela, Françoise ne risquait pas de l'oublier, même si elle ne s'offusquait plus de s'entendre appeler Marraine par la jeune fille. Elle n'hésitait pas non plus à se vanter de l'ouvrage accompli auprès de ses amies et appelait parfois Alice au salon bleu, à l'heure du thé, fière d'exhiber son œuvre. Alice, quelque peu gênée de se retrouver au centre de la curiosité de ces dames, se prêtait cependant au jeu de bonne grâce. Souriante, elle répondait avec amabilité aux questions posées, éludait adroitement celles qui la mettaient mal à l'aise puis saluait avec naturel avant de se retirer, soulagée d'échapper aux regards acérés dardés sur elle.

Françoise se rengorgeait dès que la jeune fille avait passé la porte du salon : « Alors, mesdames, comment trouvez-vous notre Alice ?

– Vous avez transformé une domestique indienne en une jeune fille de bonne famille ! » s'extasiaient ses amies.

Toutes se disaient stupéfiées et louaient sa générosité. Françoise appréciait ces éloges. Elle plastronnait en oubliant que la tâche avait été effectuée pour la plus grande part par Mary et Charlotte et, avant tout, par Alice elle-même.

Sur la suggestion conjointe de Charlotte et d'Alice, un après-midi, on organisa même un « thé musical » en présence de quelques invitées : les jeunes filles et Mary jouèrent de la flûte et chantèrent en chœur, Charlotte se mit au piano. Tout en les écoutant, Françoise et ses amies sirotaient leur thé à la vanille et se régalaient des pâtisseries présentées par Shana, affublée du tablier blanc bordé de dentelle des grandes occasions. Les invitées applaudirent, ravies, félicitèrent chaudement les artistes et remercièrent la maîtresse de maison de cette excellente initiative. Françoise, heureuse, souriait de fierté. Elle était la seule à sa connaissance à avoir eu l'idée d'un thé musical, qui ajoutait à son salon le prestige d'un vernis artistique ou supposé tel. On décida de renouveler l'expérience régulièrement.

Au milieu du chœur de louanges, certaines des amies de Françoise se montraient plus réservées : « Ce que vous avez accompli est remarquable et mérite le respect, ma chère Françoise. Mais avez-vous pensé au futur de cette jeune fille ? N'aurait-elle pas été plus heureuse cantonnée à son rang, car quel sera son avenir ? Elle est quasiment blanche d'apparence, instruite, ses manières sont civilisées, et pourtant elle n'est qu'une domestique, une personne de couleur, fille de coolie. Étant donné son origine, elle ne peut épouser qu'un laboureur indien, et je présume que ce ne sera pas facile pour elle.

– Chère amie, vous avez raison. Moi-même j'ai longuement réfléchi et je me suis posé beaucoup de questions avant d'accepter que notre famille se lance dans une telle aventure. Oui, Alice ne pourra épouser qu'un Indien et ce mariage l'exclura de notre société. Ce sera un drame pour Charlotte, elle lui voue une amitié sincère. Ma fille ne pourrait pas fréquenter l'épouse d'un homme de couleur, n'est-ce pas ? Le mieux serait qu'Alice ne se marie jamais et reste avec Charlotte à s'occuper des enfants de celle-ci... Plus tard, elle pourrait devenir lectrice ou dame de compagnie d'une personne âgée, qui sait ? »

7

« Tu m'as sauvé la vie. Je n'ai pas de père, mais j'ai un grand-père », avait dit la jeune fille lors de sa première visite au vieil homme après sa guérison. Bois Quille avait répondu quelque chose d'inintelligible, trop ému pour avoir une voix claire, mais où Alice avait saisi qu'il était question de « *li bon Dié* ».

Elle continuait d'aller le voir quasi quotidiennement malgré la mise en garde de sa marraine : « Vos visites chez ce Nègre me contrarient fortement, Alice. Cela est inadéquat. Vous ne devez pas fréquenter une personne de couleur – pis que cela, il s'agit d'un ancien esclave.

– Pardonnez-moi, Marraine, de vous avoir embarrassée », avait éludé Alice sans promettre de cesser ses visites à son « Grand-Père Bois Quille » mais en se jurant à elle-même de faire preuve de discrétion à l'avenir. Bois Quille ne quittait quasiment jamais sa case, si ce n'était le dimanche pour se rendre à l'église, aussi Alice n'eut-elle aucun mal à continuer de voir son vieil ami sans que Françoise ne s'en aperçoive, en profitant de ses absences.

Ce soir-là, deux Noirs sortaient de sa case, tête basse, lorsque la jeune fille arriva en vue du poulailler. Bois

Quille n'était pas assis sur son banc comme à son habitude à cette heure du jour et un âne noir, qui n'était pas Cadix, était attaché à l'un des trois tatamaques devant la masure.

« Grand-Père ? C'est Alice, es-tu là ? »

Aucune réponse ne parvint de la case et Alice, timidement, poussa la porte entrebâillée. Elle resta indécise plusieurs secondes sur le seuil, notant d'abord qu'aucune braise ne rougeoyait dans le foyer au centre de la pièce unique. Bois Quille avait pourtant toujours affirmé ne pas pouvoir se passer de feu et l'entretenait tout au long du jour et même au plus fort des chaleurs de l'été. Ses yeux mirent quelques secondes à s'adapter à la demi-obscurité qui régnait à l'intérieur de la case et lui en révéler le spectacle.

« Grand-Père ! Mon Dieu, tu es malade ! »

Le vieil homme gisait sur son grabat torse nu, luisant de sueur. Son pantalon de gros coton bleu duquel sortait un pied noir et noueux à côté d'un pilon de bois se détachait sur le marron de la toile du matelas. Bois Quille était méconnaissable. Son visage s'était émacié, et le blanc de ses yeux profondément enfoncés dans leurs orbites brillait dans la pénombre.

Près de lui, assis sur un tabouret, un Blanc assez âgé, le visage buriné, lui tenait la main. Il se leva lorsque la jeune fille s'approcha et Alice vit que l'homme était vêtu d'une soutane d'ecclésiastique.

« Je suis le père Jacques Laval, mademoiselle. Je suis également médecin. M. Bois Quille est votre grand-père ?

– Oui. Que se passe-t-il ? »

Le prêtre fit un geste des bras qui semblait vouloir dire hélas.

« Une attaque, hier, alors qu'il était venu nous voir sur le chantier de l'église Sainte-Croix. Nous l'avons ramené chez lui. Ses membres ne fonctionnent plus, mais il vous entend, vous comprend et peut parler…

– Hier ! Grand-Père ! Tu ne m'as pas fait prévenir ! »

Les yeux d'Alice s'étaient emplis de larmes. Elle prit les deux mains inertes du vieillard dans les siennes.

« Non, *piti*, ne pleure pas. Ce n'est pas grave, pas grave du tout parce que c'est mon heure. Il n'y a pas de mal à ça, faut pas pleurer. Moi, je suis content, bien content, je serai au ciel pour y attendre mon petit gars qui va y arriver bientôt, lui, avant son heure. »

Alice tamponna ses yeux pour accompagner à l'extérieur le prêtre qui s'était levé pour partir.

« Son petit-fils va être exécuté ! Il en meurt de chagrin ! hoqueta la jeune fille dans un sanglot en levant un regard noyé sur le visage empreint de bonté du prêtre.

– Ne soyez pas triste, Mademoiselle, votre grand-père est arrivé au bout du chemin et il est heureux car il sait qu'il s'en va au banquet de Dieu. »

Sur son grabat, Bois Quille avait fermé les yeux, il semblait dormir. Alice prit à nouveau sa main dans la sienne. « Grand-Père ? Je suis là. »

Le vieil homme ne répondit pas, mais un léger sourire éclaira son visage.

Alice resta auprès de Bois Quille jusqu'à ce que des amis et parents du vieil homme, venus du camp des affranchis, la remplacent auprès de lui.

Bois Quille s'éteignit dans son sommeil deux jours plus tard.

Henri et plus encore Françoise s'étaient montrés embarrassés devant les larmes d'Alice lorsque celle-ci était venue leur annoncer le décès de leur ancien esclave. Ils n'avaient pas eu le cœur de lui interdire de se rendre à la veillée funèbre ni aux obsèques mais avaient trouvé un prétexte pour que Charlotte ne l'y accompagne pas, une visite indispensable à une vieille parente de Mahébourg. Charlotte, gênée, s'était excusée auprès d'Alice, mais avait obtempéré.

« Alice, je vous accompagnerai, avait décidé Mary avec détermination, ajoutant : Il vous a sauvé la vie, je ne l'oublierai pas. »

Toutes deux furent les seules Blanches à assister aux funérailles, présidées par le père Laval. Contrairement à l'usage établi pour les Noirs, elles ne furent pas célébrées à l'extérieur de l'église mais à l'intérieur, le modeste cercueil de l'ancien esclave au centre de la nef.

Mary n'avait pas hésité à braver l'opinion publique pour Alice. Une Anglaise à l'enterrement d'un Noir malgré le qu'en-dira-t-on ! C'était un geste amical à l'égard de la jeune fille et courageux vis-à-vis de la famille Castelregnault et des Blancs de leur entourage. Alice en ressentit une profonde gratitude.

Charlotte était revenue aux Aubiniers le lendemain de l'enterrement. Elle avait assuré à Alice qu'elle avait beaucoup pensé à elle car elle savait combien ce vieux serviteur noir comptait pour elle.

Elle n'avait plus reparlé de Bois Quille ensuite, comme s'il n'avait jamais existé. Mary, au contraire, s'était montrée attentionnée ; elle comprenait le chagrin de la jeune fille et parlait avec elle du disparu avec respect et affection. Elle avait même proposé à Alice quelques jours plus tard de sortir son boquet pour l'accompagner au cimetière mettre des fleurs sur la tombe. La présence affectueuse de la préceptrice avait été un réel soutien au cours de ces jours de deuil.

Le petit-fils de Bois Quille fut exécuté un mois plus tard. Le père Laval, aumônier de la prison, l'accompagna à l'échafaud, dans la charrette des suppliciés, comme il l'avait promis. Le convoi encadré de gens de police à pied, carriole du condamné en tête suivie des voitures des magistrats et des greffiers, dut se frayer un passage dans la foule des curieux qui se pressaient sur le trajet. La lente progression vers la Plaine verte, sous les insultes, les quolibets, les crachats, ressemblait à un chemin de croix.

Le père Laval, un bras réconfortant sur les épaules du jeune condamné, lui parla tout le temps, jusque sur l'échafaud, jusqu'à ce que la hache du bourreau s'abatte.

Le petit-fils de Bois Quille eut droit aux mêmes funérailles chrétiennes que son grand-père, à l'intérieur de l'église Sainte-Croix.

8

« Charlotte, vous êtes éblouissante ! »

Alice restait bouche bée devant Charlotte vêtue de sa divine robe de bal d'organdi rose thé, les épaules voilées de plusieurs rangs de chantilly blanc. La couturière, mètre ruban autour du cou et épingles dans la bouche, était en train de procéder aux derniers ajustements.

Françoise de Castelregnault supervisait les opérations d'un œil averti et donnait des directives à Madame Rose : « Il faudra ajouter un autre jupon de crin pour donner plus d'ampleur à la jupe. Une fleur de soie, d'une couleur plus soutenue que la robe, piquée à la naissance du décolleté, dans les volants de chantilly, serait du plus bel effet, n'est-ce pas, Rose ? Il faudra prévoir aussi d'autres fleurs, plus petites, mais semblables, à fixer dans la coiffure de Charlotte, dans ses peignes qui retiendront ses anglaises, vous n'oublierez pas, n'est-ce pas ?

– Des roses de soie, oui Madame, vous avez raison, c'est exactement ce qu'il faut pour achever la toilette. Mademoiselle Charlotte sera superbe.

– Charlotte, vous porterez votre rang de perles et son bracelet assorti. Cette parure complétera impeccablement votre tenue – ce sera discret, idéal pour une jeune fille. Êtes-vous à l'aise dans vos chaussures neuves ?

– Elles sont parfaites, maman, et le sac de soirée du même satin que vous m'avez offert est absolument ravissant ! Oh, comme je suis heureuse, Maman, vous ne pouvez pas savoir !

– Mais si, mon enfant, je sais ! sourit Françoise. Moi aussi, je suis allée un jour à mon premier bal du gouverneur – le dernier, hélas, de ce cher M. Decaen ! Je portais une robe en taffetas de soie crème brodée de petits bouquets de fleurettes roses, c'était absolument charmant. J'ai dansé toute la nuit ! »

Elle se tut dans un soupir plein de nostalgie, les yeux perdus dans le vague, submergée un bref instant par la vision d'une image du passé : jadis, elle se rendait avec ses parents aux bals et aux réceptions dans leur belle calèche aux armes des Bois de Roche, escortée et précédée de cortèges d'esclaves porteurs de torches. C'était si beau, ces longues et sinueuses processions de torches flambantes qui encadraient les voitures et convergeaient dans la nuit vers le lieu de la fête tout illuminé ! C'était l'époque bénie de l'isle de France, avant ces maudits Anglais, le temps de sa jeunesse.

Charlotte ramena sa mère dans le moment présent sans avoir remarqué sa brève absence : « Votre première robe du soir, Maman, j'aimerais la voir !

– Elle est encore dans une des malles du grenier ! Un modèle tout juste arrivé de Paris, à la mode de l'époque. Ah ! Nous sommes bien malheureuses, nous les femmes de l'isle de France, de ne connaître la mode de Paris que six mois après les Parisiennes ! N'est-ce pas, Rose ? Heureusement que vous savez faire des merveilles, sans vous que deviendrions-nous ? »

Françoise contemplait Charlotte avec fierté. Elle formula silencieusement des vœux pour que les toilettes de

Sophie de Lamarre-Magnin et de toutes les autres demoiselles de la colonie soient moins réussies que la tenue de soirée de sa fille. Charlotte était chargée par sa mère d'une mission tacite : éclipser toutes les autres jeunes filles présentes.

Depuis plusieurs semaines on se préparait au grand événement de la saison, le bal du gouverneur au château du Réduit, auquel M. et Mme de Castelregnault et leur fille étaient invités. Françoise n'aimait pas les Anglais et ne s'en cachait pas, mais pour rien au monde elle n'aurait voulu manquer l'événement, occasion d'exhiber ses parures les plus précieuses et une robe de soirée neuve cousue à partir d'une gravure du *Journal des Dames et des Modes* arrivé de France. Sa fille et elle feraient sensation lorsqu'elles entreraient dans la salle de bal illuminée de mille bougies : « Le comte et la comtesse Henri de Castelregnault, Mlle Charlotte de Castelregnault », allait annoncer l'huissier, et tous les regards convergeraient vers eux alors qu'ils s'avanceraient au-devant de Lord et de Lady Gomm. Leurs robes gonflées sembleraient des corolles de fleur. Françoise était aussi contente de la sienne que de celle de sa fille. Elle avait choisi pour elle-même une soie grenat pour le corsage et la jupe, laquelle était relevée par un ravissant bouquet de roses sur la jupe de dessous, rayée d'or et de carmin. Et puis, plus spectaculaire encore que sa toilette, elle allait arborer sa parure la plus précieuse, un lourd collier de gros rubis et de diamants de la plus belle eau, le bracelet et les pendants d'oreilles assortis, des joyaux aux nuances de feu parfaitement assortis à sa robe. Ses bijoux seraient les plus admirés de la soirée, aucune de ses amies n'en possédait d'aussi somptueux. Les hommes en évalueraient le prix et les femmes la jalouseraient en tentant désespérément de dissimuler leur convoitise. La soirée du gouverneur représentait le bonheur de se savoir enviée par toute la bonne société de la colonie.

Charlotte attendait le soir du bal avec la même impatience que sa mère mais pour des raisons bien différentes. D'abord, elle adorait danser ; les notes de musique l'entraînaient irrésistiblement, et danser au bal avec des vrais cavaliers était autrement plus excitant que les cours du maître à danser sur le parquet d'un salon.

Et puis, surtout, au bal du gouverneur, il y aurait Guillaume de Charnay.

Celui qui faisait battre son cœur n'était pas le fiancé qui avait été choisi pour elle. Jacques de Lamarre-Magnin se trouvait toujours en Europe. *Pourvu, oh, mon Dieu, pourvu qu'il y reste ! Faites, Seigneur Jésus-Christ, s'il vous plaît, qu'il ne revienne jamais !* priait avec ferveur Charlotte chaque jour.

Elle avait dix-sept ans et découvrait ce que le mot aimer signifiait, un verbe qu'elle avait jusqu'à présent conjugué uniquement dans les pages des livres.

Guillaume avait été adopté d'emblée par les Castel-regnault. Le jeune homme était à la hauteur de la réputation qui l'avait précédé. Françoise et Henri le reconnaissaient comme de leur sang et, plus important encore, de leur rang. Un cousin déclassé aurait été froidement ignoré.

Il s'était présenté à nouveau aux Aubiniers quelques jours après son arrivée fracassante sous le prétexte de prendre des nouvelles de la blessée. Alice, encore un peu pâle, l'avait elle-même fort gracieusement rassuré et remercié et on avait retenu le cousin à déjeuner en toute simplicité. Guillaume logeait à l'Hôtel de l'Europe au Port-Louis. On l'avait supplié d'accepter l'hospitalité des Aubiniers en attendant qu'il trouve la demeure définitive qui lui convienne, mais il avait courtoisement décliné au motif qu'il lui était impossible de s'éloigner de ses bureaux, trop de tâches le réclamaient. On se contenterait donc, avec regret, de le voir épisodiquement, et une première invitation à dîner avait été formulée pour la semaine suivante.

Ce soir-là, il avait été présenté à Hélène de Champfrenay, la redoutable cousine à la langue bien pendue, et à quelques autres planteurs français voisins. Le dîner avait été très gai. Hélène avait fait rire toute la tablée aux dépens d'un petit Blanc de Floréal, Justin du Pré, petit-fils d'un certain Juste Dupré, cordonnier de son état. Le petit-fils, ayant fait quelque argent, avait scindé son nom en deux. Hélène l'avait rebaptisé monsieur le baron du Pré de Quesavache-Abrouté. Guillaume n'avait pas été le dernier à rire de l'ironie mordante d'Hélène, tout en lui faisant remarquer : « Chère madame, heureusement que ma généalogie est irréprochable, sinon, comme je tremblerais devant votre esprit ! » Depuis ce dîner, la vieille dame ne tarissait pas d'éloges à l'égard de ce lointain parent, qu'elle avait identifié comme faisant partie de la même classe qu'elle.

Guillaume avait ensuite participé à une partie de chasse pendant laquelle il n'avait pas particulièrement brillé mais avait cependant réussi à tuer un singe, exploit pour lequel il fut chaudement remercié : ces sales bêtes descendaient des forêts de la montagne pour ravager les plantations, alors plus on en tuait, mieux on se portait.

Le bref séjour au boucan avait été agréable. On avait dîné dehors à la lueur de la lune et des torches sous un grand multipliant devant lequel Guillaume était tombé en admiration, n'ayant jamais rien vu de tel, le comparant à « un mur végétal ». La soirée s'était prolongée autour d'un feu de camp. À la demande d'Henri malgré la réticence affichée de son épouse, le gardien du boucan et ses fils avaient improvisé un concert à l'aide de tambours et d'une calebasse remplie de pois secs que le plus jeune de ses garçons agitait en rythme. Sa femme et ses filles avaient dansé au son de cet orchestre de bric et de broc, une danse violente et saccadée. « Comme désespérée, avait commenté Guillaume. On dirait qu'elles frappent de colère la terre de leurs talons.

– C'est la musique de nos anciens esclaves, elle vient d'Afrique, ils l'appellent la *tschiéga*[1], avait expliqué Henri.

– Des sons discordants, une musique de sauvages… Et ce qu'ils considèrent comme une danse ne sont que déhanchements obscènes ! » s'était écriée Françoise de son côté avec mépris.

Ensuite, Charlotte et Alice avaient chanté en chœur, Mary et Alice avaient joué de la flûte et la conversation s'était prolongée tard dans la nuit. La soirée avait été délicieuse.

Il n'avait échappé à personne que Guillaume portait beaucoup d'attention aux jeunes filles de la maison. Sa première sortie avec le beau phaéton gris qu'il venait d'acquérir avait été pour solliciter de Françoise l'autorisation d'emmener Charlotte et Alice visiter les jardins de M. Poivre à Pamplemousse. Il arguait de sa curiosité pour l'étonnante flore tropicale et tenait particulièrement à observer les girofliers et muscadiers plantés jadis

1. De nos jours, le séga.

par Pierre Poivre. La permission avait été accordée avec empressement et la promenade acceptée par les deux intéressées avec un enthousiasme dissimulé sous une urbanité légère. L'une comme l'autre ne rêvait que de la même promenade, mais en tête à tête avec le séduisant cousin. C'est que Guillaume occupait toutes leurs pensées…

Charlotte ne s'endormait qu'en rêvant à lui, surgissant au galop dans l'allée des flamboyants. Elle aurait voulu se trouver à la place d'Alice le jour de l'accident, c'est elle que Guillaume aurait tenue dans ses bras. Elle l'imaginait s'avancer vers elle et son visage se pencher au-dessus du sien, vers sa bouche. Elle se représentait des scènes qui, de jour, l'auraient fait rougir de confusion. La nuit, dans son lit, ces images lui amenaient des sueurs sur tout le corps et une étrange langueur dans le ventre.

Durant la journée, la jeune fille veillait à se montrer aussi enjouée que d'habitude, mais dès que la conversation avec Alice ou Mary retombait, elle ne pouvait empêcher ses pensées de revenir vers lui, ce qui était bien doux, mais aussi sur l'image amère de Guillaume portant Alice dans ses bras. Un sentiment dont elle se sentait coupable la perturbait : elle était jalouse. Elle aurait voulu que Guillaume revienne aux Aubiniers pour elle seule, mais il était revenu pour prendre des nouvelles d'Alice.

Elle tentait de se raisonner. Alice était son amie, elle n'avait pas le droit de penser des choses aussi laides, et puis Alice n'était encore qu'une enfant, et fille de coolie ! Guillaume ne pouvait pas s'intéresser sérieusement à elle, cela serait aussi ridicule que de faire la cour à Mary, réfléchissait-elle.

Elle veillait cependant que ses pensées ne la trahissent pas et à se montrer toujours amicale et affectueuse avec Alice.

Cette dernière avait intuitivement compris la situation. Les attitudes de Charlotte, yeux brillants et joues en feu dès que son cousin s'approchait d'elle, parlaient d'elles-mêmes.

Elle aussi était amoureuse de Guillaume.

« Comme je vous envie ! Je donnerais n'importe quoi pour aller au bal moi aussi. J'aimerais tellement danser dans une aussi belle robe que la vôtre, ce serait si grisant ! » avait confié Alice à Charlotte après la séance d'essayage. La jeune fille semblait au bord des larmes.

« Oh non, Alice, vous n'allez pas pleurer ! Vous n'avez pas encore quinze ans, vous n'avez pas encore l'âge d'aller au bal ! Quand vous aurez fêté vos seize ans, je vous promets, vous viendrez avec moi au bal du gouverneur !

– Charlotte, vous ne devez pas promettre une chose pareille à Alice. C'est mal, vous savez bien que cela n'est pas possible !

– Miss Mary ! Mais pourquoi donc ne pourrais-je pas accompagner Charlotte au bal ? s'insurgea Alice.

– Ma chère petite, quelle enfant vous êtes encore ! Vous ne pourrez pas aller au bal avec Charlotte parce que… parce que c'est comme cela ! »

Alice éclata en sanglots et s'enfuit dans sa chambre. Charlotte allait la suivre, émue de voir la peine d'Alice, mais la gouvernante la retint : « Non, Charlotte, laissez. Je vais aller voir Alice moi-même et lui expliquer le plus doucement possible. »

Alice pleurait encore, secouée de sanglots sur son lit, lorsque Mary entra dans sa chambre, un mouchoir imbibé d'eau fraîche à la main.

« Ma chère petite fille, ne pleurez plus, je vous en prie. Je vous assure que cela n'en vaut pas la peine. »

Mary avait saisi Alice par les épaules, l'avait doucement forcée à s'asseoir et s'était installée sur le lit à côté d'elle. Elle lui avait tamponné les yeux de son mouchoir humide et avait posé un bras apaisant sur son épaule. Alice se calmait peu à peu.

« Voilà qui est mieux, ma petite Alice… Allons, on ne pleure plus !

– Je voudrais tant aller au bal avec Charlotte, pourquoi serait-ce impossible ? hoqueta la jeune fille dans un nouveau sanglot.

– Mais vous irez au bal, ma chère enfant, dans une robe magnifique vous aussi, et vous serez belle à ravir ! Mais ce ne sera pas au bal du gouverneur avec Charlotte.

– Mais pourquoi ? »

Mary soupira et prit les mains d'Alice dans les siennes : « Mon petit, je croyais que vous en aviez conscience. Je vais vous expliquer… C'est un peu délicat… » Elle réfléchit quelques secondes et prit une inspiration avant de se lancer : « Alice, vous savez, vous et moi nous sommes pareilles. Nous ne sommes à notre vraie place nulle part sur cette terre. Nous sommes amies avec Charlotte, nous vivons avec elle et avec sa famille, exactement comme elle, mais ni vous ni moi ne sommes de son rang. Ni vous ni moi ne serons jamais invitées au bal du gouverneur. Ce n'est pas grave, cela ne vous empêchera pas d'être heureuse, croyez-moi. Vous comprenez, n'est-ce pas ? »

Mary entoura de deux bras affectueux les épaules d'Alice et posa son menton sur ses cheveux.

Jamais la préceptrice ne s'était montrée aussi tendre avec elle. C'était comme Tantine dans le temps, quand elle était petite, alors Alice laissa sa tête contre l'épaule de Mary et les larmes jaillirent à nouveau. C'était si doux.

Elle comprenait ce que lui avait expliqué Mary et c'était comme un gouffre qui s'ouvrait sous ses pieds. Elle voulait aller aux mêmes bals que Charlotte et danser avec les mêmes cavaliers qu'elle, mais elle pleurait aussi pour bien autre chose. Elle voulait valser dans les bras de Guillaume à la place de Charlotte.

« Oh ! Encore ce méchant chagrin ! » Mary, doucement, sécha elle-même les larmes qui coulaient à nouveau des yeux d'Alice. « Ma chère petite, je vous promets que la vie vous apportera de bien beaux bonheurs. Je vous conjure de me croire : regardez-moi et dites-moi que vous me croyez. Oh non, encore une larme… »

Alice se força au pauvre sourire que Mary attendait : « Bien sûr que je vous crois », alors que, dans sa tête, tous ses rêves venaient de se briser.

« Voilà qui est mieux. Comme vous êtes belle, ma petite enfant, belle à croquer, même avec des larmes dans vos jolis yeux… Je vais vous confier quelque chose pour vous consoler : d'ici quelque temps, je vous dirai un secret, un très joli secret qui restera entre nous deux et qui, j'en suis certaine, vous rendra très heureuse. Qu'en dites-vous ?

– Un secret ? Qui me rendra heureuse ? »

Une lueur d'intérêt s'était allumée dans les yeux rougis d'Alice.

« À la bonne heure ! Je vois que l'on ne larmoie plus ! Patience, ma petite Alice, j'ai dit dans quelque temps, pas tout de suite, et surtout n'oubliez pas, c'est un secret. Pas un mot à Charlotte, n'est-ce pas ? »

Mary déposa un baiser sur la joue d'Alice, élan qu'elle n'avait jamais eu auparavant. Le geste, un peu maladroitement, avait abouti sur le bas de la joue, presque à la commissure des lèvres.

Mary était vraiment une bonne personne, si gentille, si généreuse : elle n'avait jamais mesuré ni son temps ni sa peine pour faire d'elle une jeune fille accomplie. Alice regrettait de l'avoir trouvée souvent assommante.

« Allons, venez, décida Mary en se levant brusquement, allons rejoindre Charlotte, le thé doit être servi dans le boudoir. »

Alice tamponna ses yeux en se levant alors que Mary se trouvait prête à franchir la porte ouverte.

La jeune fille constata avec un étonnement mêlé d'effroi que le visage de la gouvernante était changé ; ses yeux semblaient presque proéminents, le regard fixe, les traits figés et un sourire qui avait pris la forme d'un rictus.

Quelques minutes plus tard, dans le boudoir, le visage de Mary était redevenu comme d'habitude.

Alice s'excusa auprès de Charlotte, inquiète : « Pardonnez ces pleurs, mon amie. Mary a raison, parfois je me conduis comme une enfant ! »

Mais à presque quinze ans, Alice n'était plus une enfant. Elle savait ce qu'elle voulait.

Quelques semaines plus tard, un masque souriant sur son visage et le cœur en déroute, Alice depuis le perron de l'habitation assistait au départ de la famille Castelregnault pour le bal du gouverneur.

Monsieur, Madame et Mademoiselle avaient pris place dans la belle calèche de gala à quatre chevaux, aux armes des Castelregnault, dont on avait fait remplacer les garnitures pour l'occasion, conduite par Julius. Les bagages, dont les tenues de soirée dans leurs housses, suivaient dans une autre voiture, le grand break dans lequel Lina, la femme de chambre de Madame, et Jérémie, le valet de Monsieur, avaient également pris place sur la banquette de bois. On ferait étape chez la cousine Champfrenay à Moka, à proximité du Réduit, pour se restaurer, se rafraîchir et se changer pour le bal. On dormirait aussi chez Hélène, il était prévu de ne rentrer que le lendemain.

« Je vous raconterai tout ! » cria joyeusement Charlotte à l'adresse d'Alice et de Mary alors que la voiture s'ébranlait.

9

« Alice, profitons de notre liberté ! Je vais faire atteler ma voiture, nous irons nous promener et pique-niquer toutes les deux avant que la chaleur ne soit trop accablante. Qu'en dites-vous ?

– Pardonnez-moi, Mary, mais Tantine a insisté pour que je déjeune avec elle. Elle m'attend, je ne puis la décevoir, mais, si vous voulez, nous pourrons faire cette promenade ce soir, ou demain matin. »

Mary avait eu l'air contrarié mais avait cependant acquiescé. Alice s'en sentait soulagée, elle n'avait pas du tout envie de passer plusieurs heures en tête à tête avec elle.

Depuis plusieurs semaines, l'atmosphère avait insensiblement changé dans le trio Charlotte, Alice et Mary. Charlotte se montrait aussi attentionnée envers sa demoiselle de compagnie qu'auparavant, mais semblait s'éloigner. Alice en avait deviné la raison, bien que sa compagne ne lui ait rien confié de ses sentiments.

Si Charlotte devenait distante, Mary se faisait de plus en plus empressée. La gouvernante recherchait maintenant la conversation d'Alice, lui demandait sans cesse son avis, à elle et pas à Charlotte ; c'étaient plusieurs fois par jour des « Qu'en pensez-vous, Alice ? », des « N'est-ce pas, Alice ? » ou encore des « Ma chère Alice, mais vous avez tout à fait raison ! ».

Quel que soit le thème de la discussion, Mary fixait le visage d'Alice, comme avide de ce que pourrait bien dire la jeune fille. Elle semblait même fascinée par ses réponses à la plus banale des interrogations, comme si Alice avait été la reine Victoria en personne. Charlotte ne semblait pas s'être aperçue du changement d'attitude de la préceptrice, ou, dans le cas contraire, n'en prenait nullement ombrage.

C'est Mary qui maintenant frappait souvent le soir à la porte d'Alice pour quêter un moment de conversation à deux. Elle s'inquiétait parfois avec une insistance qui irritait la jeune fille : « Ma chère petite, je vous trouve bien songeuse, si vous aviez un souci ou envie de parler, vous savez que je suis là, n'est-ce pas ?

– Bien sûr que je le sais, Mary, et je vous remercie de votre sollicitude, mais je vous assure, je n'ai aucune préoccupation, tout va bien ! »

Pour rien au monde Alice n'aurait voulu confier le secret de son amour caché à Mary. Le changement d'attitude de la gouvernante l'étonnait, elle n'en voyait pas la raison, et surtout, ce comportement l'agaçait. *Elle m'énerve !* pensait-elle, tout en en éprouvant de la culpabilité. Elle devait tant à Mary !

Alice élaborait parfois des stratégies pour s'isoler quelques instants. Ainsi, elle pouvait rêver à Guillaume, son passe-temps favori. Elle se représentait le jeune homme splendidement élégant dans sa tenue de soirée noire. Il porterait une cravate de soie blanche négligemment nouée et s'inclinerait galamment devant elle pour l'inviter à la première valse…

Mais non. Ce ne serait pas devant elle que Guillaume s'inclinerait pour l'inviter, ce ne serait pas elle qui virevolterait dans ses bras. Ce serait Charlotte, éblouissante dans sa robe d'organdi rose.

La visite promise aujourd'hui à Boulou l'aiderait peut-être à échapper à ses idées moroses. Elles bavarderaient autour des petits riens qui peuplaient l'univers de sa mère adoptive, tout en dégustant les mets indiens qu'elle préférait et que Tantine avait cuisinés exprès pour elle. Peut-être même que Boulou ne l'embêterait pas avec le dernier prétendant au mariage qui se serait manifesté. Depuis quelque temps, sa mère semblait moins obsédée par ses projets matrimoniaux.

Comme à son habitude depuis la disparition de Bois Quille, elle fit un détour pour ne pas passer devant sa case. La volaille caquetait toujours autour du poulailler et c'était dorénavant une vieille servante indienne qui en avait la charge. Elle avait refusé d'occuper la masure de l'affranchi et retournait chaque soir dormir au camp sucrier, après avoir rentré les poules, poulets et canards. La case de Bois Quille était abandonnée sous l'assaut de la touffe de pipangailles devenue envahissante. Le banc sur lequel elle avait l'habitude de s'asseoir au côté du vieil homme avait disparu. Le potager était infesté de *vieilles filles,* l'abri de Cadix s'écroulait lentement dans l'enclos, son occupant avait été emmené au camp des affranchis ; tout cela attristait profondément Alice, lui rappelant l'absence irrémédiable de son vieil ami.

Une *caraille* était posée sur trois pierres devant la case de Tantine, au-dessus d'un foyer où rougeoyaient des tisons. La case sentait bon les épices.

« Ma petite Sita, viens vite, je t'attendais avec impatience !

– Alice, s'il te plaît, Tantine. Sita, c'est fini depuis longtemps, je ne suis plus Sita.

– Ma petite fille, pour moi tu es et tu seras toujours Sita! »

Tantine était souriante et visiblement contente, et semblait même excitée.

L'huile grésillait dans la *caraille*. Boulou s'accroupit pour y jeter les petites boulettes qu'elle avait préparées dans une calebasse, avec de la farine de pois chiche assaisonnée de piment. Les gâteaux piments qu'affectionnait Alice. Cela sentait bon. Une fois toutes les boulettes bien dorées rassemblées dans une feuille de bananier repliée en forme de coupe, elles s'assirent par terre sur la natte, à l'intérieur de la case, le dos appuyé au coffre. Les boulettes brûlaient un peu les doigts. « Comme dans le temps, quand j'étais petite... Cela me fait très plaisir, ma tantine!

– Je suis bien contente... »

Tantine s'absorba en silence dans la contemplation du gâteau piment qu'elle tenait entre deux doigts puis se décida à parler avant de le porter à sa bouche.

« J'ai une grande nouvelle, pour toi. Une surprise! »

Alice engloutit son énième gâteau. « J'adore les surprises, Tantine, dis-moi vite!

– Sita, tu vas avoir quinze ans, tu n'es plus une enfant...

– Pas Sita! Alice, s'il te plaît, Tantine. Tu as raison, je ne suis plus une petite fille!

– Tu as été demandée en mariage. »

Alice haussa les épaules et se renfrogna : « Encore! Ce n'est pas une surprise, Tantine, cela fait des années que j'en reçois, et des plus fantaisistes! Tu le sais bien et tu sais aussi que cela ne m'intéresse pas. »

Jusqu'à présent, Tantine et Julius avaient bien voulu tenir compte de l'avis de leur fille, mais aujourd'hui, Tantine lança un regard lourd de reproche à Alice : « Sita, tu vas sur tes quinze ans…

– Et alors ! grinça Alice, énervée avant même que la conversation n'entre dans le vif du sujet.

– Mais tu as eu bien raison d'attendre, admit Boulou, car cette fois, tu as été demandée par un très beau parti, le meilleur à des lieues à la ronde. Uka Lodha veut t'épouser, que dis-tu de cela ?

– M'intéresse pas, grogna Alice en portant un gâteau piment encore brûlant – c'est comme cela qu'ils étaient les meilleurs – à sa bouche.

– Sita, réfléchis ! Les Lodha sont une grande chance pour toi, inespérée. Tu seras riche ! »

Tantine, les joues rouges d'excitation, lui expliqua qu'Uka avait trente ans. Veuf, sirdar, il était l'aîné de Ragu Lodha, l'assistant du régisseur de Beau Plan. Les Lodha étaient issus d'une famille connue de Chandernagor et ici, à Maurice, ils avaient gagné beaucoup d'argent. Ils avaient acheté quelques arpents de terre et bientôt, ils s'établiraient planteurs comme des Blancs. Les Lodha habitaient déjà une belle case à varangue de plusieurs chambres, presque aussi belle que celle d'un Blanc. Un jour, peut-être, ils reviendraient vivre à Chandernagor où la famille possédait une magnifique *havéli* [1].

« Tu habiteras un palais, ma petite fille, tu auras à ton tour des servantes ! » s'extasiait Tantine.

Elle oubliait que le palais en question, eût-il réellement existé, ne ressemblait sans doute que de très loin à

1. Grande maison indienne organisée autour de plusieurs cours. Les parents et plusieurs frères y vivaient avec leur propre famille.

la description faite par l'entremetteuse et que quoi qu'il en soit, sa fille adoptive y serait soumise à l'autorité d'une belle-mère et n'y serait guère plus considérée qu'une servante au service de sa belle-famille. Ce que Boulou savait fort bien, ayant connu ce sort alors qu'elle n'était encore qu'une enfant.

Quand elle eut fini de parler, Alice lui prit la main : « Tantine, je n'ai pas envie de me mettre en colère. Je te répète que je ne veux pas me marier avec quelqu'un que je ne connais pas. Je veux choisir mon époux. »

Boulou grimaça et serra fortement la main d'Alice dans la sienne. « Arrête de te conduire comme une enfant ! Tu répétais ce genre de sottises quand tu étais petite, mais maintenant tu n'es plus une gamine. Tu sais bien qu'on ne choisit pas son mari ! Ce sont des idées de Blancs, ça, et même les filles des Blancs ne choisissent pas, elles non plus ! La demande de cette famille nous fait honneur, Sita, on ne la refusera pas.

– Tantine, c'est non.

– Tu ne comprends donc pas, petite sotte ? C'est un très beau mariage pour toi, inespéré, alors que tu as dépassé l'âge raisonnable où une jeune fille doit être mariée. Une famille importante t'a remarquée malgré ton âge et bien que tu sois une bâ… »

Boulou s'était retenue à temps de prononcer le mot qu'elle avait sur le bout de la langue. Elle se reprit : « Bien que tu sois une orpheline. Tu es belle avec ta peau claire et tu représentes plus qu'une simple servante, cela se sait ! Et puis tu possèdes aussi une jolie dot. Je ne t'en ai jamais parlé, mais Julius et moi, nous avons mis beaucoup d'argent de côté pour ton mariage. Tu seras respectée dans ta nouvelle famille, tu arriveras chez eux avec tous les cadeaux qu'ils attendent, et toi-même tu posséderas tes trente et un saris, tu auras un anneau de nez en or, avec un autre en or à ton orteil comme la plus respectable des femmes mariées, que dis-tu de cela ?

– Tantine... Je ne porterai pas d'anneau dans le nez, ni à l'orteil, mais je voudrais bien le même collier de perles que Charlotte ! Je veux maîtriser ma vie, Tantine, tu comprends ? Je me marierai un jour, mais pas maintenant et pas avec cet Uka. »

Tantine fronçait les sourcils, de plus en plus exaspérée de se heurter à un mur. « Tu fais exprès de faire semblant de ne pas comprendre ! Tu sais bien qu'on ne peut pas vivre sans mari !

– Tantine, écoute... »

Boulou se radoucit en voyant sa fille au bord des larmes : « Ma colombe, mon bonheur sera parfait lorsque je te verrai avec le *bindi*[1] rouge au front et tu seras si belle avec le *sindur*[2] ! Tu sais, moi, à ton âge, on m'avait mariée depuis longtemps ! Mais si tu veux, on reparlera de tout ça un peu plus tard. Il faut que tu te fasses à l'idée. »

Alice fit non de la tête, mais Tantine poursuivit sur sa lancée sans s'apercevoir du geste de sa « colombe » : « Pense à ton avenir, ma fille. Tu sais bien que Charlotte est, elle aussi, en âge de se marier. Elle va s'établir dans une autre maison que celle de ses parents. Et toi, que deviendras-tu, alors ? Tu ne peux même pas faire le métier de cuisinière, tu n'as jamais voulu apprendre avec

---

1. Marque portée sur le front qui signifie habituellement que la femme est mariée.

2. Vermillon que les femmes mariées appliquent sur la raie de leurs cheveux.

moi ! Tu retourneras éplucher les brèdes ? Frotter le linge avec Rosalie sur le dos ? Le mariage avec Uka, c'est la chance qui frappe à ta porte.

– Tantine, parlons d'autre chose, veux-tu ? »

Boulou, déconcertée, n'insista pas.

Elle sortit pour cuire des *dholl puri* sur la plaque de métal qui avait remplacé la *caraille* au-dessus du foyer. Alice l'avait suivie et observa en silence le travail de Tantine accroupie, qui retournait avec dextérité les petites crêpes dorées sur la plaque brûlante et ne s'interrompait que pour ranimer les braises avec un carré de vacoa tressé à usage d'éventail. De retour dans la case, toutes deux reprirent leur place, assises sur la natte. Boulou semblait avoir oublié la conversation tendue qu'elle venait d'avoir avec sa fille et commentait avec animation les petites nouvelles du camp indien : Lila était bien malade et ne pouvait plus faire la fière dans ses saris rouges avec tous ses bracelets qui sonnaillaient lorsqu'elle traversait le camp dans sa voiture à deux roues. Shana, mariée, attendait un premier bébé – « Tu sais qu'elle est plus jeune que toi ? » –, et sa mère se trouvait sur le point d'accoucher d'un septième ou huitième enfant, peut-être même d'un neuvième, on ne savait plus. Un autre ménage annonçait son retour aux Indes : « Mais eux, les pauvres, ils en rêvent mais ne partiront jamais. *Missié* Henri ne leur offrira pas le voyage et ils n'ont pas une roupie d'avance pour payer le bateau ! »

Tantine se montrait enjouée et diserte mais dès le départ d'Alice elle s'écroula, prostrée, dans un recoin de sa case. Elle resta là longuement, assise par terre, la tête dans ses mains, secouée de sanglots.

Elle le savait. Quand les dieux avaient envoyé Sita s'installer chez les Blancs, c'était la malchance qu'ils lui destinaient, et cet aveugle de Julius qui ne l'avait pas compris ! Les *grands mounes* avaient mis des drôles d'idées dans la tête de Sita. « Il faut que Sita reçoive de l'éducation. » L'Anglaise était venue lui dire ça à la cuisine ; elle ne l'aimait pas, l'Anglaise ! Boulou n'avait jamais rien appris si ce n'est à balayer, à récurer, à aller puiser l'eau au puits et à éplucher, laver, découper et cuire les aliments. Sa vie s'accomplissait ainsi, comme les dieux l'avaient décidé. À quoi cela lui aurait-il servi de savoir lire, écrire, compter, tout ce que cette Mary prétendait indispensable ? À cause de cette maudite Anglaise, Sita se rebellait et tout le village indien ricanait en lui reprochant de l'avoir mal élevée, elle la stérile qui portait déjà le malheur sur elle. Elle en avait assez d'entendre jaser derrière leur dos, comme jadis, quand tout le camp gloussait de sa stérilité.

Tantine étouffa un autre sanglot. Sita avait dépassé quatorze ans, une fille de son âge sans mari ne valait rien et voilà qu'elle refusait Uka Lodha, le parti le plus enviable de l'île ! Si Sita épousait Uka, le mariage dont rêvaient tous les parents et toutes les filles du secteur, Boulou pourrait se rendre au puits la tête haute, on la respecterait et on envierait la réussite de sa famille. Une telle union clouerait le bec à tous les malveillants du village.

Dans le cas contraire, quand ils apprendraient le refus de Sita, tous les villages indiens des alentours allaient se moquer d'eux. C'était une nouvelle malédiction que les dieux lui réservaient. Pourtant, Boulou n'avait rien à se reprocher, elle observait tous les rites, ne mangeait jamais de bœuf, jeûnait quand il le fallait. Chaque jour, elle se prosternait devant les images des divinités installées sur un petit autel dans sa case, veillait à ce que la lampe à huile y soit allumée en permanence. Les jours de fête, elle ne manquait jamais d'apporter des offrandes de belles fleurs aux idoles. Malgré tout cela, les dieux restaient sourds à ses prières, Sita continuait à repousser tous ceux qui la demandaient et restait sans mari.

Boulou soupira en pensant à son propre destin. Elle n'avait pas eu la chance qui s'offrait aujourd'hui à sa fille adoptive. À huit ans, pourvue d'une misérable dot offerte par un oncle, elle avait été mariée à un autre enfant aussi pauvre qu'elle, qu'elle n'avait jamais vu. Elle avait dû quitter la petite chambre où elle dormait avec sa mère dans la maison du Français, où toutes deux étaient servantes, pour habiter chez sa belle-mère. Le logis ne valait pas mieux, il était même pire, une pauvre maisonnette de boue séchée, une pièce unique sous un toit de paille. Elle y dormait par terre dans un coin, servait de bonne à tout faire après ses longues journées de travail et surtout de souffre-douleur, le plus grand reproche qu'on lui faisait étant la pauvreté de sa dot, la belle-mère oubliant que sa propre pauvreté lui interdisait de prétendre à mieux pour son fils. Le modeste salaire de la petite bru était entièrement confisqué par sa belle-mère. Boulou ne se révoltait pas, c'était comme cela.

L'année suivante, elle était orpheline. Puis, à douze ans, elle s'était retrouvée veuve, pas encore pubère et sans avoir jamais échangé un seul mot avec son « mari ». On avait entortillé l'enfant veuve dans un sari blanc qui la faisait ressembler à une morte-vivante et on lui avait rasé le crâne.

Sa belle-mère, et toute la belle-famille avec elle, considéra que c'était la faute de Boulou si son fils était mort. Elle redoubla de coups et d'invectives. Ses deux beaux-frères et même la *boundi*[1] qui jusqu'à présent ne l'avait jamais frappée se mirent à la gifler sans raison en lui criant : « Maudite ! maudite ! Tu n'as pas su retenir l'âme de ton mari ! Honte à toi ! Cache-toi ! » Heureusement, elle aimait son travail sous les ordres du cuisinier. Elle avait eu la chance de servir dans une maison française car chez des Indiens elle n'aurait jamais pu apprendre la cuisine, on l'aurait cantonnée dans un rôle de nettoyage des immondices à l'extérieur de la maison. C'était le sort que sa caste lui destinait car Boulou était une intouchable. Son simple contact souillait. Elle n'avait pas le droit d'entrer dans la maison de personnes de castes plus élevées, mais ici, le maître de maison ne se souciait nullement de ce genre de choses. Elle s'était si bien habituée aux manières étranges des Français qu'elle ne remarquait même plus les serviteurs qui entraient dans la cuisine avec leurs impures chaussures de cuir. Elle, elle allait toujours pieds nus.

Un soir, une femme l'avait abordée alors qu'elle rentrait après son travail. Elle ne la connaissait pas, mais celle-ci savait tout d'elle : « Tu as quatorze ans, tu es veuve, orpheline et pauvre, maltraitée par ta belle-mère. Je t'offre une nouvelle vie, loin d'ici, dans un pays où tout est beau, où il ne fait jamais trop chaud comme ici, ni trop froid. Tu travailleras chez des Français, tu gagneras beaucoup d'argent, tu auras des bracelets en or et personne ne te battra plus jamais. Et là-bas, tu ne seras plus une intouchable : les castes n'y existent pas. Va chercher tes affaires, je t'emmène. »

Pourquoi la petite veuve de quatorze ans avait-elle obtempéré, comment avait-elle trouvé en elle la force de

1. Épouse du frère aîné.

rompre des années d'atavisme, d'obéissance à un destin imposé? Boulou ne s'était jamais posé la question.

Elle avait noué son second sari, son seul bien en dehors de celui qu'elle portait sur elle, en un baluchon et sans un mot à l'adresse de la belle-mère s'était dirigée vers la porte. Celle-ci avait compris, elle en barrait l'accès de son corps. On ne se sépare pas de gaieté de cœur d'une esclave gratuite ni du revenu qu'elle rapporte chaque semaine.

La belle-mère avait crié, griffé, giflé, mais Boulou l'avait bousculée, avait réussi à ouvrir la porte et s'était enfuie dehors.

La femme l'attendait. Elle lui a dit : « C'est bien. Tu es courageuse, tu as fait le bon choix. » Elle lui a tendu un joli sari neuf, jaune : « Enlève-moi tes oripeaux blancs de malheur et mets ça! »

Boulou ne se souvenait plus très bien comment elle s'était retrouvée sur le bateau. Elle se rappelait un long trajet sur les pas de la femme à travers des rues inconnues, une salle immense remplie d'une foule de femmes et d'enfants. On lui avait demandé de faire une petite croix sur un registre, on lui avait donné de l'argent, une somme qui lui parut considérable. La femme avait raison, elle partait pour un endroit où l'or coulait à flots, bientôt elle aurait des bracelets d'or à chaque poignet et au coude aussi, comme la grosse bibi[1] qui habitait la grande *havéli* en face de la maison du Français.

Elle n'avait rien oublié du terrifiant voyage sur l'eau, dans l'entrepont sombre et nauséabond. Elle s'était terrée dans le coin qu'on lui avait indiqué, où se trouvaient

1. Mot hindi correspondant à une femme de condition sociale élevée.

d'autres femmes seules, certaines avec des petits. Sa plus proche voisine s'appelait Mina, elle avait à peu près son âge et son sari était déformé par un gros ventre.

Toutes et tous avaient été malades. La nuit, Shitala, la froide déesse de la Mort soufflait sur certains, hommes ou femmes, bébés ou enfants. Le matin, les officiers du navire découvraient les corps déjà raidis et les faisaient jeter par-dessus bord, sans cérémonie.

Chaque jour, les immigrants devaient monter sur le pont même lorsque les pluies grises et froides de la mousson s'abattaient sur le vaisseau, on leur disait que l'air y était meilleur. C'est sur le pont qu'on leur apportait des écuelles de riz infâme mêlé à des morceaux de poisson séché. On trouvait des vers dans le riz.

L'horizon sans fin de la mer épouvantait tant Boulou qu'elle restait assise dans un renfoncement, les yeux fermés pour ne pas voir tout ce bleu.

Un matin de gros temps, le bateau tanguait et roulait sur des vagues sombres, un vent froid de mousson soufflait dans les voiles. Boulou tremblait de peur et de froid, prostrée sur le pont. Un jeune homme était venu s'asseoir à côté d'elle. Il lui dit qu'il s'appelait Julius, qu'il avait vingt-trois ans, qu'il était seul, sa femme étant morte et leurs trois enfants aussi. Il lui dit également qu'il venait d'Agra, où il était valet d'écurie pour un Anglais. Julius, ce n'était pas son nom de naissance, c'était le nom que lui avait donné le maître anglais, trouvant l'autre trop compliqué à prononcer.

Boulou n'avait pas osé répondre, cela ne se faisait pas de parler à un étranger, mais avait imperceptiblement souri quand l'homme lui avait confié que son nom n'était pas celui de sa naissance. Elle non plus ne portait pas son vrai nom ; on l'avait toujours appelée Boulou, elle ne savait pas pourquoi.

Elle s'était soigneusement écartée pour que l'inconnu n'ait pas à la frôler : elle était une intouchable, comme Mina, sa voisine de l'entrepont. Julius était revenu auprès d'elle chaque jour, le plus souvent sans parler, et elle s'était habituée à sa présence silencieuse. Elle avait intuitivement saisi qu'il était lui aussi de cette caste, sans qu'aucun mot le lui ait précisé.

Un matin, ils étaient arrivés à destination. On avait conduit les immigrants dans un grand bâtiment que les officiers du bord appelaient le dépôt. Julius s'était placé près de Boulou : « Reste avec moi. On va dire que nous sommes mariés. »

Un employé avait inscrit leurs noms et celui de la ville d'où ils venaient et leur avait donné un coffret de fer à suspendre à leur cou, dans lequel il avait mis un papier avec les renseignements qu'ils avaient donnés.

Boulou était restée aux côtés de Julius, de même que Mina. *Missié* Henri les avait choisis tous les trois. Mina était devenue coolie, Julius garçon d'écurie et elle, servante à la cuisine.

Elle n'avait jamais regretté. Sa vie s'accomplissait comme les dieux l'avaient décidé.

Tout ça, c'était le passé et aujourd'hui l'attitude de Sita représentait son plus gros souci. Elle essuya ses yeux avec l'extrémité de son sari et se cala confortablement contre le mur pour réfléchir à la situation le plus calmement qu'elle put.

Sita refusait toutes les demandes, mais elle n'avait pas le choix, c'était comme cela, il fallait qu'elle soit mariée. Une fille non mariée à quatorze ans passés, c'était une honte insupportable, Sita elle-même le savait bien. Ça jasait, ça gloussait à leur sujet et Boulou ne le supportait plus. Certaines étaient bien trop heureuses de lui rapporter les quolibets dont Sita et elle faisaient les frais.

Boulou ne voulait plus avoir honte. « Maudite, maudite, honte sur toi ! » – les insultes de sa belle-famille lorsque le garçon qu'on lui avait donné pour mari était mort résonnaient encore à ses oreilles.

Quelques minutes plus tard, elle avait recouvré sa sérénité. Elle se releva souplement en rajustant le *pallu* de son sari d'un geste décidé.

Elle savait ce qu'elle avait à faire. Ce qu'il était juste et bon de faire.

Alice, absorbée dans ses pensées, se cogna presque à Mary dans le hall de la grande maison. Elle ne pensait déjà plus à cette ridicule histoire de demande en mariage mais ruminait à propos de Charlotte. À cette heure, celle-ci devait être en train de se préparer en vue du bal, bien décidée à subjuguer Guillaume…

« Alice ! Je vous cherchais ! La faisons-nous, cette promenade ? La voiture est déjà attelée !

– Euh… oui, avec plaisir, Mary ! »

La préceptrice entraîna Alice vers les écuries sans avoir remarqué le léger soupir de la jeune fille.

L'heure était douce, la chaleur moins vive. Les ombres des flamboyants de l'allée s'allongeaient lorsque le boquet conduit par Miss Mary se dirigea vers les grilles de la sortie du domaine.

Mary, silencieuse, tenait les guides avec dextérité. Elle lançait de temps à autre un regard en biais vers sa voisine, laquelle finit par s'en étonner : « Mary, on dirait que vous mijotez quelque chose !

– Vous devinez juste, mon petit. Je “mijote” une nouvelle extrêmement importante, qu'il me tarde de vous confier ! »

Elle tira sur les rênes pour arrêter son cheval à l'ombre d'un immense manguier et se tourna vers Alice. « Ce que je vais vous révéler est confidentiel. J'ai votre parole, n'est-ce pas ?

– Naturellement, Mary. » Alice jeta un regard interrogatif à sa voisine, étonnée de son ton grave.

« Vous souvenez-vous de ce secret que j'ai évoqué avec vous il y a un certain temps ?

– Bien sûr ! Il m'avait intriguée », affirma Alice alors qu'elle n'y avait jamais repensé et, à vrai dire, s'en moquait comme d'une guigne.

« À la bonne heure ! Accordez-moi toute votre attention, ma chère enfant. »

Elle expliqua à Alice qu'elle avait reçu une lettre d'un notaire de Londres, porteuse d'une nouvelle extraordinaire. Une de ses tantes, une sœur de son père, sans enfants, une originale fâchée avec le reste de la famille, venait de décéder et lui avait légué tous ses biens. Mary était donc à présent propriétaire d'un très beau cottage dans le Sussex, d'un appartement à Londres ainsi que d'un revenu confortable de quelques milliers de livres par an. Elle allait repartir en Angleterre bientôt et y vivre dans l'aisance.

« Voilà où je veux en venir, Alice : venez avec moi en Angleterre. Vous ne pouvez imaginer comme nous y serons heureuses toutes les deux !

– En Angleterre ! Mais, Mary, c'est impossible ! »

Mary sourit avec indulgence : « Je savais que vous me diriez cela, ma petite Alice ! Cela vous paraît inconcevable aujourd'hui parce que je vous prends au dépourvu. C'est normal. Je suis certaine que vous changerez d'avis lorsque vous m'aurez écoutée.

– Mary, je…

– Non, Alice, ne dites rien et écoutez mes arguments. Charlotte va se marier bientôt, et ce ne sera pas avec Jacques de Lamarre-Magnin, vous l'avez deviné, n'est-ce pas ? Elle épousera Guillaume de Charnay… Oh, mon Dieu, vous êtes toute pâle ! »

Mary avait posé un bras qui se voulait protecteur sur les épaules d'Alice, mais la jeune fille se raidit sous cette emprise. Le bras de la gouvernante ressemblait à un crochet lancé pour l'arrimer à elle.

« Ma petite fille, je sais, je sais… et je ne veux pas que vous soyez triste, vous serez tellement heureuse, je vous le promets, bien plus que vous ne l'auriez jamais été avec Guillaume, je vous le jure… »

Mary avait retiré son bras, sentant la crispation d'Alice. La jeune fille regardait ailleurs, vers le feuillage du manguier au-dessus de sa tête, en pensant qu'elle donnerait n'importe quoi pour échapper à cette conversation.

« Pardon, pardon, je n'ai jamais voulu me montrer indiscrète… » Mary s'empara de la main d'Alice, figée et muette. « Vous savez, reprit-elle après quelques secondes de silence, Charlotte n'aura bientôt plus besoin de moi, et, pardonnez ma franchise, Alice, elle n'aura plus besoin de vous non plus. Il nous faut donc organiser notre avenir. Le mien est assuré en Angleterre. Le vôtre me paraît bien sombre ici. Quel sort pouvez-vous espérer, sinon celui de lectrice d'une vieille dame dans le meilleur des cas ? Voire de bonne d'enfant ? Ou alors vous résigner à un mariage de raison arrangé par votre mère adoptive avec l'un de vos compatriotes indiens ?

– Je ne veux ni l'un ni l'autre, Mary. Je déciderai moi-même de mon avenir. Tantine m'a justement parlé d'une demande en mariage aujourd'hui, je l'ai refusée », répliqua Alice en retirant sa main de celle de Mary et en se disant que c'était une journée vraiment particulière.

« Vous avez bien agi mais ne pourrez pas repousser indéfiniment les demandes, Alice. Votre famille va tout mettre en œuvre pour vous marier, que vous le vouliez ou non, vous savez bien que cela se passe ainsi chez les Indiens. Il y a urgence, le temps presse. Redonnez-moi votre main, s'il vous plaît, je vous parle à cœur ouvert… »

Mary s'était à nouveau saisie de la main d'Alice et avait rapproché son visage si près du sien que la jeune fille recula pour ne plus sentir le souffle de la préceptrice sur sa peau.

« Ma chère petite, vous avez raison de vouloir décider vous-même de votre destinée. Je vous approuve totalement et vous admire aussi pour votre force. Mais hélas, il faut que vous sachiez qu'ici, à Maurice, vous ne pourrez jamais conquérir votre pleine et entière liberté. Le milieu dans lequel vous évoluez ne vous le permettra pas.

– Comment cela, Mary? Expliquez-vous, je vous prie. »

Alice avait à nouveau retiré sa main de celle de la gouvernante et lui avait jeté un regard peu amène. La proximité physique imposée par Mary la rebutait.

« Non, ne vous fâchez pas… Je suis certaine qu'au fond de vous, vous avez conscience des obstacles qui se dressent devant vous. »

Alice ne répondit pas et continuait à regarder ailleurs. Au bout de quelques instants, Mary reprit : « Vous êtes et vous serez toujours soumise aux préjugés des Blancs vis-à-vis des personnes de couleur. Ils ne vous considéreront jamais comme l'une des leurs malgré votre apparence. Vous ne pouvez l'ignorer, n'est-ce pas ? L'autre obstacle, ce sont les traditions de votre famille indienne. Vous venez de refuser une demande en mariage, mais cela ne va pas l'empêcher de vous arranger une union qui lui convienne à elle, sans vous demander votre avis. Je ne sais quel est le pire des maux, la mentalité de votre milieu ou l'ostracisme des Blancs à votre encontre. En Angleterre, vous échapperez à tout cela. Votre avenir matériel y sera également assuré, vous n'aurez aucun souci d'argent. Voulez-vous bien y réfléchir ?

– S'il vous plaît, Mary, rentrons.

– Je vous ai bouleversée, mon enfant, excusez-moi. Je ne veux pas insister aujourd'hui, il vous faut un peu de temps pour assimiler ce que je viens de vous exposer. Dans quelques jours, nous en reparlerons, c'est indispensable. » La gouvernante hésita un instant, se pencha sur le visage d'Alice et déposa un baiser sur sa joue. Puis elle tira sur les rênes de son cheval en murmurant à mi-voix : « Ma chère petite… je voudrais tant que vous compreniez que c'est le bonheur que je vous offre… »

Alice ne sut que répondre. Elle se tassa à l'extrémité du siège alors que Mary faisait faire demi-tour à sa jument. Ses yeux rencontrèrent le profil de Mary, qui semblait concentrée sur sa conduite. Il affichait les mêmes traits figés qui l'avaient effrayée quelques semaines auparavant, le jour de sa crise de larmes.

10

« Alice ma chère, ma très chère amie, que je suis heureuse ! Heureuse à en mourir de joie ! »

Charlotte s'était précipitée dans la chambre d'Alice dès son retour, pendant que la femme de chambre s'occupait des bagages.

La jeune fille radieuse, le rose aux joues, riait de bonheur, virevoltant sur elle-même, sa robe tenue à deux mains comme si elle se trouvait encore sur le parquet de la salle de bal.

« Guillaume m'aime, je l'aime et il va demander ma main à Papa ! Je suis au paradis ! Vous êtes la première à laquelle je confie cette joie, venez dans mes bras, mon amie, je veux vous embrasser... Oh, non, Alice, vous allez pleurer ! Mais pourquoi ? N'êtes-vous pas heureuse pour moi ?

– Mille pardons, Charlotte, je suis émue et heureuse, infiniment heureuse pour vous, mais... » Alice hoqueta dans un sanglot avant de trouver les mots destinés à cacher le nom de Guillaume que son cerveau scandait. « ... vous allez vous marier et je ne vous verrai plus ! »

Charlotte embrassa Alice avec chaleur et se récria. Alice était sa meilleure et sa seule amie, mieux encore, sa sœur. Mariée ou pas, une sœur reste une sœur, n'est-ce pas ? Alice lui rendrait visite quand elle voudrait et aussi souvent qu'elle en aurait envie, rien ne changerait entre elles, jamais !

« Et puis, ajouta Charlotte après une seconde de réflexion, Guillaume et moi, nous aurons des enfants, et j'aurai besoin de vous pour m'aider ! »

Lorsqu'un courrier avait remis à Guillaume un pli à l'en-tête du gouvernorat, il avait été surpris par un petit rectangle de papier vermillon collé sur l'enveloppe, à l'effigie de la reine Victoria, sur lequel était inscrit verticalement *Post office*.

John Claridge, qui avait reçu la même enveloppe, lui avait expliqué que cette minuscule image s'appelait un timbre-poste et indiquait qu'une taxe pour la remise du pli avait été payée par l'expéditeur. En Angleterre, cette façon de faire existait depuis plusieurs années et ce pli envoyé par Lady Gomm était sans doute l'un des premiers à être ainsi timbré à l'île Maurice. Guillaume trouva l'image jolie et la nouveauté moderne et intéressante. Il conserva le courrier dans ses archives.

Dès réception du carton d'invitation de Lady Gomm, il se mit en quête d'un maître de danse au prétexte qu'il se trouvait bien piètre danseur, avait-il déclaré à John Claridge, et qu'il tenait à impressionner la jeune fille de ses pensées.

« Ha, ha, je vois ! avait ri son associé, vous n'avez pas perdu de temps, mon ami ! » John lui ayant recommandé le meilleur d'entre eux, Guillaume s'était entraîné assidûment à la valse, la polka, la mazurka, afin de faire bonne figure devant la société de la colonie. Il n'avait bien sûr pas avoué au professeur que les seules danses qu'il avait pratiquées jusqu'alors étaient la bourrée, le rigodon ou le *chiberli* bressan au son de la vielle grinçante du père Martin, dans quelque grange transformée en salle de bal à l'occasion d'une poule [1].

Le bal avait commencé par un quadrille d'honneur dans la plus grande tradition, dans lequel évoluaient le gouverneur face à Lady West et le général West face à Lady Gomm. John Claridge avait soufflé à l'oreille de Guillaume les noms des autres personnalités qui avaient l'honneur d'ouvrir le bal, sous les regards admiratifs et parfois envieux de toute l'assistance.

Le quadrille protocolaire terminé sous les applaudissements, Guillaume s'était incliné devant Charlotte pour lui demander l'honneur de lui accorder la première valse, ce qui fut accepté avec un rougissement des plus charmant qui n'échappa pas au jeune homme. Ensuite, Guillaume avait monopolisé la demoiselle quasiment toute la soirée, excepté le temps de quelques danses que par courtoisie il avait proposées à des dames, dont Françoise de Castelregnault et Lady West. Sa danseuse raccompagnée à son siège, Guillaume courait à nouveau vers Charlotte et la soustrayait adroitement aux nombreux cavaliers qui convoitaient le plaisir et l'honneur de danser avec elle. Entre les danses, ils s'étaient promenés tous deux en bavardant avec animation, au vu et au su de toute l'assemblée. Guillaume n'avait eu d'yeux que pour Charlotte, laquelle le lui rendait bien, observés avec jalousie par nombre de jeunes filles à marier et par leurs mères.

1. Bal offert aux villageois par les jeunes mariés le soir de la noce.

Le manège n'avait, bien entendu, pas échappé aux parents Castelregnault et ne les avait pas surpris. Ils s'attendaient à cette situation.

Dès le lendemain, chez Hélène de Champfrenay, ils avaient tenu un conseil de famille à l'heure du petit déjeuner, profitant que leur fille ne soit pas encore éveillée. Hélène et Françoise se réjouissaient ouvertement.

« Ma fille deviendra comtesse de Charnay, ce sera plus prestigieux pour notre famille qu'une union Lamarre-Magnin ! supputait tout haut Françoise.

– Ces Lamarre-Magnin, vous savez, il ne faut pas se fier à leurs grands airs et à leurs attelages, ils sont couverts de dettes ! assurait de son côté Hélène.

– Je suis au courant, cousine. Mais Édouard n'est pas le seul gros planteur de la colonie dans cette situation. Cela ne m'inquiète nullement… »

Henri caressait sa moustache, ennuyé. Les exceptionnelles terres à canne du domaine Lamarre qu'il guignait depuis fort longtemps échapperaient, faute de mariage entre les deux familles, au patrimoine Castelregnault. Tout n'était pas perdu pour autant, réfléchissait-il. Paul avait annoncé son retour et Sophie de Lamarre-Magnin n'était, à sa connaissance, promise à personne, ses deux jeunes sœurs non plus.

« Le grand-père d'Édouard, ma mère l'avait bien connu, vous savez, reprit la vieille dame. Il n'était qu'un vulgaire banian [1] qui avait bourlingué je ne sais où avant d'arriver à l'isle de France. Il s'appelait tout bonnement Pierre Magnin et il a ajouté à son nom celui de Lamarre,

1. Terme péjoratif qui désigne un petit marchand, trafiquant malhonnête mais doué pour faire de l'argent.

assorti d'une particule lorsque la Compagnie des Indes lui a offert en concession quelques arpents au lieu-dit Lamarre. Il s'est forgé comme cela un nom présentable ! Il était roué, le vieux Magnin, il a su acheter les concessions voisines dont se désintéressaient leurs propriétaires vivant en Europe et a réussi à se constituer une jolie fortune.

– Vous entendez, Henri ? J'ignorais cela ! » s'exclama Françoise, fort satisfaite de se sentir supérieure par sa généalogie aux Lamarre-Magnin. En même temps, elle éprouva un grief contre sa cousine pour lui avoir caché ces détails jusqu'à présent, tout en saisissant la raison de l'indulgence d'Hélène, en contradiction avec son caractère : la rumeur avait prêté à cette dernière et au père d'Édouard une relation amoureuse passionnée, laquelle aurait duré plusieurs années dans le dos de leurs conjoints respectifs.

« Et la grand-mère, en avez-vous eu vent ? continuait la vieille dame, une lueur féroce dans le regard. Ma mère m'en parlait. Son nom de naissance, je l'ai oublié, mais je gage que celui de Mlle du Bordel lui aurait parfaitement convenu…

– Oh, Hélène ! s'exclama Françoise, de plus en plus ravie tout en affectant une mine outrée.

– Mesdames, paix aux cendres des aïeux Magnin. À quoi bon réveiller ces histoires ? Seul le bonheur de Charlotte nous préoccupe à présent, n'est-ce pas ? » intervint Henri.

Il était bien entendu au courant de l'ascendance Lamarre-Magnin, mais les terres à canne du domaine Lamarre pesaient plus lourd dans la balance que le passé tumultueux d'aïeux morts depuis longtemps.

En fait, après réflexion, il n'était pas mécontent de la tournure de la situation. Henri aimait sincèrement sa fille et souhaitait la voir heureuse en ménage, or le mariage envisagé avec Jacques ne promettait guère le bonheur à Charlotte. Ce n'aurait été qu'une union de façade.

Henri connaissait la réputation de ce jeune homme, qu'il aurait été inconvenant d'exprimer devant les dames, encore qu'il se doutât bien que celles-ci, avec leur passion des ragots, étaient au courant de la situation : Jacques aimait les garçons. Adolescent, il ne s'était jamais intéressé aux petites ouvrières de la plantation de son père, mais à leurs frères, de beaux Noirs grands et musclés. Ses parents l'avaient expédié terminer ses études en Europe en espérant le voir changer de goûts, mais aux dernières nouvelles ce n'était pas le cas. Jacques se trouvait actuellement à Londres, après avoir vécu à Paris, et s'affichait avec son majordome noir, un garçon de son âge qu'il ne quittait jamais des yeux.

Comme prévu, Guillaume fit sa demande quelques jours plus tard, laquelle fut acceptée avec joie, et les fiançailles officielles du comte Guillaume-Antoine de Charnay avec Mlle Charlotte de Castelregnault furent annoncées dans *Le Cernéen*, au désespoir de quelques jeunes filles et pas des moindres de la société, et au grand dam des calculs de leurs mères.

L'habitation se remplit d'une effervescence joyeuse. On préparait un mariage, un grand mariage, et comble de bonheur, le fils de la maison, Paul, son tour d'Europe et ses études d'économie achevés, avait annoncé son arrivée sur un prochain navire en provenance de Londres après plusieurs années d'absence. Françoise tourbillonnait du matin au soir, rajeunie : son fils revenait à la maison et sa fille épousait un grand nom ! Elle avait tant de décisions à prendre, de choix à effectuer... Le mariage de Charlotte se devait d'éblouir toute la colonie. Elle ne s'accordait pas le moindre droit à l'erreur. Le salon se transforma tous les soirs en quartier général militaire et Françoise en général en chef.

La liste des invités donna lieu à de multiples discussions entre les époux Castelregnault, chacun d'eux ayant élaboré sa propre liste qui ne coïncidait pas forcément avec celle de l'autre. Le cas de Firmin Peltier, un petit Blanc voisin, provoqua la discussion la plus houleuse. Lorsque Françoise découvrit que son époux souhaitait qu'il soit invité avec ses deux filles, elle s'insurgea, le rouge de la colère aux joues : « Ce petit Blanc de rien du tout parmi nos invités, vous plaisantez, Henri !

– Je suis on ne peut plus sérieux, Françoise, et vous prie de lui faire envoyer un carton ainsi qu'à ses filles !

– Pendant que vous y êtes, invitez aussi la coolie avec laquelle il est en ménage maintenant que sa femme est morte ! Sa femme, c'était une mulâtresse d'ailleurs, je vous rappelle, et vous voudriez que j'invite ses filles qui ont du sang noir dans leurs veines au mariage de notre fille ? Et ses filles, parlons-en ! L'une est confite en dévotion du matin au soir pendant que l'autre est une dévergondée qui a jeté sa vertu par-dessus les moulins depuis longtemps ! Vous imaginez *ça* au milieu de nos invités ?

– Françoise, nous inviterons Firmin Peltier et ses deux filles. J'y tiens, et vous vous montrerez aimable avec eux. »

Françoise avait failli s'étrangler tant ce que lui demandait son époux lui paraissait absurde, aussi Henri avait-il fini par lui dévoiler le fond de sa pensée.

Firmin était ruiné, perclus de dettes qu'il ne pourrait jamais rembourser et donc acculé à vendre. Henri voulait la concession Peltier, située en bordure de sa propriété. Il y avait là quelques centaines d'arpents de bonnes terres à canne, aussi fertiles que celles du domaine Lamarre et qui agrandiraient fort judicieusement le patrimoine Castelregnault. Or il n'était pas le seul à être au courant de la situation de Peltier et à guigner ses terres : Édouard de Lamarre-Magnin était sur les rangs, Jean Favart aussi, et Charles d'Épinay avait déjà fait une offre, laquelle avait été refusée. Le mariage de Charlotte représentait une occasion inespérée de se rapprocher de ce petit planteur, qui grâce à sa ruine annoncée devenait soudainement intéressant.

« Ses terres, je les veux, et dans leur totalité, bien entendu. S'il me les vend, je lui proposerai de devenir l'assistant de Maisonneuve, qui croule sous le travail. Peltier aura tout à y gagner. J'ai bon espoir d'y arriver, aussi je vous prie de considérer que l'agrandissement de notre plantation vaut bien l'effort d'inviter au mariage de Charlotte une famille qui n'appartient pas à notre milieu. »

Françoise n'était pas sotte. Elle ravala son orgueil et promit d'envoyer un carton à M. Firmin Peltier et à Mlles Germaine et Gertrude Peltier.

Guillaume de Charnay soumit à ses futurs beaux-parents la liste de ses propres invités, qui n'affichait que trois lignes : John Claridge, lequel avait retardé son retour à Londres pour assister aux noces de son poulain, le général et Lady West, le gouverneur et Lady Gomm. Ces derniers avaient promis leur présence, à la grande satisfaction de la mère de la mariée. Tous étaient anglais mais suffisamment prestigieux pour qu'elle oublie sa promesse de ne jamais recevoir un Anglais chez elle.

On transforma l'un des salons inutilisés du rez-de-chaussée en atelier de couture pour Madame Rose, priée de s'installer à demeure avec son escouade d'assistantes. Il n'y avait pas de temps à perdre pour faire face à la confection de multiples toilettes, tant pour la cérémonie, la réception, pour les jours précédents et les jours suivants, que pour le trousseau de la future comtesse de Charnay.

La robe du jour des noces en était naturellement la pièce maîtresse. Françoise tenait à ce que la toilette de sa fille époustoufle toute la colonie et soit à la hauteur du rang des familles Castelregnault et Charnay réunies. Après la consultation frénétique d'une pile du *Journal des Dames et des Modes* et du *Moniteur des Dames et des Demoiselles* de Paris, entrecoupée de longues discussions, mère et fille décidèrent d'une robe immaculée comme la mode en avait été lancée par la reine Victoria à Londres, quelques années auparavant. Elle serait prolongée d'une longue traîne de dentelle, au point de Valenciennes, avait décidé Françoise qui ne voulait pas entendre parler de point d'Angleterre, comme le préconisait la couturière, et complétée par une couronne de fleurs et de boutons d'oranger en cire. Le choix fut chaudement applaudi tant par Alice que par Madame Rose. On se mit en quête de la plus belle mousseline de soie blanche que l'on pût trouver dans l'île et de métrages de dentelle.

Alice avait appris à se contrôler. Aucun membre de la maisonnée, hormis sans doute la perspicace Miss Mary, ne se douta de son tourment. Elle participait aux préparatifs avec un enthousiasme dont personne ne pouvait douter de la sincérité.

Parallèlement, elle s'arrangeait pour éviter de se retrouver en tête à tête avec Mary. L'attitude de la gouvernante à son égard l'embarrassait de plus en plus, et à cela s'ajoutait l'invite ridicule de cette installation en Angleterre. Mary l'avait à nouveau sollicitée à ce sujet, avec une insistance pesante, ce à quoi Alice avait invariablement répondu que c'était rigoureusement impossible. Elle mourrait dans ce lointain pays de brume et de froidure. En fait, la neige, le gel et le brouillard l'effrayaient bien moins que la perspective de vivre avec Mary pour tout horizon.

Guillaume venait aux Aubiniers chaque dimanche et parfois aussi, lorsque ses affaires lui en laissaient le loisir, en milieu de semaine. Ces jours-là, les fiancés se promenaient seuls dans le parc ou s'isolaient dans un salon avec Françoise pour mettre au point les derniers détails du mariage.

Alice se sentait douloureusement exclue. Elle en profitait pour rendre visite à Tantine à la cuisine, ou à Julius à l'écurie. Son père adoptif changeait, il vieillissait, devenait taciturne.

Françoise et Henri décidèrent qu'il ne serait pas opportun qu'Alice s'installât chez les jeunes mariés, comme Charlotte l'avait suggéré. Elle resterait donc aux Aubiniers dans un premier temps ; ensuite, on aviserait.

11

« Alice ? Puis-je entrer ? »

Alice, déjà au lit, lisait avant de souffler sa bougie. Elle soupira discrètement, résignée à subir une conversation qui ne lui plairait pas. La gouvernante, en chemise, un grand châle de cachemire à ramages sur les épaules, se tenait à sa porte et allait encore l'assommer avec ses idées farfelues d'exil en Angleterre. Elle entra d'ailleurs sans attendre la réponse de la jeune fille.

« Que lisez-vous donc, ma chère enfant ? Ah, Victor Hugo, *Notre-Dame de Paris* que j'ai rapporté du cabinet de lecture du Port-Louis ! Cela me fait plaisir… Nous en discuterons quand vous l'aurez terminé. »

Mary s'était assise au bord du lit. Elle rajusta son châle en frissonnant : « Il fait froid ce soir, ne trouvez-vous pas ? »

Alice avait refermé son livre par courtoisie. Un silence s'installa.

Mary subitement se leva et vint se glisser dans le lit à côté d'Alice, interloquée. « Voilà qui est mieux ! Cette pluie incessante depuis ce matin a rafraîchi l'atmosphère, et nous voici bien à l'aise pour parler ensemble… » chuchota Mary. Elle posa un bras sur les épaules d'Alice, qui se raidit sous ce poids. Mary dans son lit à côté d'elle représentait une situation déplacée et l'étreinte de ce bras lui évoquait l'emprise d'un tentacule.

« Nous allons bientôt partir toutes les deux, ma chère petite…

– Non, Mary. Je vous ai déjà dit que cela ne se peut… »

Le bras de Mary se fit plus pressant. « Chut… ma toute petite, faites-moi confiance. C'est le bonheur que je vous offre… Non, ne dites rien… »

Alice sentit la joue de Mary s'appuyer contre la sienne, sa main se glisser sous le drap, sous sa chemise, et s'insinuer doucement entre ses cuisses. Et la bouche de Mary, contre sa joue, cherchait la sienne.

La jeune fille tenta de se dégager mais le bras de Mary la maintenait fermement.

« Non, ne te dérobe pas, je t'aime, chuchota Mary. Tu le sais, je suis certaine que tu le sais… Ne résiste pas, nous allons nous aimer, être heureuses… »

Alice, tétanisée, sentait la main de Mary se rapprocher d'un endroit de son corps où elle ne pouvait pas avoir sa place. Tout son être criait « non », et en même temps une sorte de feu s'était emparée de son ventre; la tentation de fermer les yeux et de s'abandonner l'effleura. Cela ne dura que le temps d'un éclair. D'un violent coup de reins, la jeune fille bondit hors du lit.

« Non, Mary. Pas ça. »

Mary sortit elle aussi du lit et s'approcha d'Alice, les bras tendus et le visage égaré. Elle chercha à l'enlacer. La jeune fille se déroba et recula : « Rentrez dans votre chambre, Mary. S'il vous plaît. Je vais oublier cette scène. »

Mary la fixait, les yeux exorbités : « Ma toute petite, tu ne comprends donc pas ? Je t'aime ! Tu ne peux pas me rejeter ! »

Alice recula encore, en direction de la porte. « Je vous demande de quitter ma chambre, Mary.

– Non, non, reviens, reviens s'il te plaît… Innocente, si tu savais… »

Mary suppliait, les yeux pleins de larmes. Alice, blanche comme un linge, ne trouvait pas d'autre mot que « non ». Mary insistait et cherchait encore à l'embrasser, alors Alice ouvrit la porte en grand : « Une dernière fois, sortez », intima-t-elle d'une voix mesurée et calme, mais déterminée.

La préceptrice, le regard fixé sur le visage tendu d'Alice, resta quelques secondes figée devant la porte béante, le visage ravagé. Puis elle laissa jaillir ses larmes : « Tu me repousses ! Ingrate ! Je ne mérite pas ça… »

Se reprenant, elle chercha à nouveau à s'approcher d'Alice : « Mon amour, réfléchis, je t'en supplie, je serai tout à toi et toi tu seras…

– Je ne vais pas hésiter à crier, Mary. Ce sera aussi gênant pour vous que pour moi. »

Mary se décida enfin à sortir de la chambre, maintenant rouge de colère autant que de déception. « Tu n'as pas le droit ! Avec tout ce que j'ai fait pour toi ! Sans moi, tu ne serais encore qu'une… » grinça-t-elle entre ses dents en passant devant Alice, qui maintenait la porte de sa chambre ouverte.

Le lendemain, Mary ne parut pas de la journée. Elle fit prévenir par la femme de chambre qu'elle souffrait d'une violente migraine et désirait ne pas être dérangée.

Le soir venu, Alice décida de porter elle-même à la malade le plateau préparé par Shana, un bol de bouillon et une portion de crème à la vanille. Elle trouva la préceptrice assise dans son lit, à consulter des papiers.

« Sortez immédiatement ! »

Alice ne tint pas compte de l'injonction et déposa le plateau sur la table de nuit.

« Mary, je tiens à vous dire que j'éprouve respect et gratitude à l'égard de votre personne, mais je ne peux en aucun cas vous offrir ce que vous attendez de moi.

– Vous avez pris plaisir à m'humilier, soit. Mais sachez que vous n'êtes qu'une bonniche, que vous ne serez jamais rien d'autre qu'une bonniche indienne. Sortez de ma chambre. »

Le lendemain, Mary fit atteler avant l'aube et ne rentra qu'à la nuit tombée. Elle se rendit dès son arrivée au salon afin d'annoncer son départ pour Londres où une urgente affaire d'héritage à régler l'attendait. Une cabine venait de se libérer sur le prochain navire en partance, lequel prendrait la mer incessamment, dès que les vents se montreraient favorables. Elle avait décidé de quitter immédiatement les Aubiniers pour s'installer au Port-Louis, à l'Hôtel de l'Europe, en attendant le départ du navire.

Le lendemain, elle fit ses adieux à la famille réunie sur le perron. Elle serra la main d'Henri et celle de Françoise, qui l'étreignit amicalement. « Nous allons vous regretter, chère Mary. »

Elle embrassa affectueusement Charlotte en lui souhaitant tout le bonheur du monde et lui exprima ses regrets de ne pas pouvoir assister à ses noces.

Elle embrassa enfin froidement Alice sans un mot ni un regard.

Mary grimpa dans la voiture de louage qui l'attendait et partit sans se retourner.

Plus tard, lorsque Alice retourna dans sa chambre, elle constata que sa flûte, posée sur sa commode, celle que lui avait offerte jadis Mary, était brisée en deux.

12

Paul arriva quelques jours après le départ de Miss Mary. Son navire resta ancré plus de vingt-quatre heures face à l'île Plate, en quarantaine, car quelques malades se trouvaient à bord et les autorités sanitaires de l'île craignaient une épidémie. La famille Castelregnault, prévenue par un billet de la présence de Paul à bord, avait envoyé au Port-Louis son plus beau landau attelé de deux chevaux, ainsi qu'un break destiné au transport des probablement nombreuses malles du voyageur. Le palefrenier Joshua, à cheval, accompagnait les voitures, mandaté pour revenir à bride abattue aux Aubiniers prévenir ses occupants dès que Paul serait en route. Toute la famille rongeait son frein, impatiente d'accueillir le voyageur. Françoise, impeccablement coiffée, vêtue d'une ravissante robe de taffetas bleu moiré de reflets verts, allait et venait dans l'attente fébrile de son fils qu'elle n'avait pas vu depuis cinq années. Chacun était également inquiet, bien que ne le montrant pas, car il arrivait qu'un navire débarquât ses passagers à l'île Plate, où ceux-ci pouvaient rester plusieurs semaines d'affilée en quarantaine lorsqu'un malade contagieux se trouvait à bord. Depuis la veille au soir, Henri tentait grâce à ses relations d'obtenir le privilège de faire descendre Paul à terre avant les autres passagers, mais sans succès.

Heureusement, après une journée entière d'inspection, de discussions et d'examen des personnes alitées, les médecins conclurent que les malades ne présentaient aucun danger de contamination pour la population locale. Le *Queen Ann* fut autorisé à accoster au Port-Louis et les passagers purent enfin débarquer.

Françoise, en faction derrière la baie de son salon bleu, vit un nuage de poussière grandir dans l'allée des flamboyants. Elle se précipita sur le perron, ayant deviné que cette poussière annonçait le cheval de Joshua : « *Missié* Paul est en route ! Il arrive ! » cria le jeune homme à l'adresse de la maîtresse de maison, qui avait été rejointe sur le perron par Charlotte et Alice.

« Alice, allons à la rencontre de Paul, ce sera plus amusant que de l'attendre bêtement ! décida Charlotte. Joshua, selle nos chevaux !

– Excellente idée ! Je commençais à tourner en rond !

– Mesdemoiselles, vous ne pouvez donc pas rester tranquilles ! » grommela Françoise, mais les jeunes filles ne l'entendirent pas, elles couraient déjà dans l'escalier vers leurs chambres respectives pour troquer leurs robes contre une tenue plus adéquate.

Françoise de Castelregnault finit par hausser les épaules avec fatalisme en les voyant dévaler les marches, revêtues de leurs « culottes de garçon ». « Mon Dieu, Charlotte ! Vous vous conduisez encore en enfant et vous serez bientôt une femme mariée ! »

Paul ne fut pas choqué par ces tenues vestimentaires, bien au contraire. Il embrassa sa sœur avec fougue : « J'ai quitté une petite fille, je retrouve une jeune femme moderne, fiancée et radieuse ! Quel bonheur ! »

Alice retenait les chevaux par la bride et restait discrètement en retrait pour ne pas gêner les retrouvailles du frère et de la sœur. Elle eut le temps de détailler l'arrivant : il ressemblait à Charlotte et elle le trouva plutôt agréable à regarder. Paul lui parut gentil, il affichait le même visage rond aux joues roses que son père, ponctué d'une fine moustache claire qui surmontait des lèvres minces mais souriantes. Ses cheveux coupés court, disciplinés par une raie basse, semblaient dorés, un peu roux, comme ceux de sa mère – « auburn », disait Françoise en parlant de sa chevelure. La stature de Paul était moins haute que celle de Guillaume, et son torse, sanglé dans une redingote noire à la mode en dépit de la chaleur, paraissait quelque peu enveloppé.

Paul, tout sourire, s'inclina devant elle : « Vous êtes Alice, n'est-ce pas? Charlotte m'a écrit à plusieurs reprises que vous étiez une personne exceptionnelle, mais vous êtes bien plus que cela, vous êtes une princesse!

– La princesse Alice de Mysore! » répliqua-t-elle en éclatant de rire, dans une révérence parfaite malgré sa culotte de garçon.

Le mariage de Guillaume de Charnay et de Charlotte de Castelregnault fut célébré à l'église de Pamplemousse quelques semaines plus tard.

Les murs de l'édifice avaient été soulignés en hauteur par une guirlande ininterrompue de palmes et de fougères piquées de fleurs blanches et roses. Elle surmontait des tentures de satin blanc qui dissimulaient les vieilles pierres des murs. Deux autres tentures encadraient l'autel, présentant les armes des Castelregnault, de gueule à une épée d'argent parée en pal, et celles des Charnay, d'azur à un chevron d'or accompagné de trois tours d'or en pointe, les deux blasons surmontés de la couronne comtale. De nombreux et grands bouquets de roses blanches achevaient le décor. Les fleuristes avaient travaillé toute la nuit à draper et fixer les tentures, à tresser les guirlandes et à composer les bouquets avec les fleurs apportées par milliers par un convoi de tombereaux. De mémoire de Mauricien, jamais on n'avait vu plus somptueuses ornementations pour une cérémonie nuptiale.

Les coolies indiens avaient été gratifiés d'un jour de congé exceptionnel à l'occasion du mariage. Tous se tenaient sur le trajet afin d'apercevoir les membres du cortège, qu'ils saluaient avec enthousiasme. On leur avait annoncé qu'un banquet avait été prévu pour eux où l'arack coulerait à flots. Boulou et ses petites aides faisaient mijoter depuis la veille d'immenses chaudrons de *bryani*[1].

Charlotte était émue et radieuse dans sa magnifique robe blanche, Guillaume, recueilli et sérieux auprès d'elle, en habit noir, chemise et cravate de soie ivoire. L'assistance, nombreuse, chatoyait des mille couleurs de la soie, du taffetas ou de la mousseline des vêtements de fête et scintillait du feu des bijoux des dames. La présence du gouverneur et de son épouse, au premier rang, aux côtés des parents de la mariée, ne passait pas inaperçue.

Alice, en corolle d'organdi rose pâle, fut la plus ravissante des demoiselles d'honneur, rôle qu'elle partageait

---

1. Plat de fête composé de riz et de viande de mouton longuement mijotée avec de nombreuses épices.

avec Sophie de Lamarre-Magnin et sa sœur cadette, Juliette Ferrière et deux demoiselles Rune. Sa beauté attira de nombreux regards.

Elle ne pleura presque pas. Seules quelques larmes silencieuses lui montèrent aux yeux au moment de l'*Ave Maria*, chanté a cappella par un ténor du théâtre du Port-Louis.

La cérémonie achevée, un interminable cortège de calèches, de phaétons, de cabriolets, de landaus et de palanquins tous plus luxueux les uns que les autres s'étira sur le chemin en direction des Aubiniers. Des gardes en uniforme blanc encadraient les grilles grandes ouvertes de l'entrée et les invités devaient décliner leur identité pour être admis dans la propriété. Deux salles de verdure aussi décorées que l'église avaient été dressées devant la maison, l'une à usage de salle de bal et l'autre de salle à manger, garnie de tables nappées de blanc. Les nouveaux mariés, entourés d'Henri en grand habit et de Françoise en robe de soie indigo, accueillaient leurs invités. Françoise était parée de l'éblouissant ensemble de diamants, saphirs et émeraudes que son époux lui avait offert à cette occasion. Un huissier en tenue de valet à la française du XVIIIe siècle avait été retenu à grands frais pour annoncer les invités.

« M. Firmin Peltier, Mlles Germaine et Gertrude Peltier », annonça-t-il à un moment de sa voix tonitruante.

Un silence se fit dans le bourdonnement de la salle et les regards convergèrent vers ces invités inattendus.

« Cher voisin, merci d'avoir accepté notre invitation, je suis bien aise que le mariage de ma fille nous donne enfin l'occasion de vous recevoir ! déclara Henri en serrant la main de Peltier avec chaleur.

– Mesdemoiselles, vos robes sont ravissantes », ajouta son épouse, un sourire gracieux aux lèvres, que démentaient ses yeux qui avaient froidement toisé de haut en bas les tenues démodées, de modeste cotonnade verte, des deux jeunes filles.

Un peu plus tard, Françoise vit son mari entraîner Peltier à l'intérieur de la maison, vers le fumoir : « Venez, mon voisin, allons discuter un moment dans un endroit un peu plus calme pendant que nos jeunes filles dansent ! »

« Tout va bien, ma chère », susurra la voix d'Henri à son oreille, une demi-heure plus tard. Elle comprit qu'Henri avait gagné la partie et lui sourit, satisfaite.

Son époux avait raison, l'agrandissement du patrimoine familial au nez et à la barbe des autres planteurs valait bien le désagrément de remarquer deux robes ridicules se mêler aux toilettes élégantes de ses invitées et de voir leur père se goinfrer sans retenue aux buffets.

La fête était à la hauteur des souhaits de Françoise et impressionna tous les invités. La présence du gouverneur et de son épouse avait été remarquée bien que ceux-ci ne se soient guère attardés. Ils repartaient en Europe quelques semaines plus tard et se disaient débordés. On se pressait devant les différents buffets qui avaient été dressés dans les salles de verdure et les varangues. Ils croulaient sous les mets les plus raffinés, cuisinés par Fourcand et Salaffa, le meilleur traiteur du Port-Louis. On buvait du champagne venu de France.

L'orchestre était celui qui animait les réceptions du gouverneur au Réduit. Dès que le soir tomba, des milliers de bougies illuminèrent les tentes et les varangues aux deux niveaux aussi richement décorées de feuillages et de fleurs que les salles de verdure. Toute la maison brillait de mille feux, tant à l'extérieur qu'à l'intérieur. Le jardin lui-même était illuminé de centaines de lanternes dispersées dans les massifs qui transformaient la nuit en une féerie.

À la fin de la soirée, les nouveaux mariés s'étaient éclipsés pour rejoindre la belle maison que Guillaume avait louée au-dessus du Champ de Mars du Port-Louis, sur la pente du Pouce. Les invités s'étaient esquivés les uns après les autres, les lumières de la fête s'éteignaient une à une alors que les musiciens rangeaient leurs instruments. Les parents Castelregnault s'étaient eux aussi retirés.

Alice n'avait pas sommeil. La fête avait été une épreuve pour elle. Guillaume, dorénavant l'époux de Charlotte, était perdu pour toujours, et de plus, la soirée avait été mortellement ennuyeuse. Elle avait peu dansé, les jeunes planteurs qui se pressaient auprès des jeunes filles de la bonne société l'avaient ignorée. Même Paul, qui lui tournait ostensiblement autour depuis son arrivée dans la colonie, ne l'avait pas fait danser une seule fois. Quelques cavaliers l'avaient cependant invitée, dont des messieurs âgés à l'amabilité appuyée et qui la serraient de bien trop près à son goût. Amère, elle constatait que certains se permettaient un comportement qu'ils n'auraient jamais osé adopter avec une jeune fille protégée par un nom et la fortune de ses parents. Depuis longtemps, elle avait appris à reconnaître dans le regard de certains hommes, voire de femmes comme Mary, cette sorte de fixité allumée par le désir. À ce moment-là, elle lisait dans leurs prunelles l'instinct du rapace guettant sa proie. Elle se raidissait – elle ne serait jamais, sous aucun prétexte, une proie. Elle trouvait alors une excuse pour refuser une autre danse et s'éloigner. Certains messieurs s'étaient même enhardis à lui proposer une promenade rafraîchissante dans le parc.

Faute de s'étourdir de danses, elle avait bavardé avec Germaine Peltier, qui elle aussi faisait tapisserie dans sa laide robe verte, auréolée de sa réputation de bigoterie. Elle avait également tenu compagnie à quelques vieilles dames dont Hélène de Champfrenay, très aimable avec elle, et qui l'avait même fait rire avec des remarques assassines sur certains invités. La pauvre Germaine avait fait les frais de l'ironie mordante de l'aïeule : « Sa robe lui va bien. Le vert, c'est parfait pour une grenouille de bénitier », avait dit Hélène en dardant son face-à-main dans la direction de la jeune fille, seule sur sa chaise. John Claridge allait lui aussi bientôt repartir en Europe, après avoir assisté aux noces de son jeune associé. Il s'était longuement entretenu avec elle, il l'avait félicitée pour son anglais et s'était excusé de ne pas la faire danser, la faute à une méchante douleur au genou.

La soirée avait été détestable et maintenant elle errait dans les vestiges de la fête, le cœur en berne. Guillaume ne serait jamais à elle, il en aimait une autre. C'était Charlotte, Charlotte qui se trouvait en ce moment même dans ses bras.

Sous la salle de verdure du bal, un buffet à la disposition des musiciens de l'orchestre était encore garni de victuailles et les artistes s'y pressaient, une assiette à la main. Leurs voitures, déjà attelées, attendaient le long de l'allée des flamboyants. Alice s'y dirigea : elle n'avait rien mangé et, maintenant, son estomac se rappelait à elle. Elle choisissait un morceau de volaille froid et de la salade de palmiste lorsque la voix joyeuse de Paul se fit entendre derrière elle.

« Alice, quelle divine surprise de vous trouver ici ! Moi aussi, je meurs de faim ; venez partager mon souper, je déteste manger seul ! »

Paul était là, lui aussi, une assiette pleine dans une main et une bouteille de champagne dans l'autre. Elle en fut contrariée, mais ne le montra pas. Elle avait envie d'être seule, tout à sa tristesse, et puis Paul l'agaçait avec ses approches maladroites. Quel lourdaud !

« Venez, un peu de calme va nous faire du bien. Quelle journée, n'est-ce pas ! Un peu de champagne ?... Buvons au bonheur de nos mariés ! Je vous ai vue sécher vos yeux ce matin, à l'église, mais rassurez-vous, ce n'est pas vous qui avez pleuré le plus !

– ...

– Même Mère a pleuré, oh, juste un peu, pas plus que vous ! Vous ne voulez pas apprendre qui a versé le plus de larmes ? Tant pis, je vais vous le dire malgré tout ! »

Paul se rapprocha d'Alice et chuchota sur un ton de confidence : « La pire langue de vipère du secteur, la vieille cousine Hélène qui adore médire, a larmoyé dans son mouchoir d'un bout à l'autre de la cérémonie ! N'est-ce pas étrange ?

– Elle était peut-être amoureuse du marié ! » rétorqua Alice d'un air sérieux.

Paul éclata de rire : « Ha ! Je comprends pourquoi elle vous adore ! Elle ne tarit pas d'éloges à votre égard, mais c'est parce que vous êtes une adversaire à sa taille ! »

Ils s'étaient installés à une petite table à l'écart du groupe bruyant des musiciens et attaquèrent leur médianoche de bon appétit, Alice mise de meilleure humeur par l'attitude détendue et amicale de Paul. Puis le jeune homme s'était levé de la table pour aller glisser quelques mots à l'adresse du violoniste qui rangeait son instrument. Paul était revenu prendre la main d'Alice : « Accordez-moi la faveur d'une dernière danse, Alice. »

Sans attendre la réponse de la jeune fille, il l'entraîna vers la piste de danse désertée alors que les premières notes d'une valse éclataient pour eux seuls.

Alice ferma un instant les yeux, Guillaume l'enlaçait, elle tournoyait dans ses bras. Elle se reprit aussitôt, craignant que Paul ne s'aperçoive de ce moment d'absence. Qu'allait-il imaginer ! Mais ses yeux ne rencontrèrent pas le visage narquois qu'elle redoutait. Au contraire, Paul semblait complètement absent, les yeux clos et un air de ravissement sur ses traits.

« Toute la soirée, j'ai rêvé de ce moment, vous emporter dans mes bras dans une valse. Mes devoirs de fils de la maison m'ont empêché de me consacrer à votre seule personne, mais c'est ce que je désirais par-dessus tout, Alice.

– Vraiment ? »

Elle ne put s'empêcher de lui décocher un regard plein d'ironie. Ce Paul mentait avec effronterie. Il prétendait avoir sacrifié à ses devoirs de fils de la maison alors qu'elle l'avait vu disparaître dans un coin d'ombre du parc en compagnie de Gertrude Peltier, dont tout le monde connaissait la réputation.

Elle refusa que Paul réclame un autre air au motif que le musicien avait le droit de se reposer enfin ; et puis, elle-même ressentant maintenant le besoin de dormir un peu, elle souhaitait se retirer. Paul s'inclina : « Qu'il en soit comme vous le désirez, princesse Alice. Je vous accompagne. »

Dans le hall déserté de la maison où se consumaient encore quelques bougies sur les candélabres d'argent, il serra très fort dans la sienne la main que lui tendait la jeune fille en murmurant son prénom : « Alice, Alice… pourquoi donc refusez-vous de vous laisser aimer ? »

Alice éclata d'un rire sonore : « Comme Gertrude, n'est-ce pas ? » Sans attendre la réponse, elle s'élança dans l'escalier en riant encore : « Bonne nuit, Paul, dormez bien, à demain ! »

Depuis son arrivée aux Aubiniers, il lui tournait autour avec une insistance maladroite qui l'embarrassait tout en la flattant quelque peu – après tout, il était le fils de la maison, l'héritier du nom, comme il se plaisait à le rappeler.

Paul n'était ni laid ni antipathique, il se montrait même plutôt gentil avec elle, mais il l'agaçait. Sa physionomie pleine de douceur évoquait le confort d'un coussin et indiquait, pensait-elle, une faiblesse de caractère. Ce qu'elle aimait chez Guillaume, c'était tout le contraire, sa mâchoire carrée, ses traits nets, énergiques, lesquels reflétaient une personnalité déterminée et ambitieuse.

Elle posa sa tête sur l'oreiller en soupirant. Pourquoi la vie n'était-elle pas plus simple ? Elle avait découvert avec Mary qu'une femme pouvait désirer une autre femme comme un homme et cela l'avait troublée. Elle ne savait pas que c'était possible. Elle ne pouvait s'imaginer dans les bras d'une autre femme, dans ceux de Mary moins encore que dans d'autres, alors que Mary prétendait l'aimer sincèrement. Et voici que maintenant ce Paul qui ne l'intéressait pas le moins du monde lui faisait à son tour des avances ! Seul Guillaume aurait dû lui faire la cour. Mais Guillaume ne serait jamais à elle.

Elle s'endormit en réinventant la journée qu'elle venait de vivre, elle en robe blanche, à la place de Charlotte, au côté du beau Guillaume.

13

« Oh non, Sita ! Encore cet affreux costume d'homme ! »

Alice était arrivée chez Tantine au petit trot en chevauchant Jason, vêtue de sa « culotte de garçon ». Elle n'ignorait pas que cette tenue irritait sa mère adoptive mais elle se plaisait, parfois, à la provoquer…

Boulou ronchonna qu'en face d'une fille habillée en garçon, son thé allait lui rester en travers de la gorge, ce à quoi Alice répondit par un éclat de rire : « Ma tantine ! Tout le monde me dit que cette tenue me va bien ! » Elle ne précisa pas que « tout le monde » s'appelait en fait Paul. Boulou haussa les épaules d'un air réprobateur, ouvrit son coffre et en extirpa un paquet de tissu rose soigneusement plié : « Tiens, fais-moi plaisir, enlève cet horrible pantalon et mets ce sari ! Je l'ai acheté pour toi au Chinois, avec le *choli*[1] et le jupon assortis. Regarde comme c'est beau ! »

Alice détestait se vêtir en Indienne. Elle obtempéra malgré tout pour faire plaisir à sa mère. Le *choli* rose clair et son jupon de la même couleur lui allaient parfaitement. Tantine, ravie, l'aida à ajuster les six mètres de

1. Corsage court et très ajusté que l'on porte sous le sari.

tissu rose vif et à rabattre élégamment le *pallu* sur son épaule : « Ma colombe ! Comme tu es belle ! »

Boulou avait confectionné de délicieux *halvas*, et le matin même, elle avait cuit dans la cuisine de la *grand case* une tarte à la mangue comme l'aimaient les Français. Elle servit le thé et toutes deux se régalèrent de sucreries en bavardant de tout et de rien, sans parler de sujets fâcheux. Tantine n'avait plus abordé la question du mariage de sa fille depuis le jour où celle-ci avait refusé clair et net d'épouser Uka Lodha. *Elle a compris que je ne me marierai pas avec un inconnu*, se disait Alice, soulagée.

« Je vais refaire un peu de thé… Oh ! Je n'ai plus d'eau…

– Ne bouge pas, Tantine, je vais en chercher. »

Alice chargea en riant la jarre de cuivre sur son épaule, comme une vraie Indienne : « Regarde, Tantine, la jarre comme cela, n'est-ce pas la bonne façon de faire ? »

Boulou sourit en couvant sa fille adoptive d'un regard de fierté. Dans son sari rose qui seyait si bien à son teint clair, la jarre gracieusement portée à l'épaule, Sita était la plus belle de toutes.

Près du puits, Alice croisa Lila, méconnaissable bien qu'encore vêtue de son sari rouge aux éclats de miroirs. Quand elle était petite, elle croyait que les saris de Lila étaient parés de vrais diamants. La jeune femme insolente qui traversait le village indien dans son boquet, comme une Blanche – elle était d'ailleurs la seule Indienne à des lieues à la ronde à en posséder un ainsi qu'un cheval –, était devenue une maigre silhouette voûtée qui marchait avec difficulté, appuyée sur un bâton, le visage enlaidi de boutons. Ses bracelets toujours aussi nombreux tintinnabulaient maintenant autour de poignets décharnés. « Elle ne va plus chaque fin de semaine au Port-Louis, lui avait dit Tantine, elle y envoie ses deux filles aînées. Elles aussi portent des saris rouges ornés de petits miroirs et elles conduisent la voiture ! L'aînée a déjà un gros ventre… »

« Bonjour, Sita ! Boulou a bien travaillé, elle a fait de toi une vraie Indienne, à ce que je vois !

– Bonjour, Lila. Je ne m'appelle plus Sita, tu sais que je m'appelle Alice. Je viens puiser un peu d'eau pour Tantine.

– Ma pauvre Sita, tu ne t'appelleras plus jamais Alice ! Ils t'ont rattrapée ! Alors ça y est, tu rentres dans le rang ? L'astrologue a fixé la date du mariage, à ce que l'on dit ?

– De quoi parles-tu, Lila ?

– De ton mariage, pardi ! Le mois prochain, félicitations ! Uka Lodha, c'est le plus beau parti du coin que tu as déniché ! »

Alice posa la jarre pleine à terre, calmement, malgré son cœur qui s'affolait dans sa poitrine.

« Tu peux répéter ce que tu viens de dire, Lila ? »

Lila répéta. Sa cousine, servante chez les Lodha, lui avait confié la nouvelle en lui recommandant bien de garder le secret. L'astrologue avait consulté les planètes, les thèmes d'Uka et de Sita étaient parfaitement assortis et la date favorable pour le mariage avait été choisie. Il aurait lieu dans guère plus d'une quinzaine. Les cadeaux et les saris avaient déjà été achetés par Boulou au Chinois, tout était décidé et organisé. Les Lodha étaient très contents. Une femme à la peau blanche, c'était une belle prise.

« Tu ne le savais pas, n'est-ce pas ? »

Tétanisée, Alice, ne sut que répondre, ses yeux agrandis d'effroi fixés sur ceux de Lila.

« Je m'en doutais un peu. Promets-moi de ne dire à personne que c'est moi qui t'ai avertie. S'il te plaît. Ils me tueraient !

– Merci, Lila. Promis.

– Bonne chance, Sita. Non, Alice. Tu as raison, tu t'appelles Alice, et tu auras besoin de bien du courage si tu décides de t'opposer à ce mariage. Les Lodha ne sont pas gens à se laisser faire et ne vont pas renoncer à leur conquête de gaieté de cœur… Ah, encore une chose : si tu ne veux pas finir en esclave de ta belle-famille et que tu n'as pas d'échappatoire, viens me voir. Je t'expliquerai comment gagner de l'argent au Port-Louis, bien plus que tu n'en auras jamais à faire la servante chez des *grands mounes*. Le métier n'est pas plaisant, j'en sais quelque chose, mais au moins on est libre, et personne ne décide pour soi de sa propre vie. »

Alice revint chez Tantine la jarre de cuivre pleine d'eau à l'épaule, comme une Indienne, en s'efforçant de ne rien laisser paraître, mais le cerveau en ébullition. *Tantine pourrait m'enfermer dans les minutes à venir pour être sûre que le mariage soit célébré. Non, je m'affole, Tantine ne peut faire cela. Mais si, elle pourrait, puisqu'elle me marie sans m'en avertir ! Non, ce n'est pas possible, Tantine, c'est ma tantine… Si les Castelregnault ne me voyaient pas revenir ce soir, ils viendraient sûrement me chercher…*

« En es-tu certaine ? » insinuait une petite voix à son oreille. Alice se sentait dans une situation précaire à la *grand case* maintenant que Charlotte était partie, elle n'était plus sûre de rien.

Si Tantine ne m'enferme pas, ces Lodha, avec tout leur argent, pourraient venir me kidnapper avec une voiture ou me transporter ligotée dans un palanquin, m'emporter chez eux, me séquestrer et me traîner de force devant le pandit. Avec la complicité de Tantine.

Et Julius! Qu'en dit Papa Julius? Tantine ne lui demande pas souvent son avis, mais il ne peut pas ne pas être au courant de ce qui se trame derrière mon dos. Il semblait bizarre ces temps-ci, comme s'il m'évitait. Il n'ose pas me prévenir...

Guillaume. Guillaume me sortirait de là, mais je ne peux pas compter sur lui. En ce moment il file le parfait amour avec Charlotte, à Bourbon...

Surtout ne pas s'affoler, réfléchir...

Sans s'en rendre compte, Alice était déjà arrivée à la case de Boulou.

« Voilà l'eau pour ton thé, Tantine. Je ne peux m'attarder.

– Déjà! Mais pourquoi pars-tu si vite? Ma petite fille, tu ne restes jamais assez longtemps avec moi!

– Mme de Castelregnault m'attend pour une partie de cartes, je l'avais oublié. »

Elle ôta le sari, le replia soigneusement et le posa sur le coffre. Elle remit ses vêtements d'équitation pendant que Boulou protestait encore du peu de temps que sa fille lui consacrait. Alice l'embrassa et sauta sur Jason.

Elle partit au petit trot vers l'habitation sans rien voir ni entendre, la vue bouillée par les larmes de rage autant que de désespoir qu'elle avait su retenir jusqu'à présent et qui maintenant, hors du village indien, jaillissaient sans retenue.

Elle dirigea instinctivement Jason vers le bosquet de lataniers et de jacarandas, fleuris en cette saison d'une odorante mousse mauve, puis à travers le bois, vers le lieu qui avait tant compté pour elle dans son enfance : le vieux banian.

Elle n'y était plus revenue depuis des années. Elle attacha Jason à une branche, le caressa et lui souffla à l'oreille : « Sois sage et attends-moi. Tu vois, là, j'ai vraiment besoin de réfléchir. »

La grotte végétale au cœur des racines du banian n'avait pas changé. Le morceau de miroir cassé, terni, était toujours coincé à sa place et il y avait encore des bâtons de craie effrités et des bouts d'ardoise dans la caverne rocheuse. Elle s'installa sur le tapis de feuilles sèches, le dos contre le monticule rugueux, les genoux ramenés sous le menton, comme quand elle était petite.

Elle n'avait plus qu'une obsession en tête : échapper à ce mariage imposé. Une vague de peur lui amena une boule douloureuse au niveau de l'estomac. Si elle ne trouvait pas de solution, d'ici à quelques jours elle serait l'épouse soumise d'un inconnu. Elle s'imagina, vêtue du sari rose de Tantine, se tenir modestement les yeux baissés en retrait d'un homme qui userait d'elle sans lui demander son avis et la considérerait comme sa propriété personnelle.

Le mal au ventre ne passait pas. Ses parents adoptifs l'avaient trahie. La marier contre son gré, c'était lui voler sa vie. Et elle ne savait pas à qui demander assistance.

Elle eut envie d'appeler Bois Quille au secours, à haute voix. Ses larmes redoublèrent lorsqu'elle pensa au vieil affranchi qui avait veillé sur elle durant toute son enfance. Grand-Père Bois Quille l'aurait sortie de ce mauvais pas, il avait toujours été là pour elle.

Elle ne pouvait pas tabler non plus sur Charlotte et Guillaume. Tous deux se trouvaient encore en voyage de noces à Bourbon, rentreraient-ils à temps pour pouvoir agir ? Charlotte aurait-elle le courage et la volonté de s'opposer à la décision de deux familles d'Indiens ? Quant à Guillaume, elle ne pouvait envisager de se rendre à ses bureaux pour quémander son aide.

Françoise et Henri représentaient un plan plus sûr. Courir au moulin, au bureau d'Henri pour tout lui raconter ? Elle hésita un instant, pesa le pour et le contre et conclut que l'idée n'était sans doute pas la meilleure. Henri incarnait certes un soutien potentiel car il lui avait toujours manifesté amitié et considération, mais, réfléchit-elle, il lui tiendrait un discours de raison, du même genre que celui de Tantine : « Ces Lodha sont une famille honorable, dirait-il, ils sont sortis du lot des coolies et puis ils sont de votre milieu... Ils figurent une heureuse opportunité pour vous, vous n'en rencontrerez pas de meilleure ! Il vous faut accepter, mon petit. »

Quant à sa marraine, elle ne pourrait pas compter sur elle non plus. Françoise tenait trop à conserver sa cuisinière pour oser se la mettre à dos. « C'est une affaire de familles entre Indiens, cela ne me regarde pas », diraitelle. Pis, sans doute serait-elle même très heureuse de cette nouvelle. Le mariage de la demoiselle de compagnie mettrait un terme au tracas de rechercher une solution d'avenir pour elle. Alice respira profondément pour atténuer le malaise qui lui nouait le ventre et garder la tête froide. Il lui fallait continuer l'examen des appuis possibles dont elle disposait, bien que leur nombre se restreignît de minute en minute.

Elle pensa à Lila, la prostituée méprisée par toute la communauté indienne. Lila avait pris un réel risque en la prévenant mais ne pourrait en aucun cas lui prêter main-forte. Les Lodha étaient des gens violents, avait-elle dit, ils seraient capables de lui nuire, et Alice ne voulait pas mettre en jeu la sécurité de cette pauvre femme. Pas plus qu'elle ne pouvait envisager le genre d'avenir que lui proposait Lila – elle avait bien compris comment celle-ci gagnait son argent.

Il restait le père Bosjean, au presbytère de Pamplemousse. Il la connaissait bien et il trouverait légitime de lui permettre d'échapper à ce mariage. Un prêtre catholique n'admettrait pas qu'une chrétienne baptisée vive en ménage avec un païen après un rite qui n'avait rien à voir avec le sacrement du mariage.

Elle allait sortir de son antre et galoper jusqu'à l'église de Pamplemousse pour se confier au curé quand elle se rendit compte que son idée laissait à désirer. Le prêtre n'aurait qu'une option à lui proposer : le refuge dans un couvent. On lui demanderait de prononcer des vœux perpétuels et de devenir religieuse converse à cultiver le jardin du monastère et servir les autres sœurs jusqu'à la fin de ses jours.

Cela lui parut aussi révoltant qu'une union forcée.

Elle se rassit et appuya sa joue sur ses genoux ramassés contre elle. Elle joua machinalement avec les feuilles sèches qui jonchaient le sol de son abri ; elles émettaient un bruit sec et agréable avant de s'effriter, lorsqu'elle les froissait. Partir loin d'ici, peut-être ? Mais où, comment et que faire ensuite ?

Soudain, elle fronça les sourcils, réfléchit quelques secondes de plus et bondit sur ses pieds. Elle jaillit comme un diable de sa boîte hors de sa cachette entre le lacis de racines du banian, embrassa Jason sur le chanfrein tout en lui murmurant : « Mon vieux Jason, j'ai trouvé ! »

Elle se hissa sur le dos de son cheval et partit au petit trot, un air déterminé sur le visage. La solution pour éviter le piège matrimonial était évidente. Et il n'y avait pas une minute à perdre.

14

Passionné d'hippisme, Paul avait fait venir d'Angleterre un magnifique pur-sang anglo-normand de trois ans, Jupiter, lequel était arrivé à Maurice depuis quelques jours seulement. Faute de place dans les différentes écuries de la propriété, on avait fait bâtir à la hâte un box dans le pré derrière les étables des bœufs servant aux différents transports agricoles du domaine.

Depuis son arrivée, le cheval se trouvait au centre des préoccupations non seulement de son propriétaire mais aussi de toute la famille. On craignait que le pur-sang ne rencontre des difficultés de remise en forme après la longue traversée, et d'adaptation à un climat nettement plus chaud que celui auquel il était habitué. Paul avait soigneusement choisi l'emplacement de la construction du box, à l'ombre d'un bosquet de filaos qui protégeraient l'occupant des lieux des ardeurs du soleil.

Il se trouvait bien là où Alice pensait le trouver. Accoudé à la barrière du pré, il examinait avec attention son cheval que bouchonnait le palefrenier.

« Bonjour, Paul. Je viens de conduire Jason à son écurie et j'en profitais pour faire une petite visite à Jupiter. Il me paraît en forme, à ce que je vois ?

– Content de vous voir ici, Alice. Exact, il semble déjà remis du voyage. J'espère commencer bientôt l'entraînement, en vue de la prochaine saison de courses.

– Vous le monterez vous-même, disiez-vous ?

– Oui, j'y tiens, j'aime les courses. Père aussi, mais lui, comme vous le savez, il fait venir du Cap un jockey professionnel chaque année pour monter ses deux pouliches. Cela lui réussit plutôt bien, il a gagné plusieurs trophées. Avez-vous déjà assisté aux courses ? Je vous invite aux prochaines !

– J'irai avec plaisir, Paul. »

Le silence sembla s'éterniser. Paul paraissait entièrement absorbé dans la contemplation de son précieux coursier et Alice ne savait comment engager la conversation pour laquelle elle se trouvait là. Elle se décida enfin, après avoir respiré un grand coup pour se donner du courage.

« Paul ? Euh… il faut que je vous parle. C'est important.

– Mais certainement, ma chère Alice, je suis tout ouïe.

– C'est que… le sujet est un peu délicat. Je préférerais un lieu plus tranquille. »

Quelque peu déconcerté par le ton grave d'Alice, Paul la scruta quelques secondes avant de répondre : « Où vous voudrez, ma chère. Vous m'inquiétez.

– Non, pas de souci, je vous assure. Vous aviez insisté à plusieurs reprises pour que je vous montre la cachette où j'ai appris à lire et à écrire…

– Et vous m'avez envoyé promener, oui, je sais !

– Aujourd'hui, je veux bien vous la montrer. Nous y discuterons tout à notre aise. »

Quelques instants plus tard, Paul et Alice étaient assis sur le tapis crissant de feuilles sèches dans le havre du vieux banian. Après avoir écouté les commentaires d'usage au sujet de la magnificence et de l'étrangeté de l'endroit et toute l'admiration que Paul éprouvait pour une enfant qui avait appris à lire et à écrire toute seule, Alice fut obligée de se lancer dans le vif du sujet.

« Euh... voilà... Je crois avoir compris que vous manifestiez quelque intérêt pour ma personne, Paul...

– Difficile de le nier. Où donc voulez-vous en venir, Alice ?

– Je ne sais pas comment vous dire cela... Une personne, disons expérimentée, vous suggérerait la chose adroitement, mais moi, j'ignore tout de ce genre de situation... Alors je vais aller droit au but, voilà : j'accepte de devenir votre maîtresse. »

Paul la contemplait avec des yeux ronds. Sa pomme d'Adam descendit et remonta sous le coup de la surprise.

« Je n'y mets qu'une seule condition : que notre relation soit sue de tous les Indiens de l'habitation, précisa la jeune fille avec sérieux.

– Alice, Alice, ai-je bien entendu ? Vous combleriez mes désirs les plus chers ! Mais... je n'y comprends rien... Pendant des semaines vous m'avez fui comme la peste, et maintenant... Pourquoi ? »

Paul levait un sourcil interrogateur en fixant la jeune fille assise par terre en face de lui, ne sachant visiblement pas quoi penser de la situation.

« Pourquoi maintenant je me jette dans vos bras ? Je vais vous l'expliquer franchement. Je suis décidée à tout mettre en œuvre pour me soustraire à un mariage avec un inconnu, tramé dans mon dos par mes parents adoptifs. Ce n'est pas l'usage dans ma communauté d'origine : les jeunes filles indiennes se plient aux décisions matrimoniales de leurs parents et prétendent même en être contentes. Il leur paraît normal de se soumettre, je pense même qu'elles se sentent sécurisées de n'avoir pas à choisir elles-mêmes. Quant à moi, je refuse que qui que ce soit s'arroge le droit de fixer ma destinée à ma place. Le fait de m'afficher avec vous, au vu et au su de toute la communauté indienne, va casser ce projet de mariage ourdi en cachette. C'est ce que je veux, Paul. Voulez-vous m'aider ?

– Alice, Alice, merci de m'avoir choisi ! Je suis comblé ! »

Paul n'arrêtait pas de répéter qu'il était éperdu de bonheur, qu'il était le plus heureux des mortels sur cette terre après en avoir été le plus malheureux, malheureux à vouloir en mourir à cause de ses hommages rejetés par une cruelle.

Alice, quant à elle, soulagée d'avoir mené à bien cet entretien fort embarrassant, gardait la tête froide et examinait les conséquences de cette relation.

« Vos parents, Paul… Ce sera pour moi tellement gênant quand ils sauront… Comment vont-ils réagir ?

– Bien, j'en suis certain, ils vous apprécient beaucoup. De même que Charlotte et mon beau-frère : celui-ci m'a exprimé à plusieurs reprises l'admiration qu'il éprouvait pour votre personne. »

Alice ne cilla pas et ne fit aucun commentaire.

« Paul, encore une chose, que l'honnêteté m'oblige à vous avouer avant de… comment dire cela ?… *concrétiser le projet*, oui, concrétiser le projet me paraît convenir. Il me faut vous dire que je ne crois pas être amoureuse de vous… Est-ce que vous m'en voulez ?

– Mon amour, ma princesse, je vous aimerai pour deux, je vous adorerai tant qu'un jour vous aussi vous m'aimerez, vous verrez, l'amour est contagieux, vous savez ! Oh, mon adorée, venez dans mes bras… Venez, venez vite ! »

Paul s'était installé dans l'un des deux pavillons jumeaux qui flanquaient l'entrée de la propriété, celui où son grand-père, Pierre de Castelregnault, s'était retiré à la fin de sa vie. Il avait argué de son désir d'indépendance, ce que ses parents avaient accepté avec naturel. Il dînait de temps en temps avec eux, mais menait une vie de jeune homme célibataire, très libre. Toute la domesticité savait qu'il se rendait fréquemment au Port-Louis, d'où il revenait tard dans la nuit, voire le lendemain.

Le soir même de la rencontre du banian, il annonça à ses parents qu'Alice passerait la soirée avec lui et les pria de ne pas se faire de souci, il se portait garant de sa sécurité. Ils comprirent et furent surpris, ne s'attendant pas à cela de la part de la sage Alice, mais personne n'exprima de remarques.

Le lendemain matin, Alice ne parut pas à la salle à manger à l'heure du petit déjeuner. La femme de chambre constata que personne n'avait dormi dans son lit.

Hector, le valet de chambre noir de Paul, entra dans la chambre de son maître comme chaque matin à sept heures pour le réveiller et le trouva encore endormi, tendrement enlacé à Alice.

Avant midi, la nouvelle avait fait le tour de l'habitation.

À la cuisine, elle n'était pas encore parvenue aux oreilles de Boulou, laquelle n'arrêtait pas de tancer ses aides dont les chuchotements l'agaçaient.

Il restait à Alice à exécuter la partie la plus difficile de son plan : rendre visite à Tantine et à Papa Julius pour leur annoncer la nouvelle. Il fallait que cela soit effectif le jour même car elle jugeait que la démarche, si difficile fût-elle, lui revenait. Ils n'avaient pas à apprendre la situation par des ragots. Elle aurait aimé se faire accompagner de Paul mais celui-ci argua que sa présence ne serait pas opportune, il valait mieux qu'Alice parle seule à ses parents adoptifs.

Elle commença par Julius. L'entrevue avec lui l'épouvantait moins que celle avec Boulou. Elle le trouva dans la remise des voitures, occupé à briquer une calèche en compagnie de Joshua.

« Papa Julius, viens avec moi, s'il te plaît. Je voudrais te dire quelque chose...

– C'est que... j'ai du travail, ma petite fille, *Grand Missié* et *Grand Madam* auront besoin de la voiture demain, ils partent à Rose Belle, en veillée [1].

– Ce ne sera pas long. »

Julius, inquiet quoique réticent, posa brosses et chiffons pour suivre sa fille.

Un tas de bottes de paille fraîche se trouvait près de la barrière du pré de Jupiter, prêtes à garnir le box de l'étalon.

« Asseyons-nous là, s'il te plaît.

– Ma petite fille... » commença Julius, visiblement mal à l'aise. Durant les quelques pas entre la remise et le

1. Un des loisirs préférés des colons français : non pas une soirée, mais un séjour de plusieurs jours chez l'un ou l'autre.

pré de Jupiter, il avait marché au côté d'Alice sans dire un mot et sans arrêter de lui lancer des coups d'œil en coin. Il avait remarqué son visage déterminé, annonçant une conversation qui risquait de se révéler désagréable.

« Sais-tu que Boulou m'a manigancé un mariage devant être célébré très prochainement, et en me tenant dans l'ignorance totale de ce projet ?

– Écoute… Oui, je suis au courant… C'est pour ton bien, mon enfant, un magnifique mariage t'attend, tu dois être très heureuse.

– Tu connais ce programme et tu ne m'en as pas avertie !

– Mon petit, c'est que tu es tellement rebelle…

– Tu as raison, je suis rebelle. Et je ne compte pas me laisser soumettre. Ce mariage n'aura pas lieu, Papa Julius.

– Mon enfant, il faut te montrer raisonnable. Le mariage sera célébré, tu n'as pas le choix. C'est une très belle vie qui t'attend.

– Non. Je ne me laisserai pas marier sans mon consentement, fût-ce avec le prince de Galles. Sais-tu pourquoi il n'aura pas lieu ?

– Sita, Sita…

– Non, Papa Julius, je ne suis plus Sita, je suis Alice. Et je vis avec Paul. »

Julius regardait Alice sans sembler comprendre.

« Tu as entendu ? J'ai dormi avec Paul cette nuit et, à l'heure qu'il est, je présume que toute la maisonnée est déjà au courant. »

Il fallut plusieurs secondes à Julius pour assimiler ce qu'il venait d'entendre. Il pâlit, sembla tétanisé puis cacha sa tête dans ses mains : « Comment as-tu pu ! Comment as-tu pu nous faire cela ! »

Alice voulut poser un bras affectueux sur les épaules de son père, mais Julius la repoussa brutalement : « Va-t'en !

– Papa Julius, tu es mon père, je t'aime et te respecter mais ce n'est ni à toi ni à Tantine de décider…

– Tu vas faire mourir ta mère ! Va-t'en ! Va-t'en ! »

Julius s'était levé de sa botte de paille et, pour la première fois de sa vie, brandit un bras menaçant sur Alice. Celle-ci prit le parti de s'enfuir, non sans crier à l'adresse de son père, pâle de colère : « Et moi, je n'en serais pas morte, de subir une union non désirée, imposée par mes propres parents ? »

Il restait le plus dur à affronter : Tantine.

À cette heure de la journée, elle se trouvait dans sa case, à prendre quelque repos allongée sur son *charpei* avant le travail de l'après-midi.

« Tantine ?

– Ma colombe ? Viens, entre. »

Alice, remontée par la scène qu'elle venait de vivre avec son père, décida de ne pas y aller par quatre chemins. Elle attaqua d'emblée : « Tu as combiné un mariage pour moi sans m'en parler. Tu n'as pas le droit de décider de ma vie à ma place, aussi, ce mariage ne se fera pas.

– Ma petite fille ! Qui a rapporté ? Bien sûr que j'allais t'en parler… J'attendais le moment propice, c'est tout. Tu as beaucoup de chance, tu sais, ce sera un mariage magnifique ! Uka Lodha est le plus beau parti de la région.

– Tu as entendu, Tantine ? Je n'épouserai pas Uka Lodha et je vais te dire pourquoi…

– Sita, cela suffit. Tes caprices sont lassants. Tu te maries le mois prochain, c'est décidé. Les Lodha t'attendent.

– Je suis avec Paul de Castelregnault. J'ai dormi chez lui la nuit dernière, toute l'habitation est déjà au courant et, à mon avis, la nouvelle arrivera à Beau Plan avant demain. »

Boulou s'était levée de son *charpei*. Son visage avait pris une couleur de cendre. Elle resta quelques secondes en face de sa fille toute pâle, dont les traits tendus affichaient un air de défi ; puis elle retomba pesamment assise sur le divan.

« Tu n'as pas le droit !

– Et toi, tu as le droit de décider de mon destin derrière mon dos ? De comploter un mariage avec quelqu'un que je n'ai jamais vu ? De me voler ma vie ? cria Alice, en colère.

– Putain ! Tu n'es qu'une putain comme ta mère ! Ah ! j'aurais dû m'en douter ! Fous le camp !

– Avec plaisir ! Paul m'attend ! »

Alice allait s'élancer dehors quand elle se ravisa : « Tantine, tu es ma tantine, ma maman, et je t'aime ; mais jamais je ne te laisserai orchestrer ma vie comme tu l'entends, toi... Je veux être responsable de ce qui me concerne.

– Va-t'en et ne reviens plus jamais. Tu n'es plus ma fille. »

Boulou se saisit d'une *caraille* qui se trouvait à portée de sa main et la lança sur Alice. La jeune fille s'enfuit en zigzaguant, la *caraille* atterrit dans la cour devant la case et roula dans la poussière avec un bruit sourd.

Alice évita de justesse un sari rouge qui bizarrement se trouvait devant la case à ce moment-là, certainement à l'affût.

« Bien joué, ma fille. Bravo et bonne chance », murmura Lila qui continua son chemin sans s'arrêter, à petits pas et voûtée sur son bâton.

15

Paul s'était montré bien décidé à *concrétiser le projet* dès sa conversation en tête à tête avec Alice dans le refuge du banian, mais celle-ci avait été formelle : pas ici, et pas avant le soir. Paul n'avait pas insisté et s'était comporté en gentleman.

Il avait suggéré pour la soirée un dîner dans un restaurant élégant du Port-Louis, mais Alice avait préféré ne pas sortir. Ils avaient dîné très simplement dans la petite salle à manger du pavillon, aux murs peints de fresques représentant des scènes paradisiaques, des nymphes dans une nature luxuriante.

Paul avait tenu à du champagne : « Vous êtes tellement crispée, Alice, n'ayez pas peur, tout ira bien ! Trinquons à notre bonheur ! »

Ils avaient entrechoqué leurs coupes et bu les yeux dans les yeux. Le champagne aidant, Alice s'était détendue. Après le dîner, ils s'étaient attardés sur la terrasse, épaule contre épaule, à regarder les étoiles.

Puis le moment crucial était arrivé. Alice ne pouvait s'empêcher de le redouter, mais, le passage à l'acte étant ce qu'elle appelait *la concrétisation du projet*, elle ne reculerait pas.

« Est-ce que cela fait mal ? » avait-elle demandé d'une petite voix, toute rougissante.

Paul avait souri : « Ma chérie ! La première fois, peut-être un petit peu, mais ensuite… à toi de juger, tu verras ! »

Alice avait vu. Dans les bras de Paul, elle comprit rapidement la nature des gémissements qui interloquaient jadis Charlotte lorsqu'ils émanaient de la chambre de Pétrus quand Lina l'y rejoignait. Paul se montra un amoureux tendre tout autant que passionné. Dès le premier soir, Alice fut conquise par la délicatesse – due à une solide expérience – dont fit preuve son amant.

Le lendemain, lorsqu'elle s'éveilla près de Paul, elle se serra spontanément contre lui.

Paul mena les choses tambour battant. Moins d'une semaine plus tard, il avait loué au Port-Louis une jolie demeure précédée d'une aérienne marquise aux colonnes de fonte, sous les ombrages du renfoncement du Pouce. La maison cumulait nombre d'avantages, en plus de la fraîcheur de sa situation : la proximité de l'hippodrome, la présence d'une écurie pour Jupiter, et aussi le voisinage de la demeure de Guillaume et de Charlotte, un peu plus haut sur la pente. Ainsi, Charlotte tout juste arrivée de son voyage de noces à Bourbon pourrait continuer à profiter de la présence d'Alice pendant que son époux travaillait. À cela s'ajoutait une distance raisonnable des Aubiniers et de Beau Plan, Alice pourrait donc y vivre sereinement, hors de la vue de Tantine et de Julius et loin des Lodha. On leur avait rapporté que ceux-ci avaient appris la nouvelle et, furieux et vexés, auraient proféré des menaces de mort à l'encontre de la jeune fille.

Quelque temps après son installation au Port-Louis, Alice souhaita rendre visite à Boulou et Julius, espérant que, la crise passée, ils comprendraient sa position.

Boulou ne se trouvait pas à la cuisine. « Ma cuisinière m'a annoncé tout de go, sans préavis, qu'elle ne viendrait plus travailler pour moi. Je me suis vue obligée de la remplacer par la plus dégourdie des aides en attendant de retrouver un vrai cuisinier. Je suis fort mécontente, le travail est désorganisé. Elle refuse, à ce que l'on m'a dit, de sortir de sa case ! » lui apprit Françoise de Castelregnault.

Boulou était couchée en chien de fusil sur son *charpei* et semblait somnoler lorsque Alice pénétra dans ce qui avait été, jadis, sa maison.

« Tantine ? C'est moi, Alice... dit-elle timidement depuis le pas de la porte.

Boulou se dressa comme mue par un ressort en hurlant : « Disparais ! Hors de ma vue ! Maudite, maudite !

– Tantine, s'il te plaît, écoute-moi...

– Va-t-en, tu n'es plus ma fille ! Je ne te pardonnerai jamais la honte que tu m'infliges ! »

Boulou s'était levée de son divan, menaçante, et se dirigeait vers Alice, paralysée, toujours sur le pas de la porte. Soudain, elle se saisit du balai et l'abattit de toutes ses forces sur sa fille avant que celle-ci eût le temps de réagir. Alice s'enfuit en pleurant.

Le soir, blottie contre Paul, en larmes, un énorme bleu sur l'épaule, elle lui raconta la scène.

Paul, tendrement, sécha de ses doigts les larmes qui coulaient sur le visage d'Alice : « Mon amour, ma reine, toute ma vie je te protégerai, personne plus jamais ne te fera de mal, je te le jure. »

Paul se comportait en amoureux passionné : « Ma princesse, ma reine, je n'aimerai personne d'autre que toi… Tu es la femme de ma vie, la seule qui ait jamais compté et qui comptera jamais… »

Être aimé entraîne à aimer. Alice ne ressentait plus le moindre doute : elle aussi, maintenant, aimait Paul. L'amour est contagieux, avait-il dit.

Guillaume s'était éloigné. Elle n'y pensait plus.

Ils s'installèrent dans une vie douillette, facile. Le personnel veillait sur leur confort, une cuisinière, une femme de chambre, un homme à tout faire déchargeaient Alice des tâches du quotidien.

Le bonheur était là, tranquille, évident, dans les petites choses de tous les jours. Il se cachait dans les regards échangés, les sourires de connivence, dans chaque moment partagé. Le thé du matin, le tour du jardin à regarder les étoiles avant de monter dans la chambre, une nouvelle tenue essayée devant Paul, les compliments dont son amant n'était pas avare.

Parfois, Paul faisait atteler son phaéton pour inviter sa compagne à une promenade, et ils partaient au hasard des routes. Il avait tenu à se procurer la même voiture que son beau-frère, Guillaume, seul le ton de gris plus clair les différenciait. Alice appréciait par-dessus tout ces sorties, assise au côté de Paul. Il aimait mener sa voiture aussi vite que le chemin le permettait, excitant son cheval et louvoyant avec dextérité lorsqu'un obstacle se présentait. Alice retenait son chapeau d'une main et riait de plaisir. Ils parlaient peu alors, l'un concentré sur la conduite, l'autre attentive au spectacle qui s'offrait à elle. Ils échangeaient des regards complices.

Sans doute est-ce cela l'amour, être bien tout simplement, et se sentir en confiance, se disait-elle.

Paul ne s'intéressait pas beaucoup au travail des Aubiniers, le domaine dont il serait un jour l'héritier, il se préoccupait avant tout de son cheval, Jupiter. Il se trouva cependant dans l'obligation de l'abandonner plusieurs jours durant pour faire acte de présence à l'usine, en l'absence de son père, en voyage à Bourbon pour ses affaires.

Un jour, en plein après-midi, un courrier se présenta à leur domicile, porteur d'un pli à l'adresse d'Alice.

Mon amour,

C'est la première fois de ma vie que j'écris une lettre d'amour à une femme et c'est à vous, Alice, ma femme chérie, que j'ouvre mon cœur.

Voici plusieurs heures que je ne me suis pas noyé dans vos yeux mordorés, que je n'ai pas posé mes lèvres sur les vôtres, que mon doigt n'a pas suivi la courbe d'un de vos seins, c'est une éternité.

Vous me manquez trop, voyez : je vous écris au lieu d'accompagner Maisonneuve inspecter la parcelle de plants qui viennent d'être remplacés.

Vous êtes une fée, une sorcière, Alice ! J'ignore quel est votre secret, vous avez su me transformer. J'aimais les fêtes et les sorties sous peine de mourir d'ennui et, depuis que nous sommes ensemble, je n'ai plus qu'un désir, rentrer à la maison, vous retrouver et dîner seul à seul avec vous.

Je ne m'ennuie jamais en votre compagnie, bien au contraire car vous savez donner du sel, par votre seule présence, aux choses les plus insignifiantes. Lorsque vous êtes avec moi, je trouve les couleurs plus vives, les mets de nos repas meilleurs, la pluie plus douce à mon visage que je ne l'ai jamais ressenti.

Alice, je veux vivre à vos côtés, pour toujours, je veux dormir avec vous chaque nuit de chaque jour, je veux me réveiller chaque matin dans la tiédeur de votre corps.

Je vous aime, Alice, éperdument. Je veux vous épouser.

Paul

Alice, les paupières fermées sous lesquelles affluaient quelques larmes, avait porté la lettre à ses lèvres.

Le soir venu, Paul entraîna sa compagne dans leur chambre avant même le dîner. Ils s'étreignirent avec passion.

Après l'amour, alors que Alice, la tête blottie dans le creux de l'épaule de son amant, dessinait de son doigt des entrelacs sur son torse, celui-ci déclara :

« Mon amour, tu seras la prochaine comtesse de Castelregnault ! »

Henri de Castelregnault revint à Maurice et Paul reprit ses habitudes.

La saison des courses allait débuter d'ici à quelques semaines, il allait engager son pur-sang et il tenait à ce qu'il écrase les autres concurrents devant toute la société de Maurice réunie. Il avait renoncé à son projet de le monter lui-même, découragé par la difficulté de l'entraînement quotidien. À l'exemple de son père et de la plupart des *sportsmen* de la colonie, il avait engagé un jockey professionnel du Cap, qu'il avait chargé de la mission d'emmener Jupiter à la victoire. Chaque jour, il se rendait au Champ de Mars surveiller les progrès de son champion, ce qui lui permettait de retrouver les autres propriétaires, tous aussi passionnés que lui. Paul, devenu membre du Mauritian Turf Club, participait assidûment aux réunions au cours desquelles s'organisait la saison des courses.

Un soir que la présence de Paul se trouvait requise à l'une de ces réunions, il avait prié Alice de se coucher sans l'attendre, la soirée risquant de se terminer tard. Elle s'était endormie dans le grand lit et s'était réveillée en sursaut après un premier sommeil. Les yeux encore fermés, elle avait étendu un bras pour vérifier si Paul était à côté d'elle, ce qui n'était pas encore le cas. Puis elle avait ouvert les yeux sur sa chambre baignée de la clarté laiteuse d'une lune magnifique qui permettait d'en distinguer tous les détails. Soudain, elle se redressa en portant la main à sa bouche pour en étouffer le hurlement qui allait jaillir.

La commode face au lit se trouvait à sa place, et au-dessus d'elle, le grand miroir au cadre tarabiscoté et doré n'était plus un miroir. C'était un portrait, un visage à la peau noire sous des cheveux blancs, le visage de Bois Quille, grave, qui la regardait.

« *Ki manière, piti?* Non, ne crie pas, tout va bien », entendit-elle distinctement, en provenance du miroir. Et c'était bien la voix de Bois Quille.

« Grand-Père Bois Quille! Mais tu es mort! bégaya-t-elle.

– Évidemment que je suis mort! Sinon je ne pourrais pas te parler dans un miroir! Petite, ce garçon, ce Paul, tu n'as pas eu tort de te mettre avec lui, la cause en valait la peine, mais il n'est pas pour toi.

– Grand-Père! Il m'aime et je l'aime!

– Non, tu ne l'aimes pas, tu le crois, c'est tout. Tu fais fausse route, je suis venu te prévenir, tu auras des soucis.

– Bois Quille, tu es mort, laisse-moi tranquille ! »

L'image s'effaça lentement du miroir. Alice alluma fébrilement sa bougie, bondit du lit, se précipita vers l'armoire et en sortit un drap. Il y eut un bruit de pas dans l'escalier, Paul était rentré. Lorsqu'il entra dans la chambre, il trouva sa compagne debout sur une chaise, occupée à couvrir le miroir d'un drap blanc.

Il éclata de rire : « Ciel ! Ma chérie, m'expliquerez-vous cette bizarrerie en pleine nuit ?

– Il y avait un fantôme dans le miroir et… euh… je ne veux pas qu'il nous voie au lit ensemble ! »

Il sembla à Alice que jamais Paul n'avait autant ri. Quand il fut calmé, il parla de cauchemar, chose bien courante. Mais Alice refusa d'en démordre, le drap devait rester sur le miroir.

Pendant les absences de Paul, Alice se rendait chez Charlotte ou bien Charlotte descendait chez celle qu'elle appelait « ma petite belle-sœur adorée ». On bavardait, on se promenait, on s'échangeait des livres. On ne voyait jamais Guillaume : il travaillait du matin au soir, partait tôt à ses bureaux et ne rentrait qu'à la nuit tombée.

Une ou deux fois par semaine, Paul attelait son phaéton. On passait prendre Charlotte et l'on partait gaiement pour la journée aux Aubiniers, où l'on déjeunait en famille comme avant. Paul faisait une apparition à l'usine, s'entretenait un moment avec son père et avec le régisseur, inspectait un champ de canne ou deux en compagnie de Firmin Peltier, le nouvel assistant de Maisonneuve, en charge de la partie agricole du domaine. Françoise, Charlotte et Alice discutaient, jouaient aux cartes, aux dames, ou se promenaient dans le parc.

Les Castelregnault se comportaient avec Alice exactement comme si rien n'avait changé. Ils l'avaient prévenue du départ de ses parents adoptifs pour les Indes. Il avait fallu les remplacer en catastrophe, se désolait Françoise, mais, devant les larmes de la jeune fille, elle se tut.

Le centre d'intérêt du moment était toujours les courses du mois d'août, événement attendu avec impatience par toute la colonie et en particulier par le clan Castelregnault. Henri, membre éminent du Mauritian Turf Club, comme son père l'avait été avant lui dès sa création, au lendemain de l'arrivée de ces messieurs les Anglais, et comme son fils l'était devenu depuis peu, engageait traditionnellement des chevaux. Toute la famille espérait remporter au moins l'un des prestigieux trophées et peut-être même plusieurs. On misait beaucoup sur Jupiter. Père et fils se retrouvaient fréquemment au Champ de Mars, où ils suivaient les préparatifs et observaient les chevaux à l'entraînement.

Les baraques temporaires en bois à usage de loges pour les spectateurs étaient déjà construites, et comme chaque année Henri s'était porté acquéreur de l'une d'elles, au centre de la rangée, en face de celle du gouverneur, son emplacement habituel. Il ne restait plus qu'à la décorer de tentures et de banderoles de couleurs vives et à la meubler agréablement – des sièges et des fauteuils de rotin, un ou deux guéridons que l'on garnirait à chaque réunion d'un bouquet de fleurs fraîches. La famille et ses invités assisteraient ainsi aux épreuves confortablement installés et au vu et au su de toute l'assistance, laquelle pourrait admirer les robes et chapeaux neufs exhibés par les dames.

Le meilleur décorateur de la colonie avait été sollicité comme à chaque saison de courses pour apporter la dernière touche à la loge, mais cette année, particulièrement débordé et manquant d'assistants, il craignait de ne pouvoir honorer la commande à temps. Françoise se désolait : « Notre loge face à celle du gouverneur, point de mire de tout le monde, et qui resterait à l'état brut, c'est un cauchemar ! Tout le monde en rirait, je n'ose imaginer de quoi nous aurions l'air !

– Marraine, si vous le permettez, je pense pouvoir remédier à ce souci », avait déclaré Alice.

La jeune fille avait toujours aimé le dessin et Miss Mary lui reconnaissait, dans le temps, un certain talent. En quelques coups de crayons de couleur, elle dessina l'ébauche d'un décor de rosaces de tissu bleu, vert et rouge sur une toile jaune qui masquerait les planches grossièrement équarries des murs de la baraque, laquelle serait encadrée d'oriflammes dans les mêmes tissus. Elle soumit son projet à Françoise.

« Mais ce serait parfait ! Alice, vous me sauveriez la vie ! s'était écriée sa marraine.

– Rose pourrait se charger des coutures. Charlotte, pensez-vous que vous pourriez m'assister pour la réalisation ? »

Charlotte avait acquiescé, un peu mollement. Malgré son statut de jeune mariée, elle paraissait redevenir parfois aussi dolente que lorsqu'elle était enfant.

Le projet avait été mené à bien en un temps record. Guillaume avait fourni des métrages de cotonnade dans les tons vifs préconisés et Madame Rose avait coupé et assemblé les étoffes selon les directives d'Alice. Au jour dit, un homme à tout faire de l'habitation, muni de ses marteaux et clous, avait été mandaté pour se mettre au service de la décoratrice improvisée. Charlotte, fatiguée, devait se reposer et ne put participer à l'œuvre.

Le soir venu, Françoise et Henri étaient descendus des Aubiniers pour admirer le résultat, rejoints par Paul. Le fond de la baraque était entièrement masqué d'un tissu jaune vif sur lequel se détachait une immense rosace aux tons éclatants de rouge, bleu et vert ; deux autres rosaces, semblables mais nettement plus petites, marquaient les angles du haut. Des banderoles de mêmes couleurs fixées en haut de mâts flottaient gaiement au vent de chaque côté de la loge.

Tous avaient chaudement félicité Alice. « Alice, vous êtes une fée ! » s'était écriée Françoise en découvrant le résultat. De l'avis général, la loge Castelregnault était la plus élégante, la plus originale et la plus gaie de toutes.

Tout était prêt pour le grand jour. Paul et Henri se disaient confiants. Les jockeys avaient assidûment entraîné les trois montures de l'écurie familiale. Les chevaux semblaient en grande forme, leurs jockeys affirmaient être fort satisfaits de leur comportement. Les courses s'annonçaient sous d'excellents augures.

Les toilettes neuves que l'on exhiberait pour l'occasion avaient été achevées par Madame Rose. Paul avait offert à Alice une ravissante mousseline de coton imprimée de fraîches fleurettes que la couturière avait transformée en la plus seyante des robes, ceinturée de lilas très doux, complétée par une capeline assortie. Alice porterait pour l'occasion le double rang de perles à l'orient parfait reçu en cadeau de Paul, en gage d'amour.

« Ma princesse, vous me faites honneur, vous allez attirer tous les regards ! » s'était émerveillé Paul après un dernier essayage, avant de la prendre passionnément dans ses bras.

Un déjeuner était prévu aux Aubiniers, le dernier avant le grand jour. Paul déposa Alice et Charlotte à la *grand case* avant d'aller retrouver son père à son bureau pour inspecter des travaux entrepris en vue de la prochaine campagne sucrière qui approchait. Une nouvelle série de cylindres de broyage était en cours d'installation.

Charlotte et Alice trouvèrent Françoise en compagnie d'Hélène de Champfrenay, installées dans les fauteuils de rotin de la varangue, à bavarder. Toutes deux accueillirent les jeunes femmes avec chaleur.

« Nous vous attendions avec impatience. Ma petite Alice, nous avons un grand service à vous demander, lança d'emblée Françoise

– Je vous le rendrai avec joie, Marraine, de quoi s'agit-il ?

– C'est moi qui sollicite une faveur de vous, Alice, intervint Hélène. Je dois rendre visite à ma cousine Adèle Panon, à Bourbon, non, pardon, à La Réunion, comme c'est agaçant cette manie de changer les noms de lieux ! Adèle est veuve, seule et malade, et je tiens beaucoup à cette visite qu'elle-même attend avec impatience. L'âge est une calamité, mon enfant, il me fait craindre d'entreprendre ce déplacement seule. C'est avec vous que j'ai envie de voyager, Alice, pas avec l'une de mes femmes de chambre, j'en mourrais d'ennui. Avec vous, au moins, on peut converser, et je me sentirais en sécurité. Voulez-vous bien m'accompagner ? »

Tout le monde se mit à parler en même temps autour d'Alice. « S'il vous plaît, venez avec moi », disait l'une, « Cela me rassurerait de savoir Hélène en votre compagnie », affirmait l'autre alors que Charlotte parlait de chance, de paysages extraordinaires, de volcan peut-être en éruption.

« Mais c'est que Paul… commença Alice.

– Ce n'est qu'une affaire de quelques petites semaines, Paul y verra bien sûr des inconvénients, mais vous reviendrez vite et, croyez-moi, les retrouvailles valent la peine de faire l'effort de se séparer quelque temps ! la rassura Françoise avec un sourire maternel.

– Mais la saison des courses…

– Oui, je sais et je regrette, s'excusa Hélène. Vous avez vous-même décoré la loge de la famille avec un goût très sûr, me disait justement Françoise, aussi j'ai conscience que le service que je vous demande représente un gros sacrifice, Alice. Je vous promets que je saurai me montrer reconnaissante.

– Les courses, vous savez, elles ont lieu tous les ans… Vous assisterez aux suivantes, et puis, n'ayez pas trop de regrets : entre nous, je trouve que le spectacle est toujours le même ! » insista Françoise.

Alice, ennuyée, ne savait que dire. La répugnance d'une séparation d'avec Paul plusieurs semaines durant l'emportait sur l'attrait du voyage, sans parler de la déception de ne pouvoir applaudir les chevaux Castelregnault depuis son œuvre, dont elle se sentait plutôt fière. Françoise avait beau dire, elle n'aurait voulu manquer pour rien au monde ce spectacle qu'elle prétendait monotone, et elle se serait damnée plutôt que de perdre cette exceptionnelle occasion de parader parmi la bonne société de la colonie.

Il y eut un long silence, que rompit Hélène.

« Je comprends vos hésitations. Parlons-en à Paul : s'il refuse, eh bien tant pis, je supporterai ma gourde de femme de chambre… Mais le voici justement avec son père. »

Paul parut balancer, mais se rangea finalement aux arguments d'Hélène étayés par ceux de sa mère. Il ne se montrerait pas égoïste au point de priver sa compagne de l'opportunité d'un voyage enrichissant, ni Hélène de la sécurité que représentait Alice. Il se tourna vers celle-ci en lui prenant affectueusement la main : « Ma chérie, je ne veux pas que vous renonciez à ce voyage. N'avez-vous pas évoqué avec moi, il y a peu, votre désir de connaître d'autres paysages que ceux dans lesquels vous êtes née ?

– Alice, vous me manquerez, mais je vous engage à profiter de cette opportunité ! » s'enthousiasma Charlotte, les joues rouges d'excitation devant la perspective qui s'offrait à son amie.

Avant de passer à table, l'affaire était conclue. Alice accompagnerait Hélène à La Réunion, laquelle la remercia avec effusion et lui promit mille découvertes et moments de plaisir.

La nuit venue, Paul se montra plus passionné encore qu'il ne l'avait jamais été : « Mon amour, ma reine, je t'aime à la folie, je t'aime, je t'aime, mon adorée, je compte déjà les jours en attendant ton retour. Reviens-moi vite. Dis-moi que tu m'aimes, répète-le s'il te plaît, je veux l'entendre encore. »

Quelques jours plus tard, Hélène et Alice embarquaient ensemble à destination de Saint-Denis.

Alice eut la surprise de découvrir Germaine Peltier parmi les passagers en instance d'embarquement.

Celle-ci confia d'emblée à sa camarade de jeu d'enfance le but de son voyage : elle « avait la vocation » et se rendait dans un couvent de Saint-Denis pour y effectuer son noviciat, avant de prononcer des vœux définitifs.

Alice savait que les terres Peltier avaient enrichi le patrimoine Castelregnault quelques semaines auparavant. Germaine s'en disait heureuse et remerciait la famille Castelregnault de les avoir achetées à un bon prix : son père, maintenant salarié des Aubiniers, se portait mieux, débarrassé des soucis qui l'avaient miné, et il continuait à effectuer le travail qui lui convenait. Ses coolies avaient aussi été repris par Henri.

Germaine voyageait avec les passagers les plus modestes, dans l'entrepont. Alice lui rendit visite à plusieurs reprises, histoire de couper la monotonie de la traversée.

16

Île de La Réunion

Adèle Panon se sentait en forme à l'arrivée des deux voyageuses : « Ma chère cousine, la perspective de votre arrivée m'a guérie ! »

Elle installa ses hôtes dans deux belles chambres bien fraîches donnant au sud et disposant, luxe inconnu même aux Aubiniers, d'un cabinet d'aisances à proximité, à l'extérieur sous la varangue.

Dès le premier dîner, Mme Panon s'enticha d'Alice : « Ma chère enfant, vous me plaisez ! Que ne donnerais-je pas pour bénéficier de votre compagnie ! Je n'aurai pas la méchanceté de souhaiter que vous vous fâchiez avec les Castelregnault, mais je le regrette, croyez-moi ! Je vous aurais alors pour moi toute seule, si vous le vouliez bien naturellement ! »

Adèle Panon se montra une hôtesse charmante, le séjour se déroulait le plus agréablement du monde. Malgré une soixantaine affichée, la dame avait conservé une incroyable énergie, en dépit de ce que s'imaginait Hélène au sujet de cette pauvre cousine, veuve, seule et malade. Ainsi, les journées s'écoulaient, joyeuses. On excursionna dans des paysages fantastiques, on honora des invitations à dîner ou à pique-niquer, on séjourna plusieurs jours durant dans la fraîcheur de Salazie où Adèle Panon possédait une villa *changement d'air*. On fut même invité au mariage d'une des petites-filles Desbassayns, la famille la plus puissante et la plus riche propriétaire de La Réunion, parente par alliance d'Adèle. Alice porta à cette occasion la belle robe, la capeline et le collier de perles offerts par Paul qu'elle aurait dû étrenner à l'hippodrome. Contrairement à ce qui s'était passé lors de la soirée du mariage de Charlotte, elle fut sollicitée par de multiples cavaliers. Elle dansa à s'étourdir, jusqu'à ce qu'Hélène et Adèle tombent de sommeil. Sa généalogie n'était pas parvenue jusqu'aux jeunes danseurs de La Réunion, car Adèle, généreusement, l'avait présentée comme une lointaine parente à elle, coupant ainsi court aux questions. Dès le lendemain, par ailleurs, une demande en mariage arrivait déjà chez Adèle. Pour y mettre le holà, avec l'accord de l'intéressée, Adèle argua qu'Alice était déjà promise.

Lorsque aucune invitation ou excursion particulière n'était prévue, on se promenait le matin puis on rentrait à l'heure du déjeuner à l'habitation. Après le repas, Adèle tenait beaucoup au rite du café, du Bourbon pointu de sa production, que le maître d'hôtel servait sous la varangue, dans une cafetière d'argent. On le buvait dans des tasses de porcelaine ancienne céladon de la Compagnie des Indes, les plus fines tasses qu'Alice ait jamais vues, un héritage de la famille Panon. Les dames se reposaient ensuite une bonne paire d'heures, Alice avait quartier libre. Elle en profita dès le premier jour pour rendre visite à Germaine, la future religieuse dominicaine dont le couvent se trouvait non loin.

Germaine, en habit blanc de novice, reçut l'autorisation de lui faire visiter la chapelle et l'orphelinat. Les religieuses avaient recueilli deux douzaines de petites filles, orphelines d'anciens esclaves noirs ou mulâtres. Ces enfants passaient leurs journées occupées à des travaux ménagers et de jardinage et étaient toutes illettrées. Alice fut émue par leur sort, car toutes se trouvaient promises à un avenir des plus sombre. En rentrant à la demeure, elle avait dressé un tableau de la situation à Hélène et à Adèle. Adèle comptait par ailleurs parmi les membres bienfaiteurs du couvent. C'est elle qui suggéra une idée à Alice : « Vous avez raison, Alice, on peut et on doit se soucier du sort de ces enfants. Vous avez appris à lire et à écrire toute seule, je suis certaine que vous seriez à même de les alphabétiser. Ce serait œuvre utile et cela occuperait vos après-midi le temps de votre séjour parmi nous. Qu'en dites-vous ? »

Alice s'enthousiasma, elle voulait bien essayer. Mme Panon la présenta en termes fort élogieux à la mère supérieure et, le jour même, la nouvelle institutrice était chargée d'organiser sa petite classe comme elle l'entendait. On lui fournit pour tout viatique un tableau noir, des craies et le droit de s'installer dans le réfectoire de l'orphelinat. Munie de quelques encouragements et remerciements anticipés, assortis du conseil de ne pas leur en apprendre trop, les rudiments étant largement suffisants, ainsi que de l'ordre de libérer les élèves à l'heure des vêpres à la chapelle, on la laissa se débrouiller.

Alice se dit que ces enfants n'apprendraient peut-être pas grand-chose en quelques semaines, mais au moins, la porte d'un savoir autre que nettoyer, ravauder, désherber, éplucher des légumes ou frotter le linge s'entrouvrirait pour elles.

Elle se mit consciencieusement à la tâche l'après-midi pendant le repos des deux cousines. Le travail lui plut. Elle utilisa sa propre expérience et l'améliora en associant des dessins simples aux lettres et aux mots. Au bout de deux semaines, lorsque la plus éveillée des gamines déchiffra sans hésiter la phrase écrite au tableau : « la robe de Marie est jolie », elle en fut submergée par une onde de bonheur.

Pour leur apprendre à compter, ajouter et soustraire, elle inventa un système de bûchettes, une centaine séparée en petits paquets de dix. Les fillettes apprirent assez vite à compter jusqu'à cent et à effectuer des opérations simples.

Lorsque la cloche de la chapelle appelait aux vêpres, le cocher d'Adèle l'attendait à la porte du couvent. Elle rentrait pour l'heure du thé, que l'on partageait sur la petite table de fonte aux pieds tarabiscotés du *guétali*, une sorte de kiosque de bois ajouré en surplomb de la route qui descendait vers Saint-Denis. Adèle disait affectionner le lieu, elle y passait des heures à lire ou à broder. Ensuite, les trois femmes jouaient aux cartes ou au trictrac dans le même *guétali* qui permettait de surveiller les passages sur la route et surtout de les commenter, ou musardaient à nouveau jusqu'à l'heure du dîner.

Très occupée, la jeune fille n'eut pas le loisir de se morfondre de l'absence de son amant durant les premières semaines de son séjour. Mais, le temps passant, elle se mit à attendre avec impatience qu'Hélène se décidât à revenir à Maurice. Elle ne pensait plus à Guillaume, mais en revanche Paul lui manquait chaque jour un peu plus. « L'amour est contagieux, vous savez », lui avait-il dit. Il avait bien raison.

Les mots d'amour de Paul dansaient dans sa tête : « Tu es la reine de l'isle de France, ma reine, jamais je ne pourrais vivre sans toi, laisse-moi t'admirer, tu es trop belle, ma princesse, mon amour, mon trésor. M'aimes-tu ? M'aimes-tu autant que je t'aime ? S'il te plaît, dis-le-moi ! »

Alice l'embrassait fougueusement et murmurait tout contre sa bouche : « Oui, mon amour, moi aussi je t'aime, je t'aime comme tu m'aimes. C'est toi qui m'as appris ce qu'était l'amour. »

Le bonheur avec Paul était arrivé, inattendu.

Alice comptait les jours, mais malheureusement Hélène céda au souhait d'Adèle de les voir prolonger leur villégiature. On remit le départ à plus tard. Puis, divers contretemps se succédèrent, navire immobilisé à la suite d'une avarie, invitations à honorer sous peine de froisser l'hôte, indisposition d'Hélène, rechute de la cousine, réelle ou peut-être psychologique – Mme Panon reconnaissait volontiers ne pas avoir envie de retrouver sa solitude. Tout se conjuguait pour retarder leur départ. Enfin les cabines furent retenues. Alice écrivit à Paul pour lui faire part de la bonne nouvelle et le prévenir de la date probable d'arrivée si toutefois les vents ne se montraient pas capricieux.

Le départ approchant, elle se sentait de plus en plus guillerette, mais l'humeur d'Hélène s'assombrit. Elle devint tendue : « C'est que je n'ai pas envie de quitter ma cousine », s'excusa-t-elle auprès d'Alice, laquelle s'étonnait de ce changement d'humeur, craignant un souci de santé de la vieille dame. Mme Panon, quant à elle, se désolait et fit promettre à Alice de revenir si elle désirait, un jour, changer d'horizon. Adèle Panon lui destinait un poste de lectrice, inquiète de constater la diminution de sa vue et ne pouvant ni ne voulant vivre sans livres. Les dominicaines, satisfaites de l'action d'Alice auprès de leurs orphelines, joignirent leurs vœux à ceux d'Adèle. Ses petites élèves lui firent une ovation à son départ et plusieurs pleurèrent.

La traversée fut rapide mais une méchante houle sèche, en dents de scie, causa le mal de mer de la plupart des passagers. Hélène en fut gravement atteinte, incapable de quitter sa couchette et même de proférer la moindre phrase, chaque mouvement lui provoquant nausées, vertiges et vomissements.

Alice, ne se sentant pas très bien elle non plus, était montée prendre l'air sur le pont. En proie à une nausée, elle s'était accrochée au bastingage en respirant à pleins poumons l'air du large, dans l'espoir d'éviter la catastrophe. Un vieux marin, la pipe au bec et le bonnet de travers, la considérait en hochant paternellement du chef : « Ma *p'tite mam'zelle*, c'est pas grave, m'étonne pas, c'te bateau, c'est un bateau-vomi. »

Heureusement, les bouffées fraîches du vent marin atténuèrent son malaise et lui évitèrent l'humiliation de rendre son dîner devant le marin.

On arriva enfin. Hélène ne sortit de sa cabine, soutenue par Alice, qu'une fois le navire immobilisé. Elle était blanche comme un linge, énervée, avec des gestes saccadés et ne disait mot, ce qui ne lui rassemblait guère. Alice, impatiente de descendre à terre et toute à sa joie de l'imminence des retrouvailles avec Paul, n'y prêta que peu d'attention.

Le cœur battant, elle chercha des yeux Paul dans la foule. Elle reconnut de loin une haute silhouette, bien droite, postée devant un phaéton gris dont l'élégance tranchait sur les attelages les plus divers qui encombraient le quai d'une façon pittoresque.

Ce n'était pas Paul qui attendait les passagères. C'était Guillaume.

Il se porta au-devant des deux voyageuses, dont l'une, soutenue par l'autre, ne semblait pas très à l'aise. C'est devant celle-ci qu'il s'inclina en premier pour un baisemain parfait et, sans préambule, il demanda à Hélène si Alice avait été prévenue.

Hélène fit un geste de dénégation. « Je désirais attendre le dernier moment, et puis, impossible… le mal de mer.

– Me prévenir ? Mais de quoi, que se passe-t-il ? » s'alarma Alice, son regard inquiet allant de l'un à l'autre.

Personne ne répondit à sa question. La fière Hélène de Champfrenay regardait ses chaussures et semblait gênée, toisée avec hauteur par Guillaume, une expression glaciale sur ses traits.

« Il est arrivé quelque chose à Paul ? insista Alice, la voix pleine d'appréhension.

– Non, Alice. Il va très bien. Hélène, voici votre voiture, j'ai fait prévenir votre cocher. Alice, vous allez venir avec moi.

– Mais… il était prévu qu'Alice vienne chez moi à Moka ! se rebiffa Hélène.

– À Moka ! Qu'irais-je donc y faire ? Je rentre chez moi ! protesta Alice, qui ne comprenait rien à cet imbroglio.

– J'accompagnerai moi-même Alice à Moka si elle le désire. Venez, Alice, il me faut vous parler. » Et il entraîna autoritairement la jeune fille vers le marchepied de sa voiture, avant même que celle-ci n'ait eu le temps de saluer Hélène. Alice avait grimpé sans protester, pâle, ayant compris qu'un événement grave, peut-être dramatique était arrivé.

« Allez-vous enfin me dire la vérité? Qui est mort?

– Personne n'est mort, Alice. Je vous expliquerai. »

Guillaume avait adroitement frayé un chemin à sa voiture dans l'encombrement du port – foule bigarrée, porteurs noirs de bagages, carrioles à deux roues surmontées de leur tente de toile de couleur vive tirées par une mule ou un âne, breaks remplis de malles, et aussi quelques élégants phaétons, landaus, calèches ou boquets qui n'auraient pas dépareillé dans une avenue de Londres ou de Paris.

Alice se trouvait pour la première fois assise seule dans une voiture au côté de Guillaume mais s'en aperçut à peine. On lui avait caché un secret, un lourd secret à n'en pas douter, vu leur attitude. Tendue et mutique, elle regardait sans les voir réellement les jolies villas à marquise ou à varangue, nichées dans leurs luxuriants jardins, alignées de chaque côté de la route. Elle constata que Guillaume avait pris la direction du quartier où se situait leur maison à Paul et à elle. Elle rentrait chez elle, elle se sentit un peu tranquillisée.

Un peu plus tard, sans qu'aucun mot de plus n'ait été échangé, Guillaume stoppa son phaéton. Ils se trouvaient en bordure d'un jardin sous un bouquet de lilas de Perse fleuris de longues girandoles gris de lin. Il se tourna, grave, vers Alice.

« Allez-vous enfin m'annoncer ce qui se passe? s'impatienta la jeune fille, qui triturait nerveusement un mouchoir dans sa main.

– Hélas, oui. Ce que j'ai à vous révéler est difficile, Alice. Je vais être brutal, pardonnez-moi, je n'ai aucun moyen d'atténuer le chagrin que je vais provoquer. Vous devez savoir quelque chose que Mme de Champfrenay était censée vous avoir appris avant de revenir à Maurice, ce qu'elle n'a pas eu le courage d'affronter malgré sa propension au verbe haut. Voilà : Paul s'est marié pendant votre séjour à La Réunion. Il a épousé Sophie de Lamarre-Magnin. Les Castelregnault avaient ourdi un plan pour vous éloigner, ma femme était au courant. Vous ne pouvez pas rentrer chez vous, vous n'avez plus de chez-vous. La maison attend son prochain locataire. »

17

Lorsque Guillaume lui avait annoncé sans fioritures inutiles le forfait de Paul, elle avait blêmi, sans proférer la moindre parole.

Guillaume lui avait pris la main : « Alice ? Ça va ? »

Elle s'était dégagée, avait voulu descendre, mais Guillaume l'avait retenue.

« Je crois que je vais être malade... » avait protesté Alice d'une toute petite voix.

Elle avait vomi dans l'herbe au bord de la route. Elle bredouilla un : « Pardon, comme c'est humiliant, je suis honteuse.

– Non, Alice. La honte n'est pas pour vous », lui répondit Guillaume en lui tendant son mouchoir. Elle vacillait, il l'aida à remonter dans la voiture. « Vous allez respirer calmement, nous repartirons quand vous vous sentirez mieux. »

Elle pria Guillaume de l'emmener voir la maison où Paul et elle avaient vécu. Le jeune homme avait d'abord refusé : « C'est inutile, cela ne servira qu'à vous faire du mal », mais avait cédé devant l'argument d'Alice : « Je veux constater de mes yeux que ce qui faisait ma vie jusqu'à cet instant précis est bien mort. Sinon, je ne le croirai pas. »

La grille du jardin était restée entrouverte. Alice se précipita vers la porte d'entrée, sous sa jolie marquise aux fines colonnes de fonte, et la secoua sans succès.

Guillaume sur ses talons, elle contourna la maison, remarqua la demi-porte du box de Jupiter qui bâillait dans le vide.

Une petite porte à demi vitrée à l'arrière s'ouvrit sans effort, sa serrure cassée n'avait pas encore été réparée. Alice resta quelques secondes figée sur le seuil. Le corridor aux parois vert bronze était meublé jadis d'une console couverte de bibelots, surmontée d'une grande glace encadrée de deux marines, et le sol était couvert d'un long tapis. Le couloir se trouvait aujourd'hui entièrement vide et nu. Elle traversa le salon puis la salle à manger, suivie de Guillaume, en silence. Tous les meubles avaient disparu, les murs dégarnis des tableaux et estampes, les lourds rideaux à ramages décrochés des fenêtres. Seul semblant de vie, les rais de lumière qui filtraient des volets fermés, dans lesquels dansaient des particules de poussière.

Guillaume avait posé un bras protecteur sur son épaule : « Venez, cela suffit. » Elle n'avait pas protesté et s'était laissé reconduire au phaéton, où ils avaient longuement discuté.

Elle avait rejeté l'offre d'Hélène de séjourner chez elle à Moka où les Castelregnault, sûrs de leur fait, avaient déjà fait porter sa malle. Guillaume lui offrit leur hospitalité, à Charlotte et à lui, mais Alice ne l'accepta pas : « J'avais une confiance aveugle en Charlotte. Elle m'a trahie.

– Je vous comprends, Alice, mais que pouvez-vous faire ?

– J'ai déjà pris ma décision, je vais retourner à La Réunion. Mme Panon m'a proposé un poste de lectrice et de demoiselle de compagnie chez elle, elle savait sans doute ce qui s'était tramé derrière mon dos à Maurice. Je désirerais aussi poursuivre mon action auprès des orphelines des dominicaines.

– L'invitation de Mme Panon tombe à point. L'éloignement de Maurice vous sera bénéfique. » Guillaume soupira imperceptiblement et murmura : « Vous me manquerez, Alice », avant d'enchaîner très vite : « Votre activité généreuse à l'orphelinat m'avait été rapportée. Permettez-moi de vous exprimer le respect que cela m'inspire. »

Il fut décidé que la jeune fille attendrait le départ du navire à l'hôtel. Elle refusa que Guillaume l'accompagne chez Adèle Panon, malgré l'insistance de celui-ci, désireux de s'assurer de sa sécurité. Elle affirma se sentir capable de se débrouiller seule.

« Guillaume… pourquoi auriez-vous fait cela pour moi ? »

Il lui sourit, prit sa main, la porta rapidement à ses lèvres : « Parce qu'un jour d'orage, j'ai ramassé au bord d'un chemin une petite fille blessée que j'ai prise pour un jeune garçon jusqu'à ce que vos cheveux se défassent. Vous étiez plus morte que vive. Depuis, vous n'êtes plus une enfant, mais je me sens toujours quelque peu responsable de vous, ma chère ! Je vous confie aussi que je n'ai pas apprécié la lâcheté de mon pleutre de beau-frère à votre encontre. »

Après une seconde de silence, Guillaume ajouta : « Je sais ce que vous, vous valez. Alice, faites-moi l'honneur de me considérer un peu comme un grand frère. Et aussi, s'il vous plaît, oubliez Paul. Croyez-moi, il ne mérite pas votre chagrin. »

Une nuit entière sans fermer l'œil, c'est long. Alice eut tout le loisir d'examiner la situation. La colère et l'humiliation le disputaient au chagrin et à l'incompréhension : comment un homme qui lui manifestait un amour fou pouvait-il changer d'avis en quelques jours seulement pour en épouser une autre ? La fureur reléguait au second plan la douleur, et aussi l'appréhension du lendemain. Que faire au cas où Mme Panon ait changé d'avis à son sujet ?

Et puis, comme une petite musique insinuante, une houle légère porteuse de bonheur dans tout ce désarroi, Guillaume se souciait d'elle. Guillaume revenait, non pas au cœur de son existence, c'était impossible, aux lisières seulement. Ce n'était pas beaucoup, mais mieux que rien.

Au petit matin, elle avait mis sur pied un plan d'action. Paul n'échapperait pas à une explication musclée. Elle savait où le trouver : au cours de la conversation durant le dîner que Guillaume avait tenu à partager avec elle au restaurant de l'hôtel, ils avaient un peu parlé de Paul. Il s'était installé avec sa femme dans un pavillon de l'habitation Lamarre en attendant que la construction de leur propre maison soit achevée. Paul se rendait chaque matin à la sucrerie, où son père lui avait installé un luxueux bureau. Guillaume pensait que le métier de sucrier ne semblait pas représenter une priorité dans la vie de son beau-frère et que, s'il se trouvait chaque matin à l'usine, c'était sans nul doute pour faire acte de présence plus que pour y travailler avec acharnement.

Le lendemain, bien décidée à se faire conduire au moulin à sucre des Aubiniers, elle se coiffa et s'habilla avec soin. Elle dirait son fait à Paul, mais sans donner à celui-ci la satisfaction de la voir échevelée et en larmes.

Elle allait descendre pour commander une voiture lorsqu'on frappa à la porte. Une femme de chambre lui présentait une lettre sur un plat d'argent. Elle reconnut l'écriture de Paul.

Mon amour,

J'imagine que vous m'en voulez, mais je vous conjure de me croire, rien ne changera entre nous, vous êtes pour toujours mon adorée, ma princesse, ma reine. Je vous aime et n'aimerai jamais que vous.

Personne ne souhaitait vous faire de la peine et moi encore moins que quiconque, c'est la raison pour laquelle on vous a éloignée à La Réunion, dans le seul but de vous épargner. Je suis sûr que vous le comprendrez.

Ce mariage était inévitable, mais vous, vous êtes et serez toujours la femme de ma vie, la seule.

Mon Unique, ma princesse, attendez-moi à votre hôtel, je viendrai tout à l'heure vous retrouver et déjeunerai avec vous. Mon adorée, je vous annonce une surprise qui vous comblera de bonheur : j'ai acheté un appartement au Port-Louis, il est actuellement entre les mains des décorateurs et dans quelques semaines, il deviendra notre nid d'amour à tous deux. Vous y régnerez en maîtresse et resterez pour moi, pour toujours, ma reine.

En attendant que l'appartement soit en mesure de vous accueillir, Hélène de Champfrenay vous offre l'hospitalité. Je vous accompagnerai moi-même à Moka, où votre chambre et vos affaires vous attendent.

Mon amour, je vous serre contre mon cœur, à très vite.

Votre amoureux qui se jette à vos pieds,

Paul

Alice replia la lettre, songeuse.

Elle resta longtemps à réfléchir assise à la même place. Puis, ses yeux firent le tour des lieux et elle décida de placer les deux sièges de la chambre aussi loin l'un de l'autre, ainsi que du lit – surtout du lit –, que les dimensions de la pièce le permettaient.

Lorsque, un peu avant midi, des pas d'homme lourds et impatients se firent entendre sur le parquet du couloir et s'arrêtèrent devant sa porte, elle était prête.

« Ma chérie, je n'en peux plus de patienter ! Je vous apporte un cadeau, regardez… »

Paul s'était arrêté net, les bras tendus vers Alice, portant à deux mains un paquet de tissu chatoyant. Alice, debout sans un sourire sur son visage fermé, avait levé une main pour stopper son élan.

« Non, Paul. N'approchez pas plus. Fermez la porte, je vous prie, et asseyez-vous. Vous avez une chaise derrière vous.

– Ah, vous êtes en colère contre moi ! Mon amour, vous allez me pardonner, n'est-ce pas ? Regardez ce que je vous ai apporté ! »

Paul déplia un somptueux châle de lourde soie, brodé de branches fleuries sur un fond rose vif. Il retourna la pièce de tissu, l'envers était également brodé de motifs floraux, aux formes et aux couleurs différentes, mais à l'emplacement exact des motifs de l'endroit, sans qu'aucun fil ne dépasse.

« Admirez cette merveille ! Un chef-d'œuvre qui vient de Chine ! Choisi pour vous seule, mon amour !

– Paul, je vous ai dit de vous asseoir. J'attends vos arguments. Expliquez-moi pourquoi vous avez agi en traître à mon égard, alors que moi, je me suis toujours montrée sincère et loyale envers vous. »

Paul avait fini par obtempérer et avait pris place sur la chaise à côté de la porte, son châle sur les genoux.

« Alice, Alice ! Je vous interdis de dire que je suis un traître ! C'est vous seule que j'aime, je vous le jure… Ce cadeau que je vous apporte en est le témoignage ! Oui, je sais, on vous a éloignée au moment du mariage, mais c'était pour votre bien, pour vous éviter du chagrin !

– Vraiment ? Et pourquoi donc avez-vous épousé Sophie de Lamarre-Magnin, puisque vous m'aimez ?

– Ne m'accusez pas ! Vous me rendez encore plus malheureux que je ne le suis… C'est que mes parents… notre nom… notre fortune, le patrimoine familial… Je n'avais pas le choix. » Paul bredouillait, visiblement mal à l'aise.

« Vos parents ? C'est bien, Paul. Vous êtes un bon fils, bien obéissant, un bon petit. Quel âge avez-vous déjà, vingt-cinq, vingt-six ans ?

– Alice, je vous en supplie, il vous faut comprendre… Ce n'est pas ma faute, n'ironisez pas ainsi, vous me faites souffrir…

– Comprendre ? Non, je n'entends rien à la situation, éclairez-moi, je vous écoute. »

Paul avait pâli, ses mains tremblaient. Il semblait hésiter entre le désarroi et la colère. « Vous faites exprès de me torturer ! Je ne pouvais pas agir autrement… Ce n'est pas ma faute !

– Mais encore ?

– Vous ne comprenez donc pas ! CE N'EST PAS MA FAUTE ! J'ai un rang à tenir, moi ! Un nom à respecter… Un patrimoine à protéger, à augmenter !

– Un patrimoine à protéger ? Se serait-il trouvé en danger avec moi ?

– Mais un Castelregnault ne peut pas épouser une fille de coolie ! Personne ne peut imaginer qu'un jour nos terres, notre habitation, reviennent aux enfants d'une servante... à des descendants de coolies indiens ! Je n'y peux rien, vous ne pouvez pas l'ignorer !

– Sortez, Paul.

– Alice, je vous en prie, réfléchissez ! Nous serons aussi heureux qu'avant... Mon amour... Rien ne changera entre nous, je vous le promets, nous nous verrons un peu moins souvent, c'est tout...

– Sortez de ma chambre... Attendez, vous alliez oublier ça ! »

Elle décrocha le collier à double rang de perles qu'il lui avait offert et le lui jeta à la figure. Toujours assis sur sa chaise, il le rattrapa au vol sans un mot et le rangea dans sa poche.

« Ah, encore une chose, Paul : je vous souhaite beaucoup de bonheur avec Mme Sophie du Patrimoine. »

Paul s'était décidé à partir. Son châle de soie sous le bras et une main sur la poignée de la porte, il était devenu tout rouge, emporté par la colère : « Vous êtes odieuse, jamais je n'aurais cru cela de vous ! En plus, vous êtes stupide, qu'allez-vous devenir, ma pauvre Alice ? Une des pensionnaires de la maison de la Chinoise derrière le port ? Elle sera ravie, vous vaudrez plus cher que les autres filles ! »

Alice ne répondit pas et agita avec résolution le cordon de la clochette de la femme de chambre.

Deux jours plus tard, elle se trouvait accoudée au bastingage du même navire qui l'avait ramenée à Maurice un peu plus tôt. Guillaume l'avait accompagnée au bateau et lui avait fait promettre de lui écrire, personnellement, pour donner de ses nouvelles.

La traversée de seulement vingt-quatre heures lui semblait interminable et elle se sentait à nouveau nauséeuse. On arrivait en vue de La Réunion. Alice avait le regard fixé sur les montagnes de *l'île sœur* qui se dessinaient au loin, sur l'horizon, mais ne les voyait pas, l'esprit occupé de pensées amères.

Tous ceux qui avaient le plus compté pour elle jusqu'à présent, sans exception, l'avaient trahie, abandonnée. Jamais de toute sa jeune vie elle ne s'était sentie aussi seule. Ne restaient plus autour d'elle qu'Adèle – mon Dieu, s'il vous plaît, faites qu'elle n'ait pas changé d'avis – et aussi Guillaume. Il se souciait d'elle, faisait montre de sollicitude à son égard, mais le rempart infranchissable du mariage avec Charlotte les séparait pour toujours. « Considérez-moi comme un grand frère », avait-il dit. Les larmes embuèrent ses yeux, ce n'était pas ce qu'elle aurait voulu.

Paul. Elle se demandait désormais, incrédule, comment elle avait pu l'aimer, ou peut-être seulement cru l'aimer, comme l'avait affirmé le portrait de Bois Quille dans la glace de sa chambre. Quand elle pensait à Paul, maintenant, une image s'imposait dans son cerveau, celle de cette créature étrange vue sur le port de Saint-Denis où elle se trouvait en promenade avec Adèle et Hélène. Un pêcheur l'avait ramenée des fonds marins dans son filet. Elle s'était extasiée : la bête, une masse allongée d'une trentaine de centimètres de long, d'apparence flasque, était joliment colorée, du rose et du mauve en anneaux, du bleu aussi sur un fond noir. Le pêcheur avait coupé court à ses exclamations en haussant les épaules avec mépris : « Ma *p'tite mam'zelle*, c'est rien du tout ça, une limace de mer que ça s'appelle, ça se mange pas, c'est même du poison et en plus, c'est tout mou ! »

Paul, après la scène de l'hôtel, lui avait fait penser à cet animal. Joli, attirant, mais désespérément mou. « Ce n'est pas ma faute, je n'y peux rien » était la seule excuse qu'il avait trouvée.

Paul lui parut pitoyable. Elle avait cru aimer une limace.

« Je vous attendais, Alice. Je savais que vous reviendriez. Votre chambre est prête. »

Adèle Panon avait tendu les bras à Alice et, pour la première fois depuis des jours, les larmes avaient jailli.

Adèle lui avait pris les mains, l'avait fait asseoir à l'ombre sous la varangue, avait commandé du jus de mangue.

« Je sais, je suis au courant, lui avait assuré la dame, et cette façon d'agir à votre encontre ne m'a pas plu du tout. J'aime beaucoup ma cousine Hélène, mais cela ne m'a pas empêchée de lui dire haut et clair ce que je pensais de leurs cachotteries, à elle et à ses cousins Castelregnault.

– Merci… madame… hoqueta Alice dans ses larmes.

– À partir de maintenant, je ne suis plus Madame mais Adèle, s'il vous plaît. Quant à votre Paul, on n'en parle plus, le ménage est fait, place aux projets ! »

Le soir, Alice s'était retirée un peu tôt, se sentant fatiguée. Elle allait se coucher après sa toilette du soir lorsque soudain elle tomba assise sur le lit en ressentant comme un coup de poing au niveau de l'estomac. Elle porta ses mains à la bouche pour étouffer le cri d'horreur qui allait en jaillir. Elle venait de prendre conscience qu'il y avait plus de deux mois qu'elle n'avait pas vu son sang menstruel.

Couchée en chien de fusil sur son lit, entre deux crises de sanglots assourdies dans son oreiller, elle appela à nouveau Grand-Père Bois Quille à l'aide, tout en épiant désespérément le miroir de la coiffeuse : hélas, l'image de Bois Quille n'y apparaissait pas malgré ses supplications.

Elle tremblait de tous ses membres, en proie à une crise nerveuse, incapable de considérer la situation avec sérénité. Elle était enceinte, il n'y avait pas de doute. Pour rien au monde elle ne ferait appel à Paul, et devenir une fille mère, c'était impossible. Il n'y avait aucune solution. Les spasmes nerveux redoublèrent lorsque le visage de Guillaume lui vint à l'esprit. Quand il l'apprendrait, il la mépriserait. Cela lui parut le pire de tout.

Elle chercha à se rappeler le nom de cette divinité indienne dont lui avait parlé Shana. *Péchaye*? *Petiaye*? Elle ne se souvenait plus exactement, aussi l'appela-t-elle au secours sous les deux noms. Shana lui avait confié un jour que sa mère, accablée par les grossesses qui se succédaient, l'invoquait pour que l'enfant ne vienne pas. Cela avait fonctionné à plusieurs reprises, affirmait Shana. À travers ses larmes, Alice guettait le miroir, espérant y voir apparaître l'image d'une idole indienne qui viendrait la délivrer de l'impossible. Bois Quille restait sourd à ses appels, alors une déesse païenne, pourquoi pas…

Si le sang ne revient pas, je me tuerai… décida la jeune fille.

Elle se retourna brusquement, sentant une sorte de présence derrière elle.

Le buste de Bois Quille était apparu dans la nuit, derrière la vitre de la fenêtre, en chemise bleue comme jadis, semblable à son image de la glace de la chambre du Port-Louis.

Alice, suffoquée par ses sanglots, resta muette devant l'image de Bois Quille.

« *To pas bien piti*, hein ? Mouche-toi et respire un bon coup !

– Grand-Père, je voudrais mourir ! bégaya Alice dès qu'elle put retrouver un peu de souffle.

– Mais non, tu ne mourras pas. Je suis là.

– Je t'en supplie, Grand-Père, au secours ! Je ne sais pas quoi faire !

– Parle à Adèle, elle est ton amie.

– Quand elle saura, elle me renverra !

– Non, petite. Ne pleure plus. Elle prendra soin de toi et moi aussi, depuis là où je suis, je veille sur toi. Allez, dors, maintenant, il faut te reposer. »

Et l'image de Bois Quille s'éloigna lentement, comme aspirée par le vide de la nuit, jusqu'à disparaître complètement.

18

Trois ans plus tard, île Maurice

Le jour n'était pas encore levé que Guillaume avait déjà terminé son petit déjeuner, seul, comme chaque matin. Charlotte, perpétuellement dolente et fatiguée, plus encore depuis la naissance du petit Charles-Henri, dormait tard dans sa chambre contiguë à celle de son époux, lequel était prié de ne pas la réveiller.

Guillaume s'apprêtait à entamer une journée qui promettait d'être particulièrement remplie. Un navire chargé d'une cargaison de blé en provenance d'Australie était attendu, la réunion prévue pour la fin de l'après-midi à la chambre de commerce où il exerçait la fonction de vice-président s'annonçait houleuse, un déplacement aux Aubiniers à la suite d'un problème de machine semblait urgent, et tout cela s'ajoutait aux tâches habituelles.

Il décida de commencer par les Aubiniers, son plus gros souci. En effet, parallèlement à son activité de négociant, Guillaume était devenu l'administrateur de la propriété de ses beaux-parents quelques mois auparavant, à la suite des événements qui s'étaient abattus sur la famille Castelregnault.

Tout avait débuté par l'attaque d'apoplexie dont avait été victime Henri. Son beau-père était resté paraplégique et si diminué intellectuellement qu'il ne pouvait plus assurer la moindre activité professionnelle. Il souffrait de pertes de mémoire, ne parlait quasiment plus sauf de temps à autre, proférant alors des propos le plus souvent incohérents. Un valet et un infirmier l'assistaient pour tous les gestes du quotidien. Entre les soins, il passait son temps sous la varangue, cloué dans son fauteuil d'infirme, à lisser mécaniquement sa moustache, toujours soigneusement taillée et peignée par le valet de chambre. Il n'avait plus d'autres buts à ses journées que les repas, pour lesquels il avait gardé intérêt et bon appétit.

Son fils Paul s'était retrouvé à la tête du domaine, peu préparé à la fonction mais fort content de l'occuper. Mais la satisfaction de sa vanité avait été rapidement amoindrie par une contrariété inattendue : le comptable lui avait démontré que, contrairement aux apparences, les Aubiniers se trouvaient depuis plusieurs années en mauvaise santé financière. Jusqu'à son accident, Henri avait su donner le change et ignoré les mises en garde du comptable. La situation était telle que le maître des lieux avait subi, trois années auparavant, la mortification de se voir refuser par les banques le prêt sollicité afin d'acquérir les trois cents arpents de Firmin Peltier. Ce fut son gendre, Guillaume de Charnay, qui les avait achetés au nom de son épouse. C'est ainsi qu'Henri avait pu réaliser son rêve d'agrandissement du domaine. Par la suite, il avait continué à mener ses affaires comme si de rien n'était jusqu'à son accident.

Paul, dorénavant seul à la tête de l'habitation, fort de son diplôme d'économie, refusa d'écouter les conseils pleins de bon sens du comptable qui s'ajoutaient à ceux de Maisonneuve, le régisseur : le patron, c'était lui et il entendait bien le montrer.

Paul avait mené la même politique de l'autruche que son père avant lui, et en peu de temps la situation s'était dramatiquement aggravée jusqu'à un point de non-retour. Le domaine se trouvait maintenant au bord de la banqueroute.

Un premier huissier se présenta aux Aubiniers. Henri n'y entendit rien, voulant même retenir ce visiteur à déjeuner. Françoise, sidérée, ne comprenait guère plus que son malheureux époux l'état dans lequel tous se trouvaient. Il lui était impossible d'admettre que son statut social puisse être menacé. Elle avait eu malgré tout la présence d'esprit de réunir en urgence son fils et son gendre avec le comptable et le régisseur. Guillaume saisit vite l'étendue du désastre, qu'il supputait déjà depuis plusieurs années.

Paul, dépassé par la situation, incapable de l'affronter avec lucidité, se trouva acculé au bord du précipice. Blanc comme un linge, ne pouvant maîtriser le tremblement de ses mains, il accepta la solution préconisée par le comptable, à laquelle s'était rallié le régisseur malgré l'opposition de Françoise : l'issue la plus souhaitable et la plus honorable était de laisser Monsieur Guillaume prendre les choses en main.

Celui-ci se plongea dans l'étude du bilan financier avec le comptable, écouta ses conseils, rencontra les banquiers, négocia des reports de paiement et des baisses de taux d'intérêt. Il se fit détailler par Maisonneuve l'état de l'usine sucrière, nota ses recommandations et suggestions. Il inspecta avec Peltier les champs de canne, attentif à ses explications. Après avoir mesuré les chances raisonnables de succès, il accepta le poste d'administrateur et fit face aux dettes les plus criantes sur sa cassette personnelle.

Le ciel du clan Castelregnault ne s'en trouva pas éclairci pour autant.

Guillaume se trouvait en réunion de travail aux Aubiniers lorsque deux officiers de police se présentèrent et demandèrent à parler à M. Paul de Castelregnault. Ce jour-là, Guillaume découvrit avec consternation que son beau-frère avait commis des faits répréhensibles destinés à assurer son luxueux train de vie personnel et à masquer la ruine du domaine : imitations de signatures et falsifications de traites. Plusieurs plaintes le visaient, des investigations judiciaires étaient en cours. La déchéance sociale et un risque d'emprisonnement dans les geôles de Sa Gracieuse Majesté se profilaient à l'horizon pour le fils de famille.

Il fallait à tout prix l'éviter. Le pauvre Henri ne se rendrait compte de rien, dans son fauteuil d'infirme, mais ni Françoise, ni Charlotte, ni la jeune épousée de Paul, enceinte d'un deuxième enfant, ne pourraient affronter une telle humiliation.

Les circonstances se montrèrent favorables : les Lamarre-Magnin héritèrent d'un oncle sans enfants, qui avait eu la générosité de mourir peu de temps auparavant, d'une demeure et d'un domaine viticole en Afrique du Sud, dans la province du Cap. Françoise de Castelregnault et les parents Lamarre-Magnin, soulagés d'éviter le scandale, y expédièrent le jeune ménage avec ordre exprès d'y demeurer et de s'y débrouiller.

Guillaume redressa peu à peu la situation de l'habitation Castelregnault. La récolte des cannes venait de commencer et s'annonçait prometteuse. Elle était abondante et différentes analyses confirmaient la qualité exceptionnelle du vesou[1], particulièrement riche en sucre cette année-là. On pouvait donc espérer une situation financière assainie dans les mois à venir.

Guillaume s'accorda une nouvelle tasse de thé. Il jeta un coup d'œil vers la fenêtre, constata que le ciel rosissait, puis consulta sa montre à gousset. Il décida qu'il disposait d'encore un peu de temps avant de sauter sur son cheval. Tout en sirotant son thé à petites gorgées, il sortit une lettre de sa poche, froissée pour avoir été lue et relue plusieurs fois.

Cher Guillaume,

Voici plusieurs mois que vous êtes venu à La Réunion et je suis confuse de ne pas vous avoir écrit plus tôt, comme vous me l'aviez demandé : vous en devinez la raison, j'ai été bien occupée à l'habitation Panon, avec les nouvelles méthodes de culture de la canne que nous avons mises en œuvre avec M. Villemartin, le régisseur que vous aviez alors rencontré.

Vous en attendiez avec impatience des nouvelles, m'aviez-vous alors dit : eh bien, cher Guillaume, je suis fort heureuse de vous apprendre que la nouvelle méthode d'assolement que je vous avais décrite, souvenez-vous, du manioc bleu semé après la récolte, et laissé en terre pour que les racines y pourrissent et amendent d'elles-mêmes le sol, puis un semis de pois noirs directement sur ces racines de la saison précédente et laissés sur place après maturité pour enfouissement, a porté ses fruits : notre récolte s'est révélée supérieure de plus de 10 % à celle de la parcelle témoin

1. Jus de la canne.

cultivée avec fumure traditionnelle. Avec cette méthode peu onéreuse et peu gourmande en temps et en travail, nous avons même obtenu des résultats égaux à ceux de la parcelle amendée au guano, qui, comme vous le savez, non seulement sent mauvais mais surtout est très dispendieux.

Nous sommes également fort satisfaits de la nouvelle variété de canne venant de Sumatra. Elle est d'un bon rendement.

Savez-vous que Mme Panon est si satisfaite de mes essais et suggestions qu'elle souhaiterait que je remplace un jour M. Villemartin, qui avance en âge, à la tête de son domaine ? J'en serais très heureuse, je me sens une vocation de « sucrière », pardon si le mot ne se dit qu'au masculin !

Cher Guillaume, Adèle me prie de vous transmettre toutes ses amitiés et elle vous supplie de revenir nous rendre visite. Je joins mes amitiés aux siennes et vous charge de donner de ma part mille baisers à votre petit ange.

Alice

Guillaume replia la lettre en soupirant. Le visage d'Alice… Il lui revenait de plus en plus souvent en tête.

Quelques mois après le départ de la jeune femme pour La Réunion, il avait reçu une première lettre de sa part, comme il le lui avait demandé. Il avait constaté que dans son cœur, Paul semblait avoir pris le chemin de l'oubli. Alice paraissait avoir recouvré toute sa sérénité et elle évoquait avec enthousiasme sa nouvelle vie. Elle n'avait pas retrouvé sa fonction d'institutrice chez les dominicaines car Germaine Peltier, maintenant sœur Marie-Madeleine de la Sainte-Croix, l'avait remplacée auprès des petites orphelines ; en revanche, elle était devenue l'assistante de M. Villemartin, le régisseur de Mme Panon. Alice évoquait son intérêt pour les méthodes de culture de la canne et le travail du moulin, de même que pour l'arboriculture du caféier, dont Adèle faisait grand cas.

La lettre disait aussi la vive affection réciproque qui les unissait, Adèle et elle. Adèle avait fait remettre en état pour elle un pavillon situé sur le domaine où Alice se sentait indépendante, ce qui ne les empêchait pas de partager quasiment chaque soir le dîner et l'après-dîner. Adèle se disait trop heureuse d'échapper à sa solitude et Alice avait le sentiment d'avoir retrouvé une famille.

Quelques mois après cette première lettre, un prétexte de voyage à La Réunion s'était présenté à Guillaume, le projet de création d'une succursale de sa maison de négoce. Il s'était fait annoncer à l'habitation Panon, où la maîtresse des lieux l'avait accueilli à bras ouverts. Elle lui avait offert son hospitalité si chaleureusement qu'il s'était senti obligé d'accepter, même si par ailleurs il n'avait jamais eu l'intention de la refuser. Il savait que loger chez la vieille dame lui permettrait de dîner en compagnie d'Alice.

Lorsque cette dernière avait fait son entrée dans le salon d'Adèle, dans une charmante robe rayée de bleu et de blanc, une grande capeline de paille claire nouée d'un large ruban bleu foncé à la main, il avait été ébloui. Alice était encore plus belle que dans son souvenir. La jeune fille qui vomissait de chagrin et d'humiliation le soir où elle avait appris le forfait de son amant s'était effacée devant une autre Alice, rieuse, épanouie. Elle semblait toujours aussi débordante de vie et de projets mais elle n'était plus tout à fait la même ; elle paraissait comme adoucie, elle avait mûri. Alice était devenue une jeune femme radieuse de beauté et d'élégance naturelle, et en plus elle parlait agronomie, variétés de cannes et de caféiers, méthodes de culture, d'amendement et d'assolement avec passion et avec une science qui pouvait en remontrer à Maisonneuve et Peltier réunis ! Il ne pouvait décrocher son regard de ses magnifiques yeux dorés pleins de lumière, comme hypnotisé.

Lors de cette première visite, Alice lui avait confié devant Adèle, parfaitement au courant de la situation, le pourquoi de sa relation avec Paul, ce que Guillaume ignorait. Elle avait raconté le mariage tramé contre sa volonté par ses parents adoptifs et sa détermination à tout mettre en œuvre pour conserver la maîtrise de son destin.

« Ma relation avec Paul, c'était mon choix, lucidement accepté, le seul moyen que j'avais trouvé pour éviter de subir une union avec un inconnu qui m'aurait liée à vie. Je n'ai pas caché à Paul ces circonstances particulières. Paul se disait par ailleurs profondément épris de moi, ce qui n'était pas mon cas au commencement de notre relation. Mais tout a changé par la suite… Je n'avais pas anticipé l'attachement sincère que j'allais éprouver pour lui. Cette aventure s'est terminée d'une façon cruellement décevante pour moi, mais maintenant je ne regrette plus rien. J'ai conquis et conservé ma liberté, je ne suis pas une victime. Et puis, j'ai reçu du ciel l'immense privilège de rencontrer sur mon chemin des personnes comme Adèle qui m'ont soutenue et aidée à devenir ce que je suis aujourd'hui. Je pense aussi souvent à vos beaux-parents et à Charlotte. Ils m'ont ouvert une porte sur le futur en permettant à Miss Mary de m'instruire et en m'accueillant chez eux. À leur contact, j'ai tellement appris ! Charlotte et ses parents m'ont offert la chance d'avancer dans la vie à pas de géant. Je leur ai pardonné leur trahison car j'ai compris le poids du milieu dans lequel ils évoluent et qu'ils subissent. Ma plus profonde gratitude et toute mon affection s'adressent aujourd'hui à Adèle, je lui dois beaucoup, plus que tout ce que vous pouvez imaginer. »

Adèle avait serré la main d'Alice, émue, et Guillaume s'était incliné avec respect. Alice avait conclu : « Grâce à Adèle, je suis maintenant l'assistante de son régisseur, une originalité qui fait jaser dans la colonie ! Je suis la seule femme de tout l'océan Indien à exercer ce genre de métier et j'en suis fière ! »

Guillaume avala une dernière gorgée de thé et sourit légèrement, la tête pleine d'Alice.

Il se secoua, l'heure avançait et n'était plus à rêver. Il effleura encore d'un doigt la lettre de la jeune femme repliée dans sa poche et se dirigea vers l'escalier tout en décidant qu'une prochaine visite à Saint-Denis serait fort appropriée.

Dans la nursery, un angelot aux boucles blondes, dans les bras de sa nounou indienne, déjà propre et habillé, émit des petits cris de plaisir en le voyant.

« Est-ce que mon petit garçon a bien dormi ? Embrassez votre papa, Charles-Henri, il s'en va travailler, je reviendrai vous voir ce soir. »

Guillaume le prit des bras de la nourrice et le serra contre lui. Il couvrit les boucles blondes de petits baisers, puis il déposa son fils sur le siège du cheval de bois à bascule qui occupait un angle de la pièce et sourit, attendri, en voyant l'enfant rire de plaisir en se balançant.

« Bonne journée, Uma, à ce soir.

– Bonne journée, Monsieur Guillaume. Charles-Henri, envoyez un baiser à votre papa ! »

Guillaume se félicitait tous les jours d'avoir embauché Uma. Elle avait remplacé la nourrice qu'il avait fallu trouver de toute urgence à la naissance de l'enfant, Charlotte ayant catégoriquement refusé d'allaiter. Uma se montrait plus maternelle avec son fils que ne l'était Charlotte, et en même temps elle savait réagir avec fermeté face à un caprice. Guillaume la trouvait dégourdie et elle n'était pas aussi illettrée que les autres domestiques indiennes.

Il s'arrêta ensuite devant la porte de la chambre de son épouse, hésita une seconde avant de frapper doucement et de l'entrouvrir avec précaution. La chambre était plongée dans la pénombre, Charlotte dormait encore. Il étouffa un soupir fataliste et referma la porte.

Charles-Henri était l'un des rares bonheurs apportés par son mariage, bonheur que partageait à peine Charlotte. Guillaume ne comprenait pas le peu d'intérêt de sa femme pour leur enfant, toujours confié aux soins de la nounou. La jeune fille radieuse et amoureuse menée à l'autel moins de quatre ans auparavant était devenue cette créature perpétuellement indolente. Elle se disait incapable de surmonter le désarroi provoqué par la maladie de son père, de même que l'absence de son frère. Elle traînait des journées entières sur une chaise longue et ne retrouvait un peu d'allant qu'au cours de ses visites aux Aubiniers, en parlant colifichets et chapeaux de Paris avec sa mère. Elle prétendait en sus n'être pas encore remise de sa grossesse et encore moins de son accouchement. Après la naissance de leur fils, elle avait décidé de n'ouvrir la porte de sa chambre à son époux qu'avec une parcimonie bien codifiée : ce serait une fois la semaine, le vendredi, sauf en cas de dîner à l'extérieur ou d'invités à la maison. Pas plus.

Guillaume en avait pris son parti. Les étreintes refusées par sa femme avaient été remplacées par celles offertes par une certaine Laurette, une jeune et jolie métisse, en échange du loyer de son appartement du Port-Louis et de menus cadeaux. Guillaume savait fort bien qu'elle partageait ses charmes avec quelques autres généreux admirateurs mais y trouvait son compte : elle était gaie, discrète et, au lit, elle ne se scandalisait d'aucune fantaisie. Il se promit de lui faire porter un billet dès son arrivée à son bureau, afin de l'avertir de sa visite pour le lendemain.

Son cheval sellé, tenu par la bride par Lucien, le palefrenier, l'attendait au bas du perron. En cette saison de coupe de la canne, les chemins et routes étaient tous envahis de lourds charrois remplis de canne, tirés par des bœufs. Dans ces encombrements, il trouvait plus commode de se déplacer à cheval plutôt qu'avec son phaéton.

L'usine des Aubiniers, en pleine campagne sucrière, baignait dans le parfum caramélisé du sucre cuit. Une noria incessante de charrettes remplies à ras bord déversait des cannes fraîchement coupées. Chaque charroi était immédiatement entouré de coolies armés de fourches : il fallait faire vite, sinon la canne risquait de perdre une bonne partie de sa teneur en sucre. Pendant le déchargement, le bouvier emmenait ses bœufs se désaltérer près du puits, à une auge que deux coolies remplissaient sans cesse. En cette saison d'intense activité, plus de deux cents ouvriers, hommes et femmes, assuraient la marche du moulin, veillaient sur les machines, alimentaient les chaudières, écumaient le vesou, charriaient la bagasse ou travaillaient au conditionnement du produit fini. Les cheminées crachaient en permanence des flots d'une fumée si noire que parfois elle masquait le soleil. Le bruit lancinant des machines à vapeur qui entraînaient les moulins de broyage et chauffaient les chaudières couvrait les conversations.

Maisonneuve dut élever la voix pour expliquer le souci à Guillaume : l'un des cylindres de broyage grinçait d'une façon inquiétante. Il pourrait sans doute tenir encore une ou deux semaines, pensait-il, mais le nouveau cylindre en provenance de Bourbon n'arriverait pas avant une dizaine de jours au bas mot, il était donc urgent de le commander au plus vite. Un arrêt de l'un des deux systèmes de broyage du moulin aurait des conséquences économiques dramatiques, la canne coupée ne pouvant attendre.

Guillaume donna son accord en soupirant. L'investissement n'avait pas été prévu dans le budget serré de la sucrerie en cette période de redressement financier.

Il revint à ses bureaux aussi vite que l'engorgement de la route le lui permit. *Il serait urgent de construire des voies ferrées pour transporter la canne vers les moulins et le sucre raffiné des moulins vers les ports, ces embarras de circulation représentent un frein pour notre activité. Il faudra mettre le sujet sur le tapis ce soir, à la chambre de commerce*, décida-t-il.

Le thème à l'affiche de la réunion de la soirée n'était pas les difficultés de transport du sucre ou des cannes, mais ce nouveau canal, que l'on creusait en Égypte, et qui allait bouleverser l'équilibre économique de l'île. Ses confrères négociants, tous inquiets, allaient bruyamment s'élever contre la position de Guillaume car, contrairement à eux, le jeune homme se montrait optimiste. Il tenterait une nouvelle fois de leur démontrer que ce canal qui diviserait par trois la distance entre Maurice et l'Europe serait bénéfique à la colonie. Par le canal et le golfe d'Aden, le sucre de Maurice ne serait bientôt plus qu'à trente jours des consommateurs de Londres ou de Paris ! Certes, l'île allait perdre son emplacement stratégique entre la métropole anglaise et l'Inde, mais les Mauriciens sauraient s'adapter à ces nouvelles conditions et en tirer profit.

En peu d'années, le comte Guillaume de Charnay était devenu une personnalité incontournable. Quelques mois après son arrivée à Maurice, son mariage avec Charlotte de Castelregnault, issue d'une des plus anciennes familles françaises de la colonie, avait conforté sa position. Aujourd'hui, on le reconnaissait non seulement comme un riche homme d'affaires, mais aussi comme appartenant de plein droit au monde fermé des planteurs français, grâce à son poste d'administrateur des Aubiniers. Sa réussite rapide était admirée et jalousée.

Il arriva sans trop de perte de temps à ses bureaux. Leur superficie avait plus que triplé depuis les premiers temps de son installation, à l'époque sous l'autorité de John Claridge. John lui avait mis le pied à l'étrier et depuis lors, tous deux se félicitaient de leur coopération. Il était toujours l'associé et le représentant à Maurice de la maison Claridge de Londres, mais avait créé en sus sa propre maison de négoce. Une trentaine de personnes travaillaient désormais pour lui, de toutes origines et de toutes couleurs. Dans ses bureaux, œuvraient des employés aux écritures tamouls et indiens, un comptable anglais, des métisses, des mulâtres et un Français. Claude-Jean Lebreton, son assistant créole, était un descendant d'esclaves malgaches, ce qui faisait grincer quelques dents. Il employait aussi une équipe de dockers noirs, dont quelques-uns savaient manœuvrer le *Charlotte*, le chasse-marée qui servait à acheminer des marchandises vers certains lieux de l'île plus faciles d'accès par la mer que par les chemins, surtout en période de coupe comme en ce moment. Ses dockers, tous d'anciens esclaves ou fils d'esclaves, ne juraient que par *Grand Missié* Guillaume, qui les respectait au même titre que n'importe quel autre être humain et les payait correctement. « Ils se feraient tuer pour vous s'il le fallait, et moi aussi, Monsieur Guillaume », lui avait murmuré un jour Claude-Jean, son indispensable et irremplaçable bras droit.

Celui-ci l'attendait sur le pas de la porte du bureau : « le *Sydney Town* a accosté. Je file rejoindre l'équipe sur le quai pour superviser le déchargement de la cargaison. À tout à l'heure, Monsieur Guillaume.

« Ah, j'oubliais, ajouta Claude-Jean. Une jeune femme patiente dans votre bureau. Une très belle dame ! Elle a insisté pour vous attendre. »

Le cœur de Guillaume fit un bond dans sa poitrine. Alice, ce ne pouvait être qu'Alice.

La visiteuse, absorbée dans la contemplation du tableau représentant la victoire française de Grand Port sur l'escadre anglaise – un tableau décliné de multiples façons que l'on trouvait dans beaucoup de demeures de colons français –, n'était pas la brune Alice mais une longue dame rousse, très élégante dans sa robe beige, sous sa large capeline de même ton, garnie de fleurs de soie et de rubans blancs et bruns. Victoria Nobleddon.

« Chère amie! Si je m'attendais…

– Quelle joie de vous revoir, cher Guillaume! »

Victoria lui expliqua qu'elle venait d'arriver à Maurice, où elle résiderait pendant trois mois, à la suite d'une mutation provisoire de son époux. Elle avait appris le mariage de Guillaume et la naissance de son enfant par Lady West. Le général était encore en poste à Maurice, mais sur le départ : il avait reçu sa prochaine affectation, à Bombay.

« Nous habitons une maison sur la route de Mahébourg. J'espère que Mme de Charnay et vous nous ferez l'honneur d'accepter une invitation à dîner dès que notre demeure sera en mesure de vous accueillir.

– Chère amie, avec grand plaisir…

– Auriez-vous encore une minute à me consacrer ? Je souhaiterais vous présenter quelqu'un, allons faire quelques pas dehors. »

Guillaume la suivit, un peu interloqué. Une voiture fermée stationnait près de son bureau, elle frappa à la portière. Une Indienne assez âgée, en sari mauve, en descendit, puis se retourna pour aider un enfant à mettre pied à terre.

Une ravissante petite fille brune, en robe blanche, considéra Guillaume avec sérieux.

« Je vous présente ma fille, Jane Nobleddon. Jane a quatre ans et demi. »

La petite fille plongea dans la plus charmante des révérences. « Bonjour, monsieur », dit-elle dans un français sans le moindre accent.

Guillaume avait blêmi. Il s'inclina à son tour en répondant : « Bonjour, mademoiselle, vous êtes bien gracieuse », d'une voix dont il tenta vainement de maîtriser le tremblement.

La petite fille ressemblait énormément à Pascaline, sa mère, et ses yeux, sa mâchoire carrée, étaient indubitablement ceux de Guillaume.

Quelques instants plus tard, Victoria et lui se trouvaient à nouveau derrière la porte close de son bureau. Aucun mot n'avait été échangé depuis la révérence de la petite fille.

« Vous avez compris, naturellement, Guillaume ? Sachez que je suis venue à vous avant tout pour vous remercier. Cette enfant merveilleuse, vous me l'avez offerte, vous nous l'avez offerte à mon mari et à moi. Je croyais ne pas pouvoir concevoir, en fait il semblerait que ce soit mon époux qui ne le puisse, bien que… qu'il fasse le nécessaire. Je voudrais un autre enfant, un fils… Voudriez-vous me rendre un grand service, Guillaume ?

– …

– Donnez-moi cet autre enfant. S'il vous plaît. »

Sans hésiter Guillaume se leva de son siège, contourna son bureau, vint prendre les deux mains de Victoria dans les siennes et l'amena à se mettre debout. Ils se fixèrent quelques secondes les yeux dans les yeux puis il l'attira dans ses bras. Ils s'embrassèrent fougueusement, longuement.

Un petit appartement non utilisé se trouvait au-dessus des bureaux, isolé et tranquille. On y accédait par un escalier depuis un entresol disposant d'une entrée donnant sur une ruelle, derrière les bureaux. Guillaume le fit sommairement meubler à la hâte. Les amants s'y retrouvaient dans la plus grande discrétion quasiment tous les jours. Seul Claude-Jean pouvait être en mesure de soupçonner leur relation, mais Claude-Jean était une tombe.

Les Nobleddon quittèrent Maurice pour Bombay trois mois plus tard, sans que l'invitation à dîner ait été honorée. Victoria avait en effet jugé que la ressemblance entre Jane et Guillaume était un peu trop flagrante pour exposer l'enfant aux soupçons quant à son père officiel.

Lors de la dernière entrevue des deux amants, Victoria avait posé la main sur son ventre : « Mon ami, quelques symptômes typiquement féminins que je ne vous détaillerai pas m'amènent à penser qu'une espérance de maternité s'annonce...

– Chère Victoria, toutes mes félicitations à votre époux et à vous-même... » avait déclaré très sérieusement Guillaume, un pétillement joyeux dans le regard.

Les Nobleddon embarqués pour Bombay, il retrouva avec régularité le chemin de l'appartement de Laurette. Son manque d'assiduité de ces derniers mois n'avait pas trop inquiété la belle : le loyer continuait à être versé avec ponctualité et quelques enveloppes lui avaient été discrètement apportées de la part de son *bel amant français*, comme elle l'appelait.

Un soir, alors qu'il revenait de chez elle, il repassa comme à son habitude par son bureau avant de rentrer. Les employés étaient partis, tout était plongé dans l'ombre, mais à son grand étonnement une lueur de bougie filtrait de sous la porte de son bureau.

Claude-Jean se matérialisa devant lui, dans la pénombre, en posant un doigt sur ses lèvres pour l'inviter au silence, puis chuchota : « Il y a trois hommes dans votre bureau... des Français. J'ai voulu les éconduire, mais ils m'ont menacé à mots couverts et m'ont ordonné de partir. Je me suis caché pour vous attendre, ça sent le grabuge… »

Claude-Jean entrouvrit sa veste pour indiquer à Guillaume qu'il portait une arme.

Ce dernier répondit par un signe d'assentiment et une pression de la main sur le bras de son assistant, avant de se diriger à pas lents vers son bureau en cherchant à comprendre la situation. Claude-Jean avait raison, ça ne sentait pas bon du tout.

Trois inconnus étaient assis sur la banquette cannée le long du mur, face au bureau, le visage figé. Ils se levèrent dans un bel ensemble lorsque Guillaume entra dans la pièce.

« Monsieur le comte…

– Messieurs, je vous souhaite le bonsoir. Qui êtes-vous et que me vaut l'honneur de cette visite tardive ? »

Ils s'étaient rassis dans le même ensemble parfait. Le visiteur installé entre les deux autres tenait ses mains posées sur une serviette noire, à plat sur ses genoux. Guillaume remarqua les bosses qui déformaient les vestes : tous trois étaient armés.

« Monsieur le comte, nos noms importent peu. Nous sommes les émissaires d'une personne de Lyon à qui vous devez une forte somme. Nous sommes chargés de la recouvrer. Vous vous souvenez, n'est-ce pas, de qui et de quoi nous voulons parler ?

– Non. Messieurs, éclairez ma lanterne, je vous prie. »

L'homme à la serviette ouvrit celle-ci, en sortit un document qu'il plaça sur le bureau, face à Guillaume : « Il est des dettes qui ne s'oublient pas, monsieur le comte. »

Les flammes des bougies du chandelier éclairèrent une reconnaissance de dette de jeu. Une somme astronomique. L'homme reprit rapidement le papier et le remit dans la serviette.

« Je vois », fit prudemment Guillaume.

Gagner du temps.

« Les intérêts n'apparaissent pas, bien entendu, sur cette reconnaissance de dette. D'après nos calculs, à raison d'un intérêt des plus raisonnable de 6 %, nous arrivons à une somme de 45 698 piastres mauriciennes. »

La valeur des Aubiniers.

« Vous comprenez, monsieur le comte, que nous sommes venus exiger le dû de notre mandant, un homme puissant qui bénéficie de nombreux appuis. Vous saisissez, n'est-ce pas ? Notre séjour à l'hôtel sera bien entendu réglé par vos soins. Voici en outre la facture de nos billets de passage sur l'*Aliénor d'Aquitaine* depuis Bordeaux, que vous nous rembourserez de même que nos billets de retour.

– Messieurs, vous me prenez au dépourvu. Je ne dispose pas de liquidités aussi importantes. Il me faut consulter ma banque…

– Votre villa, chemin du Pouce, est une demeure magnifique. Son allée de bananiers, quelle élégance… avança l'un.

– L'usine et le château des Aubiniers, la propriété de votre belle-famille, représentent une jolie fortune… Attention aux incendies, c'est si vite arrivé… On n'est jamais trop prudent, vous savez, reprit le premier après un instant de silence.

– Nous avons eu la chance de croiser Mme de Charnay, une jeune femme distinguée, des plus charmante. Vous avez un petit garçon, Charles-Henri, n'est-ce pas? Félicitations, monsieur le comte, pour votre famille... » continua l'homme assis entre les deux autres.

Un silence aussi lourd qu'une chape de plomb s'installa pendant quelques secondes. Guillaume reprit la parole aussi calmement qu'il le put : « Je vous entends, messieurs. Vous aurez l'argent dès que j'aurai dégagé des fonds auprès de mes banques. Ce ne sera qu'une question de jours. En gage de ma bonne foi, dès demain, un premier versement vous sera remis, ce que je possède en liquidités, serré dans un coffre. Non, inutile de m'accompagner chez moi, je ne garde rien en ma demeure : comme vous venez de me le faire remarquer, on n'est jamais trop prudent. Mon comptable recalculera les intérêts. Le taux de 6 % est excessif. Pas plus de 4 %.

– Pas question, 6 %. »

Une discussion âpre autour du taux d'intérêt aboutit finalement à un accord sur 5 %.

« Demain, même heure, à mon bureau. Je vous remettrai l'équivalent de 10 000 piastres. Mais, dites-moi, simple curiosité, comment m'avez-vous retrouvé?

– Plus facile que prévu, monsieur le comte, quasiment un jeu d'enfant. Tout le monde savait à Lyon que vous étiez l'heureux propriétaire d'un château en Bourgogne, à Fargy : nous avons commencé par là. Le maire ne savait rien de vous sinon que vous vous étiez volatilisé après avoir vendu vos biens. Il nous a confié un renseignement précieux : l'ami qui vous accompagnait était mort sur un navire qui faisait route vers l'Inde. Nous en avons déduit que vous vous étiez peut-être installé à

La Réunion. Nous y avions mis pied à terre depuis moins de vingt-quatre heures qu'une magnifique plaque de cuivre apposée à un immeuble de port de Saint-Denis a attiré notre attention : Guillaume de Charnay, import-export. Votre employé nous a aimablement donné l'adresse de sa maison mère, au Port-Louis. Vous voyez comme ce fut simple.

– Mes compliments pour votre sens de la déduction, messieurs. »

Guillaume raccompagna ses visiteurs et leur souhaita le plus civilement du monde de profiter au mieux des agréments de Maurice durant leur séjour. Les hommes semblaient plus détendus qu'à son arrivée, n'espérant sans doute pas aboutir à un accord avec autant de facilité.

Claude-Jean sortit de la pénombre quelques minutes plus tard et se glissa silencieusement dans le bureau de Guillaume. Celui-ci, la tête dans les mains, réfléchissait.

Le passé de feu Guillaume-Antoine de Charnay le rattrapait et se refermait sur lui comme un piège.

19

Guillaume savait que le véritable Guillaume-Antoine de Charnay avait « oublié » des dettes de jeu à Lyon, mais il n'aurait jamais imaginé qu'elles étaient d'une telle ampleur. Le créancier était sans nul doute un personnage du milieu interlope lyonnais, prêt à tout pour récupérer son argent et aussi dangereux que ses mandataires le laissaient entendre.

Il exposa à Claude-Jean la situation en lui parlant de chantage, mais sans lui dévoiler le fond de l'affaire. Il l'informa de la détermination et du pouvoir de nuisance de ces individus qui n'avaient pas hésité à traverser les océans pour venir lui soutirer une fortune. Il était clair qu'ils n'avaient pas l'intention de revenir en Europe les mains vides et qu'en cas de refus, sa vie et surtout celle des siens se trouveraient en danger, et ses biens, ainsi que ceux de sa belle-famille, anéantis.

Assis face à face dans le bureau de Guillaume, tous deux discutèrent longuement. Chacune des options pour mettre un terme définitif à l'extorsion de fonds dont il faisait l'objet fut soigneusement examinée, avec toutes ses conséquences envisageables.

Les bougies du chandelier avaient quasiment fini de se consumer lorsque Claude-Jean prit congé et se fondit dans la nuit en direction du village créole où habitaient les dockers. La discussion avait mis en évidence que Guillaume ne pouvait compter que sur lui-même et sur quelques-uns de ses employés, les autorités de l'île et la police ne pouvant leur être d'aucun secours. Claude-Jean et lui avaient élaboré une stratégie et en avaient minutieusement mis au point tous les détails.

Le lendemain soir, Guillaume congédia ses employés plus tôt que d'habitude. Après leur départ, dans les locaux désertés, quatre massives silhouettes se faufilèrent silencieusement dans la pénombre. Les hommes avaient été choisis par Claude-Jean parmi les dockers en fonction de leur force, de leur discrétion et de leur fidélité à Guillaume. Il y eut de longs conciliabules derrière la porte fermée du bureau directorial et de discrets bruits de glissement de meubles sur le parquet. Ensuite, les quatre ombres muettes prirent position à proximité du bureau, dissimulées dans les endroits adéquats qui avaient été définis.

Les trois hommes se présentèrent à l'heure dite devant la porte ouverte du siège de la maison de négoce. Guillaume les attendait et les conduisit courtoisement à son bureau, où trois fauteuils étaient disposés un peu en retrait devant la table de travail. Un plateau supportant quatre verres et un carafon de cognac français se trouvait sur un guéridon à la portée de la main.

Les visiteurs installés dans leurs sièges, Guillaume s'assit à son tour derrière son bureau, en déverrouilla l'un des tiroirs et en sortit une épaisse enveloppe de papier brun. Il la décacheta et la posa devant lui, en faisant déborder plusieurs liasses de billets.

« Donnez-vous la peine de recompter, messieurs. »

Les trois hommes se levèrent et se penchèrent au-dessus de la table. Ils n'eurent pas le temps de compter les billets de la première liasse jusqu'à dix que de grands gaillards avaient fondu sur eux par-derrière. Trois d'entre eux avaient entrepris de les étrangler avec un fil de fer pendant que le dernier, aidé de Guillaume et Claude-Jean, se précipitait pour les débarrasser de leurs armes. Tout fut terminé en quelques minutes.

On enfourna les corps avec les armes dans de grands sacs de jute qui furent jetés dans le tombereau qui attendait dans l'entrepôt voisin. On les recouvrit des sacs de farine dont la livraison était prévue. Claude-Jean et Guillaume avaient soigneusement vidé les poches des visiteurs.

Les quelques passants encore présents sur le port à cette heure tardive ne s'étonnèrent point de voir quatre Noirs tirer un tombereau lourdement chargé de sacs et remplir un chasse-marée à quai : il arrivait souvent qu'une embarcation sorte à la nuit tombée pour effectuer une livraison urgente.

Lorsque les dockers se présentèrent au siège de la maison de négoce, quelques heures plus tard, Guillaume et Claude-Jean avaient remis de l'ordre dans le bureau, brûlé les passeports et autres papiers compromettants. Toutes les traces de l'événement avaient été soigneusement effacées.

« La farine a été livrée à son destinataire. L'autre fret aussi, là où il fallait, dit l'un d'eux.

– Complété de bonnes pierres de corail, précisa un autre.

– Mes amis, merci. Vous m'avez sauvé la vie et vous avez protégé ma famille, je n'oublierai jamais ce que vous avez fait pour moi aujourd'hui. Dorénavant, j'ai une dette envers chacun de vous. Si l'un de vous se trouvait un jour en difficulté, je serai là pour lui. Souvenez-vous-en.

– Ces Français, aucun de nous ne les a jamais vus. Ce qui s'est passé, vous devez l'oublier, l'effacer de votre mémoire », précisa Claude-Jean avec gravité.

Tous jurèrent, la main sur le cœur, de garder fidèlement le silence. *Missié* Guillaume et *Missié* Claude-Jean pouvaient compter sur eux.

Guillaume remit à chacun des protagonistes de l'événement une enveloppe. L'argent retiré du coffre leur avait été partagé.

L'enquête de police, diligentée après la plainte d'un hôtelier furieux de la disparition de ses clients français, partis en abandonnant leurs affaires et sans régler leur note, n'aboutit pas. Des témoins pensaient les avoir vus traîner sur le port : la police en conclut qu'ils s'étaient sans doute embarqués sur le navire qui avait appareillé pour Madagascar le jour de leur disparition.

20

Île Maurice, mai 1854

Guillaume arriva chez lui tardivement ce soir-là, ralenti par le nombre anormalement élevé de voitures et de carrioles de toutes sortes remplies de gens et de bagages qui encombraient les routes. Tout ce monde prenait le chemin de la campagne.

Il connaissait la raison de ce déplacement collectif : les gens fuyaient vers les hauteurs de l'île, affolés par la rumeur qui se propageait de quartier en quartier depuis quelques jours : le choléra s'était déclaré en ville. Une douzaine de détenus étaient déjà morts à la prison.

Guillaume ne se sentait pas inquiet, bien que le décès de détenus fût confirmé. Il était certain que la maladie resterait circonscrite aux murs de la prison.

Il trouva son épouse à sa place favorite, allongée sur une chaise longue sous la varangue, à feuilleter un exemplaire d'un journal de mode de Paris. Charlotte avait passé quelques jours chez ses parents, aux Aubiniers, et n'était revenue à son domicile que dans l'après-midi.

« Je suis content de vous voir revenue chez nous, Charlotte. Comment va votre père ? s'enquit courtoisement Guillaume.

– Hélas, mon ami ! L'état de santé de mon malheureux père ne change pas. En plus, il souffre d'un refroidissement depuis hier soir, et garde la chambre. Ma mère se montre bien courageuse. Quant à moi, le trajet sur cette route caillouteuse m'a tellement secouée que j'en suis épuisée, je n'en peux plus. Pardonnez-moi, je ne crois pas que je dînerai avec vous ce soir, je suis trop lasse et n'ai pas faim.

– Comme vous voudrez, ma chère. Reposez-vous, je vous verrai demain. »

Guillaume ne prêta guère attention à la lassitude dont se plaignait son épouse valétudinaire. Les jours où elle ne se montrait pas languissante pouvaient se compter sur les doigts de la main.

Il la laissa pour se rendre à la nursery. Le petit Charles-Henri, installé dans sa chaise haute, une cuillère à la main, achevait son dîner, aidé de la nourrice.

« Bonsoir, Uma. Comment va mon petit garçon ? Avez-vous été bien sage avec Nounou, aujourd'hui, Charles-Henri ? »

L'enfant jeta la cuillère par terre pour battre des mains de plaisir en voyant son père. Guillaume le serra dans ses bras. Il était certain que Charlotte n'était même pas venue l'embrasser après une absence de trois jours.

Il était environ deux heures du matin lorsque des coups tambourinés à la porte de sa chambre le réveillèrent en sursaut. La femme de chambre de son épouse, en chemise et bonnet de nuit, un châle sur les épaules et un bougeoir à la main, semblait affolée.

« Cendrine ? Que se passe-t-il ?

– C'est *M'dame* Charlotte, elle ne va pas bien du tout… Elle tremble… Elle a vomi et a aussi un flux de ventre… »

Guillaume passa sa robe d'intérieur et suivit la femme de chambre chez son épouse. La lumière des bougies du chandelier lui dévoila Charlotte en bonnet de nuit qui gisait étendue sur le dos, le teint blafard, les yeux grands ouverts. Elle tremblait, les mains accrochées à son drap comme pour s'y retenir.

« Que vous arrive-t-il, ma chérie ?

– Je ne sais… Je ressens une angoisse terrible, j'ai froid et j'ai peur…

– Cendrine, mettez une couverture sur le lit de Madame, s'il vous plaît. Peur ? Mais de quoi, Charlotte ? Vous souffrez d'une indisposition passagère… désagréable, certes, mais sans gravité. Vous avez sans doute mangé quelque chose qui ne vous a pas convenu et avez peut-être pris froid dans la pluie de ce matin. Ce n'est pas la première fois que cela vous arrive, vous le savez bien. Quelques gouttes de laudanum dans un peu d'eau et vous allez dormir comme un bébé. »

Charlotte but le remède et ferma les yeux. Elle s'apaisa, cessa de trembler de tous ses membres. La femme de chambre et Guillaume restèrent encore un moment près d'elle, jusqu'à ce qu'elle dorme calmement.

« Cendrine, je dois retourner me coucher, une dure journée de travail m'attend demain. Madame va mieux mais restez cependant auprès d'elle, au cas où elle aurait encore besoin de vous.

– *Korek, Missié.* »

L'aube était encore loin que Guillaume fut à nouveau réveillé par des coups portés sur sa porte. Le bougeoir tenu dans la main de Cendrine tremblait.

« *Missié, Missié,* c'est encore *M'dame* Charlotte, ça ne va pas, pas du tout ! »

Le corps de Charlotte, en proie à un violent spasme, semblait comme arqué sur le drap blanc. Les traits de son visage étaient si tirés qu'elle en était méconnaissable, avec un teint couleur de cendre, comme si tout le sang s'en était retiré.

« Que Lucien saute sur son cheval et coure chercher notre médecin, vite ! »

Charlotte claquait des dents. « J'ai tellement froid », murmura la malade d'une voix presque inaudible.

Guillaume entreprit de la frictionner pour la réchauffer, et aussi pour détendre ses muscles qui semblaient comme tétanisés. Sa peau était froide, et elle vomit encore, dans le lit, incapable de se mouvoir.

Le médecin arriva plus vite qu'on ne l'espérait, le palefrenier Lucien l'ayant croisé en chemin alors qu'il revenait de chez un patient.

Le diagnostic de l'homme de science tomba sans qu'il eût besoin de réfléchir : il avait passé la nuit à visiter les malades, et tous présentaient des symptômes voisins. Certains étaient déjà décédés. Le médecin était soucieux, l'épidémie de choléra-morbus, partie de la prison, explosait.

« Votre pronostic, docteur ? » murmura Guillaume, abasourdi. Il connaissait bien entendu cette terrible maladie mais ne pouvait imaginer que ce mal qu'il croyait réservé aux malheureux puisse s'introduire jusque chez lui.

« Mme de Charnay est jeune, de bonne constitution. Son corps sera, à n'en pas douter, le plus fort face au mal. Que sa femme de chambre continue à la frictionner, qu'on lui donne à boire et surtout qu'elle prenne bien son laudanum.

– Mon fils risque-t-il d'être contaminé ?

– Hélas, oui, vous de même, ainsi que votre personnel, mais sans pouvoir vous l'affirmer avec certitude. Les deux extrêmes de la vie, enfants et vieillards, sont les plus vulnérables mais, heureusement, tous ne sont pas touchés.

– Que dois-je faire pour protéger mon enfant ?

– Certains de mes confrères croient à la transmission de la maladie par contact avec les patients, mais la plupart pensent que l'épidémie est propagée par des miasmes mortifères contenus dans l'air. Je vous conseille donc d'emmener votre enfant loin du foyer d'infection de votre demeure, dans un air plus sain, vous le protégerez ainsi au mieux.

– Je vais faire porter mon fils dès son réveil aux Aubiniers, chez ses grands-parents…

– Gardez-vous-en bien ! J'en reviens ! M. de Castelregnault est frappé, son valet de chambre, lui-même cholérique, est décédé hier soir. Il vous faut trouver un autre havre pour votre enfant.

– Mon Dieu ! Comment va-t-il ?

– Mal, monsieur de Charnay. Je suis pessimiste. Pardonnez-moi de ne pouvoir m'attarder plus longuement, je dois prendre un peu de repos. J'ai chevauché toute la nuit d'un patient à un autre et une nouvelle journée de dur labeur m'attend. Je repasserai ce soir voir Mme de Charnay. Bon courage et ayez bon espoir, mon ami. »

Après avoir raccompagné le praticien, Guillaume toujours en tenue de nuit vint s'installer à sa table de travail. Il alluma ses bougies, réfléchit quelques minutes et se mit à rédiger plusieurs courriers.

L'aube pointait lorsqu'il frappa à la porte de la chambre d'Uma, à la nursery. Réveillée en sursaut, la jeune fille s'assit dans son lit en ouvrant des yeux ronds.

« Uma, n'ayez pas peur de cette intrusion chez vous. Je suis venu vous avertir d'un événement gravissime : ma femme souffre du choléra. Elle va guérir, mais dans cette maison personne n'est à l'abri de la contagion, et mon jeune fils moins que quiconque. Habillez-vous vite et rejoignez-moi dans mon cabinet de travail. Je vous y expliquerai ce que j'attends de vous. »

Quelques instants plus tard, Uma se présentait à la porte du bureau de Guillaume.

« J'ai confiance en vous, Uma. Je sais que vous êtes apte à faire face à une situation inhabituelle et compliquée. Je vous charge d'emmener Charles-Henri à La Réunion pour le soustraire à l'épidémie de choléra qui se confirme. Vous partez dès aujourd'hui : un navire doit appareiller dans la matinée pour Saint-Denis, peut-être le dernier, les liaisons entre nos deux îles seront interdites dès que les autorités françaises de La Réunion apprendront ce qui se passe ici. À Saint-Denis, vous vous rendrez chez mes amies, Mme Adèle Panon et Mlle Alice Mysore. Elles vous accueilleront. Vous remettrez cette lettre à Mme Panon, et celle-ci à Mlle Alice. Cet autre pli est destiné à mon homme de confiance, le représentant de mes intérêts à Saint-Denis, vous pourrez aussi vous adresser à lui si vous rencontriez des difficultés. Cette dernière enveloppe contient suffisamment d'argent pour faire face à tous vos besoins. Dès que le risque de contagion sera éliminé, je viendrai moi-même vous chercher, Charles-Henri et vous. »

Guillaume terminait de donner ses consignes à Uma lorsqu'un remue-ménage dans le hall l'interrompit.

Joshua, le palefrenier des Aubiniers, en larmes, tordait son chapeau en psalmodiant : « Grand malheur sur nous, grand malheur, *Missié* Henri est mort ! »

Deux heures plus tard, Guillaume avait installé Uma et le petit Charles-Henri à bord du *Notre-Dame de la Mer*, après avoir généreusement graissé la patte du capitaine pour qu'il les accepte à bord, le navire étant complet. Puis il retourna chez lui en talonnant son cheval jusqu'à épuiser le pauvre animal.

Il fut soulagé de constater que l'état de Charlotte ne s'était pas dégradé. Elle était faible mais parlait et avait toute sa connaissance. Il lui cacha le décès de son père.

Sans prendre le temps d'une collation, il fit seller une autre monture et chevaucha à bride abattue jusqu'aux Aubiniers afin de réconforter sa belle-mère, seule dans le deuil et le chagrin, ses deux enfants étant absents, l'un à trois semaines de navigation de là et l'autre gisant sur son lit.

Le père Bosjean était venu dans l'heure présenter ses condoléances et soutenir Françoise de Castelregnault mais n'avait pu s'attarder. Depuis l'avant-veille, il enterrait plusieurs fois par jour.

Guillaume trouva Françoise accablée, perdue devant cet événement et en colère. Elle ne comprenait pas qu'Henri n'ait pas droit à l'enterrement fastueux que son rang exigeait. Le père Bosjean avait refusé des obsèques grandioses. Il fallait faire vite, et en présence d'un nombre limité d'assistants, avait-il insisté. Françoise avait pleuré, argumenté, mais le prêtre était resté intraitable. Il enterrerait M. de Castelregnault dès le lendemain et en la seule présence de sa famille la plus proche.

Guillaume réussit à expliquer la situation à sa bellemère en conservant son calme. L'épidémie gagnait du terrain, la priorité se situait dans la lutte contre la maladie, l'heure n'était plus aux somptueuses cérémonies. Il ne put taire à Françoise l'indisposition de Charlotte pour expliquer son absence auprès d'elle dans ce moment si douloureux, mais il en minimisa la gravité.

La question de l'enterrement d'Henri enfin réglée entre deux accès de larmes de Françoise, Hélène de Champfrenay fit son entrée, le chapeau de travers, les yeux rougis et son mouchoir à la main. « Ma pauvre petite ! Quel malheur, mais quel affreux malheur ! »

Elle promit de rester avec Françoise pendant quelques jours pour l'épauler dans l'épreuve. Guillaume lui confia l'état réel de Charlotte, avec ordre exprès de n'en pas toucher un mot à sa cousine, laquelle se trouvait déjà bien assez secouée par la disparition de son mari. Il se devait de retourner au chevet de son épouse, aussi laissa-t-il sa belle-mère à la sollicitude d'Hélène, avant d'éperonner son cheval pour foncer chez lui.

Sur le chemin, son odorat fut alerté par des odeurs inhabituelles, des remugles repoussants, mais mélangés par intermittence à des effluves de bois de camphre brûlé. Il en comprit la signification en voyant des fumées émaner d'un camp indien : plusieurs bûchers funéraires se consumaient. Un peu plus loin, un corps allongé au bord de la route le fit s'arrêter. En s'approchant, il constata qu'il s'agissait du cadavre d'un coolie baignant dans des déjections blanchâtres.

L'état de Charlotte avait empiré, ses lèvres, ses dents et ses ongles avaient noirci. Elle ne répondit pas aux questions de Guillaume et respirait avec difficulté.

Sa femme de chambre, apeurée, avait décampé, la cuisinière et plusieurs petites bonnes aussi. La vieille

Fifine, une ancienne esclave des Aubiniers qui avait été la *Nénène* de Françoise puis celle de ses enfants, accepta de veiller Charlotte pendant que Guillaume effectuait un aller-retour à son bureau. Elle ne pouvait plus beaucoup travailler, mais le jeune ménage l'avait emmenée dans sa demeure du chemin du Pouce car Charlotte était attachée à elle. Elle passait ses journées à la cuisine, à aider à de menus travaux et le plus souvent à somnoler dans un fauteuil à bascule. Fifine n'avait peur ni de la maladie ni de la mort et ne s'était pas enfuie devant le danger.

Au port, Guillaume constata que l'activité était normale. Claude-Jean, à pied d'œuvre depuis le matin, lui apprit que l'épidémie montait en puissance. À la prison, on comptait maintenant une trentaine de décès. Les services municipaux étaient débordés par le nombre de cadavres et d'agonisants qu'ils avaient à ramasser dans les rues. Ils avaient saisi l'ampleur de l'épidémie et fait creuser à la hâte une fosse commune près du cimetière pour y enfouir les corps, le plus souvent anonymes, et sans la moindre cérémonie. Deux dockers de Guillaume avaient eux-mêmes secouru un malheureux qui se mourait sur l'un des pontons du port, à deux pas des bureaux, et l'avaient transporté à l'hôpital. Ils avaient rapporté à Claude-Jean que les patients, les mourants s'entassaient dans chaque espace disponible, parfois à même le sol. On manquait de lits, de médecins, d'infirmiers. Des malheureux mouraient dans leurs déjections sans que personne ne puisse intervenir et l'odeur était insupportable.

« Que fait le gouverneur ? s'écria Guillaume, qui prenait la mesure de la catastrophe.

– Je ne sais, il reste à l'abri au Réduit ! riposta Claude-Jean en haussant les épaules avec fatalisme. Heureusement, un prêtre français, le père Laval, a organisé des secours. Il est assisté de trois autres prêtres, des Français, m'a-t-on dit. Ils sillonnent la ville du matin au soir, d'un malade à un autre, ils les soignent et leur apportent les secours de la religion quand il n'y a plus rien d'autre à faire.

– Et nous, comment pourrions-nous aider ces malheureux ?

– Je vais demander au père Laval… » Claude-Jean hésita une seconde, sembla gêné, puis prit le parti de la franchise : « Ma femme m'attend avec les enfants. On va régulariser, se marier à l'église et baptiser les enfants. On ne sait jamais… Ma femme dit que si elle meurt, elle ira en enfer et les enfants aussi, alors… »

À l'église du père Laval, on se bousculait. Il mariait, baptisait, confessait et bénissait les corps des vivants et des défunts sans discontinuer.

Une heure plus tard, Claude-Jean était de retour, son union bénie par l'Église et ses enfants baptisés.

Le père Laval lui avait dit manquer de voitures.

« Convoyez immédiatement mon phaéton et un cheval auprès de lui. Ils seront à sa disposition aussi longtemps qu'il en aura besoin. En cas de nécessité, vous me trouverez chez moi, je dois retourner au chevet de mon épouse. »

Lorsque Guillaume arriva chez lui, il trouva une calèche encore attelée de son cheval arrêtée devant la maison. Il reconnut celle du père Bosjean.

Puis il vit Lucien, le palefrenier, et la vieille Fifine qui l'attendaient sur le perron.

Tous deux pleuraient.

21

Île de La Réunion

Alice, fusil en bandoulière, culotte masculine et chapeau de vacoa qui la faisaient ressembler à un jeune laboureur du pays, ce dont elle n'avait cure, arriva au petit trot en vue de sa demeure.

« Oui, je sais, tu as soif. Courage, on arrive ! » lança-t-elle à l'adresse de Rex, son gros chien de garde brun foncé qui courait vaillamment à ses côtés, la langue pendante.

M. Villemartin, le régisseur de la plantation Panon, avait pris la jeune femme en affection et détestait la savoir seule à cheval sur les chemins, craignant pour sa sécurité. Il lui avait offert Rex, jeune chiot, et l'avait aidée à le dresser. Maintenant adulte et parfaitement discipliné, Rex montrait les dents sur un mot d'Alice et était capable de sauter à la gorge d'un éventuel agresseur sans la moindre hésitation. Alice se sentait moins menacée ici qu'à Maurice mais avait eu affaire à plusieurs reprises à quelques jeunes hommes bien trop entreprenants à son goût. Il lui était même arrivé de faire usage de sa cravache à l'égard d'un jeune importun de pas plus de dix-sept ou dix-huit ans, fort étonné de se voir rejeté et qui avait eu le front de lui avancer comme argument : « Une femme toute seule sur les chemins cherche l'aventure avec un homme ! » Mais maintenant, protégée par son chien, sa cravache bien en main et armée d'un fusil – Villemartin lui avait aussi appris à tirer –, elle chevauchait tranquille. On la connaissait, plus personne n'osait l'ennuyer.

Elle avait passé la matinée en inspection à la plantation de café d'Adèle Panon, située à une heure de cheval de l'habitation, sur la montagne, aux Hauts de Saint-Denis. Elle avait constaté que les installations s'y trouvaient en parfait état, les aires de séchage bien nettes et les bassins de lavage rejointoyés au mortier comme elle l'avait préconisé. Tout était en ordre dans l'attente de la récolte. La floraison avait été abondante cette année, les cerises étaient déjà bien formées et les grappes denses ; la cueillette s'annonçait pour le mois d'octobre, elle pourrait peut-être même commencer dès septembre. Elle promettait d'être fructueuse si aucun accident météorologique ne s'abattait et ne réduisait à néant l'année de travail. Elle savait que Mme Panon attendait son rapport avec impatience car elle s'intéressait particulièrement à sa caféière. La parcelle avait été plantée en « Bourbon pointu » par son grand-père et les arbustes, toujours aussi robustes, donnaient bien ; ils avaient survécu à plusieurs cyclones et n'avaient jamais été remplacés. Adèle Panon, très fière de son café, ne jurait que par son Bourbon pointu, la seule variété qu'elle acceptait de consommer, et encore, à condition qu'il soit cultivé, séché, lavé et torréfié sur ses terres.

Une petite fille brune d'environ trois ans jouait avec sa poupée de chiffon à l'ombre de la varangue, sous la garde d'une jeune femme à la peau couleur café, très belle dans son sari jaune. L'enfant poussa un petit cri en voyant arriver Alice à cheval et courut au-devant d'elle, rattrapée par un tourbillon jaune qui l'empêcha de s'approcher trop près du cheval. Alice stoppa sa monture et sourit à la fillette, tandis que Rex jappait de joie en sautant autour d'elle.

« Maman ! Maman ! Je veux monter sur le cheval !

– Ani, vous pouvez me donner Adeline. »

La jeune Tamoule souleva l'enfant et Alice la saisit pour l'installer devant elle. La petite fille rit de bonheur. Sous la pression du talon d'Alice, le cheval s'ébranla au pas, calmement.

« Ma chérie, ma princesse, avez-vous été bien sage, ce matin ?

– Oh oui, Maman ! »

Alice serra sa fille contre elle.

Adeline. Mon enfant, mon amour. Ma plus belle raison de vivre.

Quand Alice pressait son enfant sur son cœur, elle pensait souvent à Tantine et à Julius et les yeux lui picotaient. Ils auraient dû se trouver en ce moment même auprès d'elle, à partager le bonheur de sa maternité. Ils ignoraient et ignoreraient sans doute toujours que leur fille adoptive était devenue mère.

Alice avait veillé jalousement à ce que le secret fût préservé. Elle ne voulait à aucun prix que Paul soit mis au courant de sa paternité. Elle n'avait pas envie non plus que Guillaume sache qu'elle était devenue une *fille mère*. Elle craignait un jugement négatif de sa part, aussi lui était-il apparu plus simple de garder secrète sa maternité. Adèle avait promis sa discrétion et prenait soin de l'enfant avec une adoration de grand-mère.

Un jour, Guillaume en visite chez Adèle Panon l'avait aperçue dans les bras d'Ani.

« Quelle belle enfant, qui est-ce ?

– Ma filleule Adeline, avait froidement répondu Adèle, ma petite-nièce. Mon neveu et son épouse me l'ont confiée pendant leur voyage en Europe. »

Que de chemin parcouru depuis guère plus de trois années, se dit Alice en posant son menton sur les cheveux soyeux de sa fille. Elle marmonna un « Merci, Bois Quille » en pensant au vieil esclave qui veillait sur elle dans la mort comme il l'avait fait dans la vie lorsqu'elle était enfant.

« Que dites-vous, Maman ?

– Je parlais toute seule, ma chérie, en pensant à un très vieux monsieur, très, très gentil... »

L'image de Bois Quille en chemise de grossier coton bleu, telle qu'elle lui était apparue alors qu'elle se trouvait en pleine détresse, lui vint à l'esprit. « Adèle est ton amie », lui avait dit Bois Quille, et il avait raison.

Le lendemain de son arrivée chez Adèle Panon, après la visite du fantôme de Bois Quille, Alice était arrivée en larmes à la table du petit déjeuner.

« Ah non, s'était écriée Adèle en la voyant les yeux rouges et le mouchoir à la main, Paul ne vaut pas vos larmes ! Séchez-moi ça et prenez un peu de ce gâteau de riz, la cuisinière l'a confectionné exprès pour vous ce matin !

– Ce n'est pas à cause de Paul, c'est bien pire que ça..., avait réussi à bégayer Alice entre deux sanglots.

– Mais encore ? »

Alice avait pris une grande inspiration et avait balbutié : « Vous allez me renvoyer... Je crois bien que je suis enceinte... »

Il y avait eu un long silence, rompu par un sanglot d'Alice, étouffé dans son mouchoir.

Puis Adèle s'était levée lentement de sa chaise, avait contourné la table et était venue s'asseoir à côté d'elle. Elle lui avait pris la main.

« En êtes-vous certaine, mon petit ? Il y a combien de temps que...

– Je me suis rendu compte hier soir qu'il y avait deux mois que mes menstrues n'étaient pas venues... »

Contrairement à ce qu'Alice redoutait, Adèle n'avait laissé éclater aucune colère.

« Alice, ne pleurez plus. Je vous l'interdis. Ici, chez moi, vous êtes chez vous, vous êtes en sécurité. Je vous protégerai et je protégerai votre enfant... Je vous le promets... »

Adèle avait une drôle de voix. Alice avait levé un regard éperdu vers elle : « Adèle, pourquoi... »

Elle s'était arrêtée net au milieu de sa phrase, abasourdie, en constatant que le visage d'Adèle était noyé de larmes.

Ce n'est que plus tard dans la soirée qu'Adèle avait confié le secret de son émotion à Alice. C'était la première fois qu'elle en parlait, personne parmi ses parents et ses amis ne savait.

Adolphe Mauperrin, son père, avait été l'un des planteurs les plus riches et les plus influents de la colonie de Bourbon. Fille unique, elle avait connu avec lui, entourée d'une nuée de domestiques et d'esclaves, une enfance heureuse malgré l'absence de sa mère. Elle s'en souvenait peu, Eugénie Panon avait disparu alors qu'elle n'avait que six ans. Petite, on la laissait aller et venir assez librement sur l'habitation et elle était devenue la camarade de jeu du fils d'un des commandeurs tamouls de son père. Il s'appelait Rajah, ils avaient sensiblement le même âge et avec Rajah elle ne s'ennuyait jamais car il savait inventer des jeux amusants avec trois fois rien, ce que les deux enfants trouvaient.

Ils grandirent et, un jour, cessèrent de jouer ensemble. Chacun d'eux s'enferma dans le monde qui était le sien, Rajah dans le milieu des laboureurs tamouls qui faisaient fructifier le domaine, et Adèle dans l'univers des grands planteurs blancs de la colonie. Elle suivait les cours de sa répétitrice, Rajah bénéficiant d'une chance que ne partageaient pas tous les enfants du village tamoul : il allait à l'école.

Elle avait seize ans quand ils se croisèrent à nouveau. C'était la veille du dixième jour de Cavadee, le plus important de cette fête dont elle ignorait tout : il l'invita à y assister.

Rajah n'était plus l'enfant qui courait dans les champs de canne, il était devenu un beau jeune homme, éduqué, au langage parfait. Il lui expliqua les symboles de la célébration en l'honneur de Muruga[1], le dieu au javelot, le *Vel* qui apporte force, protection et succès aux fidèles, et en commenta les rites. Avec Rajah, Adèle suivit la procession sinueuse et colorée qui escortait une sorte de temple portatif orné de guirlandes. Elle se sentit à l'aise au sein de cette foule dense en liesse, comme absorbée dans un déferlement de couleurs chatoyantes. Rajah la tenait par la main pour ne pas la perdre.

Lorsque Adèle vit plusieurs hommes les joues et la langue transpercées de longues aiguilles, elle s'effraya.

---

1. Dieu tutélaire du peuple tamoul, toujours représenté avec un javelot. C'est le dieu de la jeunesse et de la guerre.

« Tu as vu ? C'est horrible ! », et elle serra fort la main de Rajah dans la sienne pour se rassurer. Rajah sourit : « Mais non, n'aie pas peur, ils ne souffrent pas. Ils ont longtemps jeûné, ils se sont purifiés et se sont ainsi mis en état de pouvoir faire cela pour honorer Muruga. Regarde, là-bas, ceux-là marchent sur des socques à la semelle acérée de pointes de métal ; eux non plus ne sentent rien. » Adèle ne lâcha pas la main de Rajah, ses doigts entrelacés aux siens.

Les candidats au mariage commençaient à papillonner autour d'elle, mais ce fut avec Rajah qu'elle découvrit ce qu'était la passion amoureuse. Ils s'aimèrent à la folie, ne voulant plus se quitter. Dès lors, elle n'eut plus qu'une idée en tête : elle épouserait Rajah, elle vivrait avec lui et avec personne d'autre.

Un jour, elle constata que son ventre s'arrondissait. Rajah s'affola, elle non : elle allait tout confier à son père, un père qu'elle voyait peu mais qui s'était toujours montré bon avec elle. Il comprendrait. Rajah et elle se marieraient et vivraient leur amour au grand jour.

Cinquante années plus tard, elle se souvenait encore avec précision de la scène. Son père était devenu blanc comme un linge et n'avait proféré qu'une seule parole : « Qui est-ce ? »

Confiante, Adèle avait lâché le nom de celui qu'elle chérissait.

« Le fils du commandeur ? » avait demandé Adolphe Mauperrin d'une voix égale. Sa fille avait acquiescé d'un signe de tête et seulement ensuite, le père avait défait son ceinturon.

Adèle s'était évanouie sous les coups.

On l'enferma dans sa chambre, porte, fenêtre et volets barricadés d'où on la sortit pour la transporter en voiture fermée vers une maison lointaine, elle ne sut jamais où exactement.

Emprisonnée sous la garde de trois mégères acariâtres qui la surveillaient jour et nuit, elle réussit malgré tout à envoyer un courrier à Rajah, grâce au vieux jardinier noir qui avait sans doute compris la situation et avait pris la future mère en pitié.

Ce fut le père du jeune homme qui lui répondit par l'entremise du jardinier : Rajah était mort. On avait retrouvé son corps criblé de balles dans l'un des champs de canne. Il ajoutait que c'était elle, Mademoiselle Adèle, qui avait la responsabilité de la mort de son fils sur la conscience.

Le jour de l'accouchement, une matrone fut dépêchée auprès de la parturiente. Lorsque l'enfant jaillit de son ventre, elle eut le temps d'apercevoir un paquet couleur rougeâtre. Ce fut la seule image de son enfant qu'il lui fût donné de voir. L'une de ses gardiennes l'enveloppa dans un linge et l'emporta. Adèle hurla qu'on lui rende son bébé, on la gifla. Elle perdit conscience.

Lorsqu'elle revint à elle, on lui dit que son enfant était mort. Aucune de ses gardiennes ne voulut lui dire le sexe de l'enfant. C'était comme s'il n'avait pas existé.

Elle ne sut jamais si son bébé avait été abandonné dans un orphelinat, s'il était mort à la naissance d'une cause naturelle, ce dont elle doutait, ou bien carrément tué par ces maritornes censées prendre soin d'elle.

Quelques semaines plus tard, on la remit dans la même voiture pour la ramener chez son père.

Adolphe Mauperrin l'attendait au salon, debout, droit dans ses bottes. Ses seuls mots d'accueil furent les suivants : « Louis Panon a accepté de vous épouser. J'espère que vous saurez lui manifester votre gratitude. Si vous préférez le couvent, je ne m'y opposerai pas.

– Rendez-moi mon enfant ! avait hurlé Adèle en réponse.

– Quel enfant ? Il n'y a pas d'enfant ! Vous n'êtes qu'une folle ! » avait rugi le père, et il avait ajouté, d'une voix plus mesurée mais sur un ton plein de menaces : « Le couvent ou le mariage, je vous donne une heure pour réfléchir. Je ne vous conseille pas de faire le moindre scandale. »

Adèle avait été à nouveau enfermée dans sa chambre.

Panon était un ami de son père, un célibataire peu liant ; il ne fréquentait quasiment que la maison Mauperrin. Adèle le connaissait bien, mais ne l'imaginait certes pas en mari. Sa décision fut vite prise : l'union avec le vieux Panon – il avait dans les quarante-cinq ans, elle en avait tout juste dix-sept – lui apparaissait comme un sort préférable au couvent.

La célébration du mariage fut réduite à sa plus simple expression, avec comme seuls assistants Adolphe Mauperrin et un oncle de Louis, en tant que témoins. Un déjeuner à peine amélioré eut lieu ensuite chez les Mauperrin au cours duquel Adèle ne proféra pas la moindre parole.

« Montrez-vous reconnaissante à l'égard de votre époux et conduisez-vous en adulte », gronda son père en guise d'au revoir.

Alice lui tourna le dos sans un mot ni même un regard et grimpa dans le landau de son mari.

Louis Panon était un ancien officier de marine devenu planteur sur le domaine hérité de ses parents.

Grand, sec, un visage taillé à coups de serpe, des lèvres minces sans un sourire, il n'était ni beau ni aimable. Le trajet vers l'habitation Panon s'effectua dans un silence pesant que Louis ne chercha pas à rompre. Lorsqu'ils arrivèrent à la demeure, une demi-douzaine de domestiques les attendaient devant la varangue pour accueillir la nouvelle maîtresse de maison : « Ils ne sont pour rien dans vos états d'âme, aussi, je vous prie de sourire et de les saluer aimablement », grinça Louis entre ses dents tout en aidant sa jeune épousée à descendre de la voiture.

Plus tard, alors qu'Adèle s'installait dans la chambre qui serait dorénavant la sienne, il lui fit dire par une des domestiques qu'il l'attendait au salon.

Confortablement enfoncé dans une bergère, il referma le journal qu'il lisait en voyant Adèle s'encadrer dans la porte.

« Ma femme, fermez la porte et asseyez-vous. J'ai à vous parler.

– *Mon mari*, eh bien, parlez donc ! »

Adèle était restée debout, un air de défi sur son visage.

« Je vois. À votre guise », fit Louis Panon au bout de quelques secondes. Il n'était pas homme à s'embarrasser de faux-semblants ni à se laisser intimider par une donzelle de dix-sept ans, aussi annonça-t-il d'emblée la couleur : « Ma chère, je n'ignore pas que vous vous êtes mariée contre votre gré, ce que vous entendez bien me faire savoir. Soit. Les choses étant ce qu'elles sont, ne m'en tenez pas pour responsable. Je vous demande donc de faire preuve d'un semblant d'amitié à mon égard. J'aurai, de mon côté, la sagesse de ne pas en exiger plus de vous. »

Adèle avait été jusqu'à cet instant bien décidée à faire payer sa détresse à Louis. Il n'aurait droit qu'à une guerre larvée et pas la moindre attention. Mais, à cette minute même, son intuition lui souffla que peut-être ce n'était pas le bon chemin.

Elle tourna le dos à celui qui était dorénavant son mari pour réfléchir à la situation, tandis qu'il attendait en silence sa réponse, carré dans son fauteuil. Le regard fixé sur la masse des bougainvillées violettes qui ombrageaient la varangue, elle pesa le pour et le contre plusieurs secondes durant. Elle conclut que Panon n'avait pas tort. Pour que la vie soit supportable, il lui faudrait bien s'adapter à la réalité.

Elle se retourna vers son nouvel époux et le regarda bien en face : « Ce semblant d'amitié, je vous l'accorderai. Je vous en fais la promesse mais à une seule condition : je ne veux pas que vous m'obligiez à voir mon père, ni de près ni de loin. Plus jamais. »

Louis Panon avait imperceptiblement sourcillé, puis légèrement incliné la tête : « Bien. »

Il y eut un silence, et le nouveau marié ajouta d'une voix neutre : « Je souhaite ce soir user de mon privilège d'époux. »

Un autre silence lui répondit. Adèle se résigna : « Je suis votre femme. »

Louis Panon n'était pas, hélas, Rajah. Mais il se comporta par la suite en mari acceptable aux yeux d'Adèle, discret et peu encombrant. Il ne posa jamais aucune question au sujet du passé de son épouse et respecta la condition qu'elle avait imposée : Adolphe Mauperrin ne franchit jamais le seul de la demeure. Louis continua cependant de lui rendre visite de temps à autre. D'un naturel taciturne et peu sociable avant son mariage, il n'en changea pas. Il partait le matin pour se consacrer au travail du domaine ou à diverses affaires dont il n'entretenait pas Adèle puis arrivait chez lui à douze heures tapantes pour déjeuner, le plus souvent en silence, avant de repartir après la sieste ou de s'enfermer dans son cabinet de travail. Il n'omettait pas de prévenir s'il ne rentrait pas déjeuner ou dîner, ce qui était exceptionnel. Il laissait sa femme décider du menu avec la cuisinière, sa seule prérogative dans la maison – pour le reste, elle n'avait que le droit de ne toucher à rien.

Elle s'en accommoda ; du temps de son mariage, elle ne se considéra jamais comme chez elle dans la demeure Panon. Elle ne s'ennuya pas pour autant : elle lut, broda, herborisa dans les environs. Elle apprit surtout la couture, toute seule, et devint assez experte pour couper et coudre ses toilettes, ce qui l'occupa des journées et des soirées entières.

Louis Panon se présentait à la porte de la chambre de son épouse avec une assiduité jugée des plus raisonnable par l'intéressée et n'entra jamais dans son lit sans lui en demander fort courtoisement l'autorisation. Son affaire faite, il remerciait, posait un baiser sur la joue d'Adèle, lui souhaitait une bonne nuit et rentrait dans sa chambre. Elle se fit un devoir de ne pas refuser ce que Louis Panon appelait son « privilège de mari » – sauf cas de force majeure – et elle fut de nouveau enceinte.

Adèle mit au monde une petite fille, Louise-Pauline, alors qu'elle pensait encore à chaque minute de chaque jour à son premier enfant.

Elle avait vingt-six ans lorsque Louis Panon la rendit veuve, à la suite d'une mauvaise chute de cheval. Elle en ressentit une peine sincère. À force de feindre l'amitié, elle avait fini par l'éprouver.

Elle décida de ne pas se remarier malgré les demandes qui affluèrent. Elle éduqua sa fille seule et abandonna la couture pour s'intéresser, avec l'aide d'un régisseur, à la plantation sucrière héritée de son époux.

Louise-Pauline Panon épousa à dix-neuf ans un officier de la Royale, un Breton qui l'emmena vivre à Nantes en France. Il se piquait de politique, fut élu député de sa circonscription, se fit remarquer. Il espérait un poste de ministre dans le gouvernement du nouveau président de la République, Louis-Napoléon Bonaparte, nomination qu'il attendait encore alors que le prince-président était devenu l'empereur Napoléon III. Pauline ne revint jamais à La Réunion, sa mère effectua le voyage une fois vers la France.

Le père d'Adèle mourut quelques années après son mariage. Elle ne le revit que sur son lit de mort. Il l'avait fait appeler et elle était accourue, une seule question aux lèvres : « Père, je vous en supplie, dites-moi ce qu'il est advenu de mon premier enfant ! »

Il ne répondit pas. Elle espéra l'entendre lui demander pardon pour le mal qu'il avait fait. En vain. Les seules paroles qui sortirent de la bouche du mourant furent : « J'ai fait mon devoir.

– Dieu en sera juge ! » lui répondit sa fille, glaciale.

Adolphe Mauperrin la laissa riche héritière. Avec l'accord de Louis Panon, elle vendit la maison et toutes les terres de l'héritage paternel, ne conservant que la caféière, qui lui venait de sa mère. Elle se débarrassa de tout ce qui avait constitué le cadre de son enfance, meubles, tableaux, tapis, argenterie, jusqu'à la dernière assiette Compagnie des Indes : tout fut vendu, donné ou brûlé.

« Il m'était impossible de conserver le moindre objet venant de mon père. J'ai pris conscience du poids des préjugés qui pesaient sur lui, j'ai tenté de lui pardonner, mais je n'ai jamais pu, je ne peux toujours pas. Le chagrin de la mort de Rajah s'est éloigné, mais pas la révolte. Mon père l'a abattu comme un animal malfaisant. Pis que tout, il m'a arraché mon enfant. Aujourd'hui encore, je me demande chaque jour s'il est vivant ou mort. Cette interrogation, cette douleur, m'accompagne à chaque instant de ma vie. »

Adèle avait conclu son long monologue en prenant les deux mains d'Alice en larmes dans les siennes : « Alice, je ferai pour vous et pour votre enfant ce que personne n'a fait pour moi. Soyez-en assurée. » L'image de Bois Quille derrière la vitre n'avait pas menti.

Alice, arrivée à sa demeure, avait confié Adeline à la nourrice pendant qu'elle dessellait elle-même son cheval et le menait à l'abreuvoir, avant de le conduire à l'écurie.

Dans un coin de la varangue, Rex, désaltéré par Ani, dormait déjà sur sa vieille couverture.

« Un courrier a été apporté pour vous par un domestique de Mme Panon. Madame vous fait dire qu'elle vous attend.

– Merci, Ani. »

Le cœur battant, Alice tendit la main vers le rectangle de papier que lui présentait Ani.

Elle avait reconnu l'écriture de Guillaume.

Elle attendit de se trouver dans l'intimité de sa chambre pour décacheter l'enveloppe.

Très chère Alice,

Je vous confie pour un temps indéterminé mon fils Charles-Henri car le choléra déferle sur Maurice. Je veux mettre tout en œuvre pour le soustraire aux dangers de la contamination en espérant que La Réunion ne soit pas touchée par le fléau.

Mon épouse Charlotte est malade depuis cette nuit. Le médecin ne semble pas trop pessimiste à son sujet mais m'a mis en garde en ce qui concerne notre enfant. Son jeune âge le rend vulnérable aux miasmes qui propagent le mal, c'est la raison pour laquelle je l'éloigne, pour le protéger.

Il se peut que malgré les soins, Charlotte ne guérisse pas et que moi-même je disparaisse.

Si le destin devait faire de mon fils un orphelin, je désire que la mission de veiller sur lui et sur son éducation vous soit attribuée, si vous le voulez bien, chère Alice. La responsabilité est lourde, j'espère que vous l'accepterez, car en vous seule j'ai confiance. Vous saurez conduire mon enfant vers son destin d'homme tout en l'entourant de la tendresse d'une mère.

En cas de disparition de ses deux parents, vous deviendriez aussi la tutrice des biens de Charles-Henri, jusqu'à sa majorité. J'ai fait le nécessaire auprès de mon avocat et de mon notaire, vous trouverez leurs noms et adresses au verso de ce courrier.

Chère, chère Alice, je ne doute pas un instant que vous mèneriez à bien la lourde charge de l'éducation de mon enfant mais je formule tous les vœux pour que cette mission ne vous incombe pas : j'ai trop de desseins à accomplir, de projets et de rêves à réaliser pour envisager de mourir !

J'espère donc pouvoir moi-même venir chercher Charles-Henri dès que tout danger sera écarté.

Merci, merci, chère Alice, merci pour mon enfant et pour moi aussi. Il y a tant de choses dans mon cœur que je ne puis vous dire.

Guillaume

P.-S. Les ravages de la maladie, hélas, se confirment : nous apprenons à l'instant le décès de mon beau-père, Henri de Castelregnault.

La lettre de Guillaume sous-entendait tout ce qu'elle avait envie d'entendre de sa bouche. Alice resta un long moment étendue sur son lit, la lettre serrée sur son cœur et les larmes aux yeux.

Ce que disait Guillaume à mots couverts relégua au second plan le décès de son parrain, pour lequel elle ressentait pourtant une tristesse sincère.

Mon Dieu, je vous en supplie, maintenez cette saleté de maladie au plus loin de Guillaume.

Charlotte est malade… Elle ne put empêcher ses pensées de dériver. *Et si Charlotte ne guérissait pas ?*

Elle eut honte, se morigéna, se reprit. Elle effectua un peu de toilette et enfila une jolie robe de fine toile imprimée de fleurettes sur un fond vert pomme avant de se rendre chez Adèle. L'enfant de Guillaume l'y attendait.

Il fut décidé que Charles-Henri et Uma s'installeraient chez Alice, comme Guillaume l'avait demandé, et où, en outre, la présence d'Adeline serait plus agréable au petit garçon que la compagnie d'une vieille dame. Les dispositions pour l'accueil de Charles-Henri et de sa nourrice prises, Alice se mit à son écritoire.

Très cher Guillaume,

Vous ne mourrez pas, j'en suis certaine, vous ne le pouvez pas, vous ne le devez pas. Si ce malheur absolu devait vous frapper, vous et Charlotte, sachez que je serai à la hauteur de la confiance que vous me témoignez. Je vous le jure solennellement.

Charles-Henri est installé chez moi avec Uma. Il est sage et se montre le plus adorable des petits anges. Pendant son séjour, je veillerai sur lui avec la tendresse et la sollicitude d'une mère jusqu'à ce que la sienne soit guérie.

Cher Guillaume, je sais que vous viendrez vous-même chercher votre petit garçon, il vous attend, et moi avec lui, avec impatience.

Alice

Guillaume reçut la réponse d'Alice, un navire ayant pu appareiller pour le Port-Louis.

Trois jours plus tard, un nouveau pli de Guillaume parvenait à l'habitation Panon. Un dernier bateau en provenance de Maurice avait été autorisé à accoster à La Réunion.

Le message était laconique. Il annonçait la disparition de Charlotte.

22

Saint-Denis de La Réunion, 1er septembre 1854

Cher Guillaume,

Votre représentant de Saint-Denis vient de me faire porter un billet pour nous annoncer, à Adèle et à moi, le prochain départ d'un premier navire pour le Port-Louis. L'épidémie est donc circonscrite, et La Réunion a été épargnée ! Je m'empresse donc de vous écrire, enfin, des nouvelles de votre petit ange.

Il va pour le mieux, cher Guillaume. Il réclame son papa, mange de bon appétit, fait des progrès en conversation, a grandi, il s'entend admirablement avec Adeline, la petite-nièce d'Adèle. Il est affectueux et docile avec nous toutes et adore jouer avec Rex, mon chien, lequel se montre bien patient !

Il ne sait pas encore que sa maman n'est plus. Je vous ai laissé le soin de lui expliquer avec toute votre tendresse de père qu'il ne la verra plus jamais. Depuis que vous m'avez appris cette nouvelle tragique, je pense à Charlotte tous les jours. Son visage, nos conversations, les menus bonheurs de nos années de jeunes filles me reviennent sans cesse en tête. Je sais tout ce que je lui dois, à elle et aussi à ses parents. À l'initiative d'Adèle, une messe est dite à sa mémoire ainsi qu'à celle de son père chaque jeudi à la chapelle du couvent des dominicaines. Nous y assistons.

Permettez-moi de vous offrir le portrait au crayon de Charles-Henri que je joins à ce courrier. Je l'ai croqué la semaine dernière, Adèle et Uma ont l'amabilité de le trouver fort ressemblant et, sans fausse modestie, c'est aussi mon avis !

Dites-nous vite que vous êtes en bonne santé et venez, venez vite.

Alice

Le Port-Louis, le 3 septembre

Chère, chère Alice,

Votre lettre est un éclat de bonheur, bienvenu après les mois terribles que nous venons de traverser.

Merci, mille fois merci pour les bonnes nouvelles de mon fils et merci pour votre délicate attention. Le portrait de Charles-Henri, signé de vous, est magnifique, vous avez parfaitement su reproduire ses boucles et son petit air malicieux ! Je ferai encadrer votre dessin, il le mérite et il prendra place dans ma demeure.

Le gouvernement a officiellement annoncé la fin de l'épidémie. Le choléra m'a épargné mais, comme vous le savez, il a emporté Charlotte. Elle repose maintenant auprès de son père au cimetière de Pamplemousse. Mis à part deux de mes dockers créoles, mes employés ont été préservés de la maladie, mais nous déplorons, hélas, de nombreuses pertes parmi les domestiques et les coolies des Aubiniers. La vieille Fifine, si courageuse, qui avait veillé Charlotte jusqu'à la fin, a été terrassée.

Il me tarde de venir serrer mon petit garçon dans mes bras et vous dire toute ma gratitude de vive voix : sans vous, peut-être n'aurait-il pas survécu. En dépit de mon impatience, je ne peux me précipiter vers vous par ce navire qui vous apportera ma lettre car des affaires urgentes me retiennent impérativement à Maurice pour une semaine encore.

Ici, les choses ont bien changé sans que le choléra n'en soit la cause. Paul est maintenant définitivement installé en Afrique du Sud, à la suite de ses « erreurs de jeunesse ». J'ai pu lui éviter la prison, mais pas le règlement de ses dettes : il s'est vu contraint de me vendre sa part d'héritage afin de pouvoir les honorer. Je suis le nouveau propriétaire des Aubiniers, à parts égales avec mon fils Charles-Henri, qui a hérité de sa maman. Je pense m'y installer dans les mois à venir.

Mme de Castelregnault, ma belle-mère, en deuil de sa fille et de son époux et accablée de ressentiment devant la perte des Aubiniers, un coup du sort qu'elle ne peut accepter, a quitté Maurice pour la province du Cap. Elle s'est retirée chez son fils. Hélène de Champfrenay va bien mais est fort diminuée à la suite de ces événements.

Alice, chère Alice, des mots se bousculent dans ma bouche qu'il me tarde de vous dire de vive voix. Dès que je le peux, j'accours vers vous.

Embrassez très fort Charles-Henri pour moi, s'il vous plaît.

Guillaume

23

Île de La Réunion, 12 septembre 1854

On approchait de la mi-septembre et l'activité battait son plein à l'habitation Panon. À la caféière des Hauts, on avait déjà commencé la récolte des premières cerises mûres, parées d'un beau rouge sombre qui tranchait dans les grappes de baies encore vertes. M. Villemartin s'y rendait tous les matins afin d'organiser avec le commandeur le travail de la journée de cueillette et le traitement des cerises de café fraîchement récoltées. La première étape consistait à étaler les baies dans de grands bacs où les râteaux de l'équipe affectée à ce travail les retourneraient régulièrement pendant plusieurs semaines, jusqu'à ce qu'elles perdent toute leur humidité au soleil.

Sa tâche terminée, Villemartin redescendait vers le domaine au petit trot pour préparer la campagne de coupe. Les cannes gorgées de jus sucré étaient prêtes à êtres moissonnées.

Ce matin-là, il se hâtait encore plus car on l'attendait au moulin pour la mise en route des chaudières de Wetzell, nouvellement installées. En effet, Alice et lui s'étaient coalisés pour convaincre Adèle de la nécessité d'investir dans une installation plus performante destinée à remplacer la batterie de chaudières dites à la Malartic qui dataient de la création de la sucrerie par le père de Louis Panon. Joseph Wetzell, l'inventeur du système, qui connaissait bien Adèle, s'était proposé de venir lui-même assister à la mise en route de l'installation.

Effectivement, lorsque Villemartin arriva à la sucrerie, il y trouva Adèle et Alice attentives aux explications d'un homme à la cinquantaine bien affichée, en redingote et chapeau à la main : Joseph Wetzell. Plusieurs coolies s'activaient devant les foyers sous les ordres de l'ouvrier français chargé de les former à cette nouvelle technique et la cheminée fumait déjà.

Les présentations faites, l'ingénieur répéta à Villemartin les principes et les avantages de son système, en particulier les plaques chauffantes qui permettaient une évaporation à moins de 63 °C. Cette basse température, en évitant la caramélisation, permettait d'obtenir un sucre plus blanc, de qualité supérieure et plus recherché par les consommateurs d'Europe : « Non seulement vous vendrez votre sucre à un meilleur prix, mais de plus, il sera moins onéreux à produire car les performances de votre installation seront améliorées de 25 à 30 %, et cela avec des besoins en énergie nettement inférieurs à votre ancien système Malartic. »

Wetzell était un ingénieur chimiste du nord de la France installé à La Réunion. Il s'était passionné pour le raffinage du sucre et avait travaillé à l'amélioration des méthodes. Il avait inventé ce système de chaudière à basse température et perfectionné le filtrage et la purification du vesou en amont. Alice, au fait de la technique, lui posait des questions précises au grand étonnement de l'ingénieur, peu habitué à entendre une femme lui parler système de production du sucre d'égal à égal.

Un déjeuner auquel étaient conviés Wetzell et Villemartin était prévu chez Adèle. On rejoignait les voitures pour s'y rendre lorsque Adèle, souriante, posa une main sur le bras d'Alice en désignant d'un signe de tête un homme qui se tenait en retrait du chemin, adossé à un grand flamboyant : « Nous aurons un invité de plus... »

Alice suivit des yeux la direction indiquée, pâlit et resta figée et coite une seconde, puis elle murmura à Adèle : « Excusez-moi, nous vous rejoindrons chez vous ! »

Elle s'élança en courant vers Guillaume. Celui-ci lui ouvrit les bras, et elle s'y jeta sans se soucier des regards qui convergeaient vers eux.

Plus tard, tous deux se trouvaient côte à côte à la table d'Adèle et ne pouvaient s'empêcher d'échanger des regards. Adèle le constatait avec autant d'attendrissement que d'inquiétude. Elle avait compris depuis longtemps que ces deux-là étaient faits l'un pour l'autre, mais elle était préoccupée par le secret de la naissance d'Adeline. Elle avait conseillé à Alice d'avouer la vérité au moins à Guillaume, mais la jeune femme s'y était formellement opposée. Adèle avait joué le jeu, mais si la relation entre Guillaume et sa protégée évoluait comme elle l'espérait, Alice serait bientôt dans l'obligation de confesser son mensonge. Comment allait réagir Guillaume ?

Jamais déjeuner ne parut si long à Alice, comme à Guillaume. Pendant tout le repas, de la salade de palmiste au rougail de poisson et au dessert de crème au chocolat et de petits sablés à la noix de coco, tous deux se firent violence pour participer à la conversation de la façon la plus urbaine qu'il leur fût possible. Villemartin, pressé de retourner vaquer à ses occupations, pria Mme Panon de l'autoriser à prendre congé avant le café, mais Joseph Wetzell en revanche semblait fort apprécier l'hospitalité de la maîtresse de maison. Il s'attarda sous la varangue à parler canne à sucre, sucre, usines à sucre et machines à raffiner le sucre bien calé dans son fauteuil de rotin, une seconde tasse de Bourbon pointu dans la main, sans remarquer les silences et les sourires de plus en plus figés de Guillaume et d'Alice.

Enfin il se décida à faire avancer sa voiture et Guillaume et Alice purent remercier leur hôtesse et s'éclipser, sous son œil complice.

Alice entraîna Guillaume vers le *guétali* du fond du jardin où une table et des chaises de fonte ouvragée se trouvaient à l'abri des regards et des oreilles indiscrètes.

« J'ai tant de choses à vous dire, et une question essentielle à vous poser… attaqua d'emblée Guillaume dès qu'ils furent assis en s'emparant de la main d'Alice par-dessus la table. Oh, non, vous pleurez ! »

Alice avait retiré sa main pour essuyer ses yeux : « Avant que vous ne disiez quoi que ce soit, il me faut vous avouer quelque chose de grave, un secret… Après seulement vous parlerez… si vous le souhaitez encore… chevrota-t-elle.

– Mon Dieu, Alice… »

Guillaume avait pâli. Alice était promise à un autre.

La jeune femme prit une grande inspiration et se lança en tentant de maîtriser le tremblement de sa voix, les yeux perdus dans la colline qui descendait vers les maisons blanches au toit rouge vif de Saint-Denis, et vers l'indigo de l'océan plus loin. Elle n'osait pas regarder Guillaume en face.

« Adeline… la petite fille que vous avez vue chez moi, ce matin…

– La filleule d'Adèle, elle jouait avec Charles-Henri et votre chien, sous la surveillance des deux nounous, un spectacle adorable…

– Oui, la filleule d'Adèle… mais pas sa nièce. Adeline est ma fille. Je suis ce qu'on appelle une fille mère, Guillaume. Adeline est le souvenir que m'a laissé Paul… »

Alice tamponnait ses yeux, une boule dans l'estomac. Guillaume ne lui pardonnerait jamais de lui avoir caché l'existence d'Adeline. Elle regrettait amèrement de ne pas lui avoir avoué la vérité bien plus tôt, ce qui lui aurait évité à cette minute même la plus cruelle des déceptions. Guillaume allait se lever, horriblement gêné, trouver un prétexte pour prendre congé, et il s'éloignerait à jamais.

Guillaume avait pâli d'un coup. Il regardait Alice, la bouche entrouverte sous le coup de la surprise et de l'émotion. Des larmes coulaient sur le visage de la jeune femme.

Il déglutit, trop bouleversé pour émettre le moindre mot. Il sentait ses mains tressaillir sans pouvoir en maîtriser le tremblement. Le temps sembla comme suspendu.

C'était l'histoire de Pascaline, son histoire à lui, qui surgissait ici, à des milliers de kilomètres de Fargy, dans la chaleur du printemps tropical. Enfin Guillaume retrouva la parole.

« Mon amour, vous ne pourriez m'offrir plus beau cadeau ! Pourquoi me l'avoir caché ?

– Vous ne me jugez pas mal ?...

– Vous juger mal ! Mais c'est la plus merveilleuse des nouvelles ! Votre enfant ! Une petite fille... »

Guillaume avait repris les deux mains d'Alice et les serrait fort dans les siennes : « Je n'aime que vous, je ne veux que vous, je veux des enfants de vous. Vous m'avez caché votre maternité, quelle folie ! Elle vous rend encore plus chère à mes yeux, si cela était possible. Alice, mon amour, la première fois que je vous ai vue, vous étiez alors encore une enfant et je vous aimais déjà. Je me suis trompé en épousant Charlotte, je veux aujourd'hui vous épouser, Alice... Si vous le voulez bien, Adeline sera la sœur de Charles-Henri, elle sera notre fille à part entière.

– Je suis la fille illégitime d'une coolie indienne... sanglota à nouveau Alice, du sang de couleur coule dans mes veines. Les grands planteurs blancs vous feront payer cette mésalliance, ce que Paul avait compris ! »

Guillaume la reprit : « Mésalliance ! Je vous interdis de prononcer ce mot ! Ce préjugé de la couleur, je le tuerai, je vous le jure. Nous gagnerons ensemble, mon amour, nous sommes de taille à affronter tout Maurice, croyez-moi ! Moi aussi, j'ai des mensonges et des secrets à vous avouer, bien plus pesants que le vôtre. Écoutez-moi. Après seulement, vous déciderez de votre réponse à ma demande en mariage. »

Les larmes qui inondaient encore le visage d'Alice étaient désormais celles d'un bonheur trop intense pour être exprimé. Les secrets dont parlait Guillaume ne représentaient pas la moindre importance.

Celui-ci s'était à nouveau emparé de ses mains. « Guillaume de Charnay est devenu mon nom, mais il n'est pas mon nom de naissance. Moi aussi je suis un enfant illégitime, le fils d'une petite paysanne illettrée, peut-être violée… »

Il lui décrivit Fargy, sa naissance qualifiée de honteuse par les bonnes gens du hameau, le désespoir de sa mère Pascaline, son suicide. Il raconta les coups du garde-chasse, le bon curé Fléchon, le comte Jean et les années d'enfance auprès de Guillaume-Antoine, la ruine de celui-ci et ses dettes abyssales. Il évoqua leur départ à tous deux, euphoriques, vers un nouveau destin, auquel le décès de Guillaume-Antoine en mer donna un tour inattendu. Il lui confia l'usurpation du nom et même, il en était peu fier, l'appropriation de l'argent du défunt. Il parla surtout, avec une voix à certains moments tremblante d'émotion, de Pascaline, sa mère. Il termina sa confession ainsi : « Vous êtes la seule personne au monde à connaître ma vérité. » Leurs mains étaient toujours jointes.

« Guillaume, mon amour…

– Attendez, Alice, avant de dire quoi que ce soit. Il est un autre secret que je dois vous confesser, encore plus lourd… »

Il avait longtemps hésité à révéler à Alice le secret inavouable qui parfois venait hanter ses cauchemars, ne voulant pas la charger d'un poids trop lourd. Après avoir longuement réfléchi, il avait considéré qu'elle était en droit de savoir avant de répondre à son amour.

Alors il raconta les dettes de jeu de Guillaume-Antoine et l'irruption à son bureau du Port-Louis d'hommes de main venus réclamer le dû d'un mystérieux mandataire, les menaces à peine voilées et la seule solution trouvée pour y mettre fin et protéger les siens.

Sa voix était assurée lorsqu'il termina : « L'éventualité que d'autres reviennent me réclamer une fortune et mettent ma famille en danger est faible, mais non inexistante. Il faut que vous le sachiez. Vous devez savoir aussi que cela ne me fait pas peur : ils prendraient le même chemin que les premiers. Voilà. J'ai du sang sur les mains et je n'hésiterais pas à recommencer si la même situation se représentait. Maintenant, vous ne l'ignorez plus. »

Alors Alice, très simplement, lui répondit : « Nous n'en reparlerons plus jamais. Ce passé n'existe plus. Notre première petite fille se nommera Pascaline et nous offrirons à nos enfants l'enfance que ni vous ni moi n'avons eue.

– Je t'aime », balbutia Guillaume en fermant les yeux.

Épilogue

Guillaume et Alice se marièrent le 15 février 1855 à Saint-Denis, après avoir surmonté tous les obstacles que l'administration avait dressés devant eux.

Le premier agent d'état civil sollicité refusa net : cela ne se faisait pas. Guillaume revint à la charge muni d'un épais livre à la reliure noire : le code Napoléon. Il le brandit sous le nez de l'agent en lui intimant l'ordre de lui montrer ce qui empêchait une union entre un Français et une Indienne. L'agent resta coi dans un premier temps, n'ayant jamais ouvert ce code. Puis, face au visage déterminé de Guillaume, il convint que sans doute rien dans la loi ne l'interdisait, mais cela ne s'était jamais fait. Une Indienne mariée à un Français, c'était impossible, et puis il manquait trop de papiers, la demoiselle n'avait pas ceux qu'il fallait…

– Je vous envoie mes avocats ! » gronda Guillaume.

En fait, il n'en avait nulle intention. Il savait fort bien qu'un moyen autre qu'une action en justice serait plus rapide et plus efficace. Une enveloppe bien gonflée, discrètement remise, eut raison des scrupules du directeur de l'état civil et de l'absence de certains papiers que l'on remplaça par d'autres, astucieusement bricolés.

Les noces furent toutes simples. Les mariés n'étaient accompagnés que de leurs témoins, Adèle et Villemartin pour Alice, le représentant de la maison de négoce Charnay de Saint-Denis pour Guillaume, ainsi que de Claude-Jean venu spécialement de Maurice. L'adjoint au maire chargé de célébrer l'union avait failli s'étouffer en voyant un Malgache au côté du marié.

L'union fut ensuite bénie par l'aumônier des dominicaines dans la chapelle du couvent, en présence de toutes les nonnes, parmi lesquelles Germaine Peltier, sœur Marie-Madeleine de la Sainte-Croix en religion, en grand habit de dominicaine et fort émue. Les moniales offrirent aux mariés un alléluia chanté à pleine voix des plus réussi. Ensuite, un déjeuner chez Adèle clôtura la journée.

Quelques semaines plus tard, M. et Mme Guillaume de Charnay étaient installés aux Aubiniers avec leurs deux enfants. Adeline avait été reconnue par Guillaume, elle portait légalement son nom. Uma restait la nounou des deux enfants, Ani ayant refusé de venir vivre à Maurice, car elle allait elle-même se marier. Alice n'avait pas voulu se séparer de Rex, et la traversée représenta sans doute la pire épreuve de son existence canine.

Les adieux entre Adèle et Alice furent douloureux pour elles deux. Elles se promirent des visites plusieurs fois l'an.

En fait, moins d'une année plus tard, Adèle décida de s'installer à demeure à Maurice. Guillaume et Alice lui offrirent l'un des deux pavillons de l'entrée, celui où Alice avait vécu quelques jours aux débuts de sa liaison avec Paul. Adèle renoua avec la vie de famille, il lui sembla que jamais elle n'avait été aussi comblée.

Guillaume et Alice étaient devenus sa famille, en l'absence de sa propre fille, avec laquelle les liens s'étaient distendus au fil des années. Les enfants Charnay adorèrent Adèle, qu'ils appelaient Marraine tout en la considérant comme leur grand-mère. Elle vécut aux Aubiniers jusqu'à la fin de sa vie, ne se rendant plus à La Réunion que quelques semaines par an pour les affaires de son habitation, laissée aux mains de l'administrateur et du régisseur qui avait remplacé Villemartin, revenu en France. Elle y était souvent rejointe par Alice, Guillaume et leurs enfants pour quelques vacances loin de Maurice. Adèle s'éteignit aux Aubiniers, très âgée, en 1879.

Lorsque le couple Charnay emménagea aux Aubiniers, la maison était devenue une coque vide, sans âme. Tous les meubles, bibelots, tapis, tableaux et objets de qualité avaient suivi Françoise au Cap. La première tâche d'Alice fut de réorganiser la demeure afin de la rendre accueillante. Elle fit repeindre, remplacer tentures et rideaux, fabriquer de nouveaux meubles, et en acheta d'autres, des anciens de bonne facture, aux enchères. Les extérieurs laissés à l'abandon furent remis en état, de nouveaux massifs floraux créés, la terrasse avant remodelée et embellie d'une fontaine monumentale en son centre. Alice décida aussi d'installer des jalousies entre les colonnes pour protéger les chambres des ardeurs du soleil.

Parallèlement, il lui fallut remplacer les domestiques partis ou décédés et trouver sa place auprès de ceux qui, du temps des Castelregnault, l'avaient connue servante. Aujourd'hui, Alice était devenue à son tour *Grand Madam*.

Le choléra avait tué Rosalie. Shana, veuve à dix-sept ans avec déjà trois enfants, était remariée avec le sirdar Gang, lui-même veuf. Alice apprit avec tristesse que Lila était morte elle aussi, de même qu'une de ses filles. Les autres filles de Lila continuaient leur métier.

Alice ne revit Hélène de Champfrenay que sur son lit de mort. La vieille dame avait échappé au choléra de 1854 et survécu à la seconde épidémie de 1856, mais elle mourut subitement en 1857, terrassée par une crise cardiaque. Beaucoup pensèrent que la déconfiture du clan Castelregnault n'était pas étrangère à l'état de son cœur.

Au Cap, Paul et Françoise apprirent le mariage d'Alice par une lettre d'Hélène. Françoise la lut à haute voix à Paul et celui-ci devint blanc comme un linge. Il se détourna pour que sa mère ne voie pas son émoi.

La lecture à peine terminée, Françoise, sous le choc, tomba assise dans la bergère la plus proche. Toute rouge, elle porta ses mains sur son cœur en affirmant se sentir au bord de la crise cardiaque et en gémissant : « Une coolie à la place de ma fille ! C'est trop injuste ! Ah, j'aurais dû m'en douter ! Cette fille, c'est une vipère ! J'ai nourri une vipère dans mon sein ! »

Elle restait affalée dans sa bergère, la bouche ouverte comme pour chercher sa respiration et les mains toujours serrées sur la poitrine.

« Mère, cela ne va pas ?

– Mon cœur bat trop fort ! Je sens que je vais mourir ! »

On appela une femme de chambre pour aider Françoise à montrer dans ses appartements se reposer.

Plus tard, un peu remise mais pleine d'amertume, elle ne décolérait pas : « Je l'ai sortie de la fange, éduquée, j'ai tout fait pour elle, et voilà comment elle nous remercie ! Elle, une femme de couleur, une bonniche indienne dans mon salon, dans ma chambre ! Une fille de coolie qui porte le titre légitime de ma fille !

– Voyons, Maman, ne vous mettez pas dans un état pareil... Ne me disiez-vous pas vous-même, jadis, que vous aimiez bien Alice ? hasarda Paul.

– Je l'aimais bien quand elle restait à sa place ! éructa Françoise. J'aurais dû la laisser à son statut de souillon de cuisine ! Et voilà que maintenant, grâce à moi, elle se pavane en comtesse ! »

Paul grommela quelque chose comme : « Vous exagérez ! »

Françoise continua sans l'entendre, tout à son ressentiment : « Je suis sûre qu'elle manigançait de se faire épouser par vous ! Heureusement que vous avez vu clair, vous ! »

Encore pâle, Paul ne répondit pas. Il n'écoutait plus sa mère. Une sorte de tic faisait trembler une de ses jambes. Alice, mariée avec Guillaume...

Le bonheur avec Alice lui avait échappé et il savait qu'il aurait été radieux. Une boule de regret, douloureuse, lui serrait la gorge. Il s'était conformé docilement à ce que ses parents et son milieu attendaient de lui, sans avoir la force de s'y opposer. Guillaume avait gagné son bonheur en faisant preuve d'un courage que lui n'avait pas su trouver.

Aujourd'hui, Paul n'était pas malheureux avec Sophie, mais il n'était pas vraiment heureux non plus. Elle attendait un troisième enfant. La vie coulait, monotone, sans relief. Il se distrayait avec les petites ouvrières noires de son domaine.

Françoise ne revint jamais à Maurice. Paul, Sophie et leurs enfants effectuèrent deux ou trois fois le voyage pour rendre visite aux parents de Sophie. Paul chercha à revoir Alice. Il fut éconduit.

Dans les premiers temps de leur installation aux Aubiniers, l'union entre un aristocrate français et une fille de coolie fit scandale dans la bonne société mauricienne. On n'avait jamais vu ça. On trouva même un prétexte pour évincer Guillaume de son poste à la chambre de commerce, poste qu'on le supplia d'accepter à nouveau deux années plus tard. L'institution ne pouvait se passer de ses compétences. Les invitations de la part des riches gros planteurs, qui quelques mois plus tôt se disputaient l'honneur de recevoir Guillaume à leur table, disparurent, ou bien elles n'étaient adressées qu'à M. le comte de Charnay, et restaient sans réponse. Ils étaient victimes d'ostracisme, mais ils s'y attendaient et n'en souffrirent guère : ils étaient heureux.

Après Adeline et Charles-Henri, Guillaume et Alice donnèrent naissance à quatre autres enfants : Pascaline, François-Guillaume, Emmeline et Appoline, tous gratifiés d'un physique remarquable, embelli par la part de sang indien de leur mère. Charles-Henri n'ignorait pas qu'Alice n'était pas sa mère biologique mais, n'ayant pas le moindre souvenir de Charlotte, il l'appelait « Maman » et se considérait comme son fils. En revanche, on cacha toujours à Adeline que Guillaume n'était pas son père.

Les enfants Charnay, filles et garçons, reçurent une éducation poussée, dispensée dans un premier temps par des précepteurs anglais et français. Alice veilla de près sur l'instruction de ses enfants. Les garçons poursuivirent leurs études à La Réunion, au lycée de Saint-Denis, leurs parents ayant refusé de les envoyer en Europe avant leur baccalauréat. Ils terminèrent leurs études à Londres et à Paris : Charles-Henri devint ingénieur chimiste et François-Guillaume économiste. Les filles prolongèrent leurs études primaires dispensées à domicile chez les sœurs franciscaines de Curepipe. Guillaume possédait le génie des affaires et gagnait de plus en plus d'argent avec sa maison de négoce. Alice, de son côté, avait décidé qu'elle ne mènerait pas la vie oisive des femmes de négociants ou de planteurs. Intéressée par la fabrication du sucre, elle réussit à convaincre Guillaume de la laisser prendre des responsabilités à l'usine, en collaboration avec Maisonneuve.

Lorsque les planteurs français l'apprirent, cela aussi fit scandale et alimenta les conversations de nombre de dîners en ville. Une femme, avec du sang indien dans les veines de surcroît, qui prétendait exercer une noble profession d'homme!

Elle fut la première femme de Maurice à se trouver à la tête d'une usine sucrière. En dépit des mauvais augures et des ricanements de la part de ses confrères sucriers – « Vous verrez, elle ne résistera que quelques mois » –, Alice tint bon, vingt années durant. Mieux encore, elle sut adapter l'usine des Aubiniers aux nouvelles techniques et en améliorer de façon notable les revenus. Charles d'Épinay, l'un des planteurs français devenu ami du couple Charnay, visita les installations deux années après la prise de fonctions d'Alice. Admiratif, il parla ensuite autour de lui des Aubiniers comme d'une sucrerie modèle. D'autres planteurs sollicitèrent l'autorisation de visiter l'usine et s'inspirèrent des améliorations apportées par Alice. Maisonneuve apprécia de travailler avec elle et ne cachait pas le respect et même la vénération qu'il éprouvait pour *Madame Alice*.

Deux ou trois ans après leur mariage, Guillaume et Alice avaient réussi à s'imposer dans la société mauricienne. Le nom de Guillaume, son charisme, sa fortune, ses compétences et celles de son épouse firent qu'on oublia les origines indiennes de la belle comtesse de Charnay. Après les critiques et les quolibets des premières années, l'activité d'Alice à la sucrerie inspirait considération et respect. Elle devint une personnalité incontournable de la colonie, à égalité avec son époux. On finit par se disputer la présence du couple lors des réceptions. Les mondanités ne représentèrent jamais une priorité pour Alice, mais elle sut y sacrifier avec grâce et élégance.

Guillaume refusa toutes les sollicitations à être coopté membre du Mauritian Turf Club, n'ayant pas de temps à consacrer à ce loisir. Cela n'empêcha pas la famille Charnay de participer chaque année à l'événement mondain incontournable de l'hiver au Port-Louis, la saison des courses du mois d'août. Lorsque les enfants devinrent adolescents et jeunes adultes, l'arrivée de la voiture de la famille Charnay à l'hippodrome attirait tous les regards : Alice et ses filles, très élégantes sous leurs grandes capelines ornées de fleurs et de rubans, se trouvaient dans la calèche, précédée par Guillaume et ses fils à cheval. La beauté et la grâce des « demoiselles de Charnay » étaient célébrées dans toute la colonie. Alice dégustait l'arrivée de leur voiture à l'hippodrome et leur place dans l'une des loges les plus en vue comme une revanche sur le jour où le clan Castelregnault l'avait exclue de cette fête.

Leurs filles ayant grandi, les demandes en mariage affluèrent. Guillaume et Alice se donnèrent pour règle de ne jamais faire pression sur leurs filles pour qu'elles acceptent tel ou tel parti jugé prestigieux ou refusent tel autre. Les enfants Charnay, filles et garçons, se marièrent selon leur cœur.

Adeline épousa un haut fonctionnaire anglais en poste à Maurice. Après quelques années dans l'île puis aux Indes, le couple s'installa à Londres avec les deux enfants nés de leur union.

Pascaline se maria en premières noces avec Alexandre Panon, un petit cousin par alliance d'Adèle, rencontré lors d'un séjour à l'habitation Panon. Elle vécut à La Réunion avant de revenir à Maurice après son veuvage, où elle se remaria avec un planteur français, Julien Allard. Elle eut quatre enfants, trois de sa première union et une dernière petite fille avec Allard, alors qu'elle avait déjà quarante-deux ans.

Au cours d'un autre séjour à La Réunion, Emmeline rencontra un Lorrain de passage, Hubert Clémencey de Beauvoir. Le coup de foudre fut réciproque et ils se marièrent à Pamplemousse quelques mois plus tard. Elle suivit son époux en France à Nancy, où il exerçait le métier de magistrat.

Apolline était intellectuellement la plus brillante des quatre sœurs. Elle resta célibataire, ayant refusé tous ses prétendants. À l'âge de vingt-trois ans, elle prononça ses vœux de religieuse franciscaine, sous le nom de sœur Françoise-Xavière. Elle finit sa vie en tant que mère supérieure du couvent des franciscaines au Port-Louis.

Charles-Henri, de retour à Maurice, son diplôme d'ingénieur chimiste en poche, devint le bras droit d'Alice à la sucrerie puis le responsable de l'usine lorsque celle-ci se retira, avant d'occuper le poste de directeur général du domaine. Il épousa Amélie Ferrière, issue d'une des plus vieilles familles françaises présentes à Maurice, laquelle lui donna quatre enfants.

Ses études à Londres terminées, François-Guillaume travailla avec son père, auquel, plus tard, il succéda. Il épousa Rose de la Villevieille, qu'il eut le malheur de perdre en couches lors de la naissance de leur troisième enfant. Il se remaria avec une autre jeune femme d'ascendance française, Anne-Hélène Kerléan, dont il eut deux autres enfants.

Le fidèle Maisonneuve devait connaître une fin tragique à l'âge de soixante-dix-neuf ans. Le 22 février 1894, alors qu'il se rendait par chemin de fer chez l'une de ses filles à Paille, une violente bourrasque déstabilisa le convoi lorsque celui-ci s'engagea sur le pont de la rivière Saint-Louis, à proximité de la gare de Paille. Sept wagons furent précipités dans les flots de la rivière, située vingt mètres plus bas. On dénombra quatorze victimes et, parmi elles, M. Maisonneuve.

Grâce au canal de Ferdinand de Lesseps, cousin par alliance de leur gendre Julien Allard – Lesseps avait en effet épousé en secondes noces une Mauricienne des Plaines Wilhems, Louise-Hélène Autard de Bragard –, l'Europe n'était plus qu'à un mois de Maurice. Leurs filles avec mari et enfants, puis plus tard petits-enfants, revinrent régulièrement, tous les deux ans, séjourner dans le domaine familial des Aubiniers. La vieille maison s'emplissait alors de rires et de cavalcades d'enfants. Guillaume et Alice vieillissaient heureux.

Eux-mêmes effectuèrent plusieurs fois le voyage en Europe pour séjourner à Londres et en Lorraine, chez leurs filles. En Angleterre, ils se rendirent aussi chez les

Claridge, dans le manoir de la campagne du Sussex où John s'était retiré et où ils furent accueillis à bras ouverts. John devait disparaître l'année suivante.

Alice et Guillaume visitèrent Paris, les Alpes suisses et autrichiennes, Vienne, Rome, Florence, Venise et poussèrent une année jusqu'en Grèce. Alice, qui n'aimait pas trop les trajets dans les rustiques wagons de bois des trains mauriciens, même ceux de première classe, appréciait de traverser l'Europe en chemin de fer, confortablement installée dans son luxueux compartiment. Guillaume et elle ne se lassaient pas d'admirer les paysages sans cesse renouvelés.

Guillaume effectua une fois dans sa vie, lors de leur second voyage en Europe, la démarche du retour à Fargy. Il avait beaucoup hésité, non pas qu'il risquât d'y être démasqué, trop de temps avait passé, mais parce qu'il n'en ressentait nulle envie. Seule la tombe de sa mère aurait pu l'y attirer. Ce fut Alice qui le décida un soir dans le lit conjugal, après l'amour, en lui chuchotant : « J'ai envie de voir l'endroit où tout a commencé pour toi et pour moi aussi, car nous sommes liés l'un à l'autre de toute éternité. J'aimerais, aussi, me recueillir sur la tombe de ta maman. »

Ils avaient logé à Louhans, un vieil hôtel à la sortie de la ville à l'enseigne du « Cheval Rouge ». Guillaume lui avait montré le collège des jésuites et ils avaient longuement flâné dans la longue rue abritée d'arcades avant de dîner. Guillaume n'avait pas dormi.

Le lendemain, ils s'étaient fait conduire à Fargy. Il pleuvinait, le temps était froid et venteux malgré la saison – on était en juin, l'été en France. La route caillouteuse, criblée de redoutables nids-de-poule, leur sembla moins bien entretenue que celles de Maurice, de corail concassé, éclatantes de blanc sous le soleil.

Enfin le clocher trapu à la silhouette encore familière apparut, nimbé de brume mouillée.

Guillaume n'en ressentit pas la moindre émotion. C'était comme si cette image appartenait à un autre que lui-même. Il reconnut les masures basses du bourg, remarqua quelques édifices qui n'existaient pas quand il vivait là, une nouvelle école. Au centre du bourg, la maison du notaire, une bâtisse de briques sombres, sans grâce, avait été flanquée d'une sorte de tour à l'allure de donjon féodal, lui donnant des airs de faux manoir.

Le village semblait presque inhabité. Seuls signes de vie, ils croisèrent un charroi tiré par une paire de bœufs, et devant la maison du notaire un jardinier encapuchonné taillait la haie dans la bruine.

Ils se firent arrêter près de la grille du cimetière. Elle n'avait pas été changée, ne semblait même pas repeinte et elle grinçait, avec le même miaulement qu'autrefois. Un rosier fleuri de rouge sombre avait poussé à côté, ses branches alourdies de pluie ployaient. Quelques notes métalliques, assourdies dans la brume, tombèrent du clocher. Guillaume frissonna. Le timbre de la cloche l'avait mis mal à l'aise.

Le cimetière gris, luisant d'humidité, donnait une impression de vide. Les tombes, toutes modestes, semblaient pleurer de tristesse. Au centre, un monumental mausolée de pierre écrasait les autres sépultures. Guillaume savait qu'il abritait les restes des Charnay.

La sépulture de Pascaline Bugnet, épouse Petitguillaume, existait encore. La croix de bois, effritée, semblait sur le point de s'écrouler mais on pouvait encore lire le nom de Pascaline sur la plaque de fer émaillée, aux bords rongés de rouille, posée au centre de la croix. Guillaume déposa à même la terre de la tombe la somptueuse composition qu'il avait commandée la veille chez le fleuriste de Louhans. Sous leur grand parapluie noir, tous deux se recueillirent. Alice pria. Elle remercia Pascaline. La luxueuse gerbe de fleurs allait faire jaser longtemps dans les hameaux – « *Faut bin en avouère, des sous, pou éch'ter on bouquet pareil* », allait-on commenter dans les hameaux en se demandant : « *Queusquiet, mais queusquiet don ?* »

Ils ne s'attardèrent pas. Guillaume demanda au cocher de faire un détour avant de reprendre la route de Louhans : il voulait revoir le manoir de Charnay. Un coude de la route fit apparaître sa silhouette, mollement dessinée derrière un rideau de crachin, massive et aussi austère que jadis. Il n'eut pas envie de s'en approcher. Il ne poussa pas non plus vers le hameau où il avait vécu dans la maison de Claude Petitguillaume. Son beau-père était sans doute maintenant décédé, il ne chercha pas à en savoir davantage.

Fargy n'avait plus aucune importance. C'était devenu un autre monde qui lui était totalement étranger.

Ils n'avaient vu personne, mais Guillaume se doutait bien que leur passage au cimetière et leur voiture avaient été épiés derrière les rideaux des fenêtres. Au café, ce soir, ça allait jacasser ferme.

Le soir même, ils reprenaient le chemin de fer en gare de Louhans. Quelques jours plus tard, ils se trouvaient à bord du vapeur qui, par Suez et Aden, les ramènerait à Maurice, à leur vraie vie, celle qu'ils avaient bâtie tous deux par leur courage et leur détermination.

Personne ne revint jamais réclamer le remboursement des dettes de jeu de Guillaume-Antoine. Le créancier était mort ou bien il s'était découragé après la disparition inexpliquée de ses trois mandataires.

Guillaume n'oublia pas le risque courageux pris par ses dockers et Claude-Jean pour lui venir en aide ce jour-là. Il offrit des études à tous ceux de leurs enfants qui se montrèrent doués. Certains purent même partir étudier en Europe. Un fils de Claude-Jean devint médecin, un autre avocat, et Guillaume aida un troisième à s'établir planteur. Plusieurs enfants de ses dockers connurent grâce à lui une forte progression sociale : on compta parmi eux l'un des premiers journalistes noirs de Maurice, des ingénieurs, fonctionnaires de l'administration anglaise, et des militaires.

Guillaume et Alice vécurent encore de longues années. Guillaume s'éteignit sereinement dans son lit, ses mains jointes à celles d'Alice, quelques jours après les festivités qui avaient marqué l'entrée dans le nouveau siècle, le 14 janvier 1900, à l'âge de soixante-quatorze ans.

Alice lui survécut plus de douze années, jusqu'à ses soixante-seize ans. Elle avança en âge entourée de la nombreuse descendance que lui avaient donnée, à Maurice, Charles-Henri, François-Guillaume et Pascaline. Ses filles établies en Europe, leurs enfants et petits-enfants continuèrent à se rendre régulièrement aux Aubiniers pour de longs séjours de vacances.

À l'automne de sa vie, elle avait pris l'habitude de s'asseoir à la nuit tombante sous la varangue devant la baie du petit salon, celui qui avait été jadis le salon bleu de Françoise de Castelregnault, parfois en compagnie de l'un de ses petits-enfants. *Grand Madam* Alice regardait le ciel se colorer d'ocres et de rouges vers le couchant puis s'obscurcir. À ce moment-là, elle se rappelait le temps de son enfance, lorsque au côté de Grand-père Bois Quille elle contemplait le crépuscule assise sur le banc devant la case du vieil homme.

Aujourd'hui, ses cheveux avaient blanchi, mais elle était restée mince et se tenait toujours aussi droite. Son visage ridé avait conservé une beauté sereine.

Ce qui devait être accompli l'avait été et, un jour prochain, elle retrouverait Guillaume. Guillaume l'attendait.

Mais elle pensait encore avec un pincement de cœur à Boulou et à Julius, complètement disparus de sa vie. Sans les préjugés qui les avaient étouffés tous deux, ils auraient pu partager de longues années de son bonheur.

Les secrets sur lesquels Guillaume et Alice avaient bâti leur réussite et leur famille ne furent pas éventés. Adeline ne soupçonna jamais que celui qu'elle appelait Papa avec dévotion n'était pas son père biologique. En revanche, Guillaume et Alice ne cachèrent pas à leurs enfants la part indienne de leurs origines. Ils en firent un motif de fierté : leurs enfants possédaient en eux une parcelle d'une des plus grandes civilisations de l'humanité. La mémoire de cette origine se transmit puisque l'un des petits-enfants d'Alice et de Guillaume devint à Londres, dans les années 1920, un éminent professeur de civilisation et de littérature indiennes, lisant et parlant couramment l'hindi et le sanskrit, spécialiste reconnu du Veda et de la Bhagavad-Gita.

Les *grands mounes* de Maurice détenaient tous une excellente mémoire en ce qui concernait ce genre d'affaire, à savoir une goutte de « sang de couleur » dans les veines, ce qu'ils ne pardonnaient à personne. Dans le cas des Charnay, le prestige de la famille était tel qu'ils oublièrent. Aucun des enfants Charnay n'eut à souffrir de réflexions de la part de camarades.

Une relique de l'aïeul Guillaume resurgit dans les années 1960 pour le plus grand bonheur de certains de ses descendants. Dans la vieille demeure des Aubiniers, Maud, une de ses arrière-arrière-petites-filles alors lycéenne, avait extirpé un lourd coffret de bois d'une des armoires du corridor du premier étage, remplies de ce que ses parents appelaient des vieilleries, qu'un jour il faudrait bien se décider à trier.

La boîte regorgeait de vieux papiers, entassés là pêle-mêle : menus de fête, faire-part, cartes de vœux aux illustrations désuètes, lettres dans leurs enveloppes. L'une d'elles, datée de 1853, expédiée de Bombay, rédigée en anglais, annonçait la naissance d'un petit Edward Nobleddon. D'autres lettres venaient de France et d'Angleterre, écrites en français, une écriture régulière penchée vers la droite, à l'encre bleue. Dans le fond de la boîte, une enveloppe à l'adresse à demi effacée avait attiré l'attention de Maud à cause de son timbre rougeâtre, à l'effigie bien reconnaissable de la reine Victoria. Maud en avait sorti un bristol jauni, une invitation adressée au comte Guillaume de Charnay de la part du gouverneur et de Lady Gomm. La jeune fille l'avait porté à son père : « Regardez, Papa, ce que je viens de trouver dans la vieille armoire, comme c'est émouvant ! »

Le père s'était exclamé : « Ma chérie, mais c'est un souvenir de mon arrière-grand-père ! », puis il avait observé l'enveloppe. Il avait froncé les sourcils, jeté un regard à sa fille : « Je garde cette lettre, j'aimerais vérifier quelque chose… », et l'avait rangée dans son porte-documents. Dès le lendemain, il se trouvait dans le bureau d'un expert en philatélie du Port-Louis.

Celui-ci lui confirma ce qu'il avait soupçonné : la petite Maud avait mis la main sur un exemplaire rarissime de la première série de timbres émis à Maurice et qui, les mots *Post paid* ayant été remplacés par ceux de *Post office* à la suite d'une erreur de l'imprimeur, avait pris une valeur inouïe.

L'enveloppe timbrée, jadis conservée par Guillaume, fut vendue chez Sotheby's à Londres, quelques mois après sa découverte. Le timbre était le trentième exemplaire connu de la série en question. Un collectionneur américain l'arracha pour la somme incroyable de trois cent quatre-vingt mille dollars.

De nos jours, de nombreux descendants de Guillaume et d'Alice vivent encore à Maurice, d'autres sont établis en Grande-Bretagne, en France ainsi qu'en Australie et également au Canada. Les descendants de la branche Hubert Clémencey de Beauvoir et Emmeline de Charnay demeurent tous en France.

Les Aubiniers ont disparu. Le domaine sucrier a été démantelé au fil des héritages. La maison coloniale et son parc ont été achetés par un promoteur immobilier dans les années 1990 pour y construire un lotissement de luxe, enclos de murs. La *grand case*, délabrée, a été abattue. Quelques ruines, les restes de l'usine sucrière, persistent enfouies dans la végétation à l'extérieur du lotissement. Une haute et massive cheminée carrée émerge, intacte, de la verdure.

Le vieux banian, la cachette d'Alice, n'existe plus depuis longtemps, déraciné par un cyclone à la fin du

XIXe siècle. Il reste le rocher où la petite Sita conservait ses trésors à l'abri de la pluie. C'est un gros monticule de roche volcanique rougeâtre maintenant situé sur le domaine public. Il attire l'attention, isolé en bordure de route, au centre d'un terre-plein gravillonné. En le contournant, on découvre qu'il recèle une grotte transformée en lieu de culte chrétien. Une statue de la Vierge y est scellée, entourée de bougies à demi consumées, de bouquets desséchés et aussi souvent de fleurs fraîches dans des pots de verre.

Le père Jacques-Désiré Laval, croisé par Alice au chevet de Grand-Père Bois Quille et par Guillaume au moment de la grande épidémie en 1854, est passé dans l'histoire. Il fut béatifié en 1979 par le pape Jean-Paul II. Son corps repose à l'église Sainte-Croix dans une châsse, devenue lieu de pèlerinage et de dévotion pour tous les Mauriciens, chrétiens, hindous et même musulmans.

La tombe de Guillaume, comte de Charnay, et de son épouse Alice est encore visible de nos jours au cimetière de Pamplemousse, toujours entretenue et fleurie à chaque Toussaint.

Vacoas, île Maurice, mai 2010 – La Gaude, décembre 2013

Bibliographie

Anonyme, *Le Choléra-morbus*, I. P. Méline libraire-éditeur, Paris 1831.

ARNO Toni et ORIAN Claude, *Île Maurice, une société multiraciale*, L'Harmattan, 1986.

BERNADIN de SAINT-PIERRE Jacques-Henri, *Paul et Virginie*, Paris, 1787.

BOISANGER Béatrice (de) et BOURDONNAYE-BLOSSAC Bernard (de la), *Fortune des isles. Lettres et souvenirs de l'isle de France*, La Découvrance Éditions, La Rochelle, 2008.

BRÉVILLE Christian, *Le Dernier Train, musée de la photographie*, île Maurice, 2005.

Collectif, *Le Centenaire du Mauritian Turf Club. 1812-1912*, Gouvet et Cie éditeurs, Paris, 1913.

DE SALLE-ESSOO Maya, *Le Profane et le Sacré dans les tradipratiques à l'île Maurice*, thèse pour obtenir le grade de docteur de l'Université de La Réunion.

DUMAS Alexandre, *Georges*, Paris, 1843.

ERNY Alfred, *Séjour à l'île Maurice (île de France) 1860-1861*, Bibliothèque numérique Gallica, Paris, 1863.

GLISSANT Édouard, *Les Mémoires des esclavages et de leurs abolitions*, Galaade Éditions, Paris, 2012.

HAZAREESINGH K., *Histoire des Indiens à l'île Maurice*, Librairie d'Amérique et d'Orient, 1976.

HUMBERT Marie-Thérèse, *À l'autre bout de moi*, Éditions Stock, Paris, 1979.

LAGESSE Marcelle, *La diligence s'éloigne à l'aube*, Éditions de l'océan Indien, île Maurice, 1985.

LENOIR Philippe, *Île Maurice, textes et légendes*, photographies André Chastel, Philippe Schall, Christian Petron, Éditions du Cygne, île Maurice, 1979.

SAM LONG Jean-François, *Madame Desbassayns*, Éditions Jacaranda, 1985.

SMERECKI Benoît, *Jacques-Désiré Laval*, Publibook, 2003.

VINCENT Rose, *Mohini ou l'Inde des femmes*, Éditions du Seuil, Paris, 1977.

WIEHE Johann et SINCLAIR Stéphane, *Christian W. Wiehe. Île Maurice, 1807-1878*, île Maurice Éditions, 2010.

Remerciements

Merci tout d'abord à vous, mes enfants, Frédéric-Alexis et Mélanie, sans vous deux ce roman n'aurait jamais vu le jour. Merci en particulier à toi, Mélanie, pour ton aide en créole, pour ta lecture attentive du manuscrit, et pour nos conversations qui m'ont permis de mieux connaître la société mauricienne et d'approcher l'âme de ses habitants, ainsi qu'à vous, Khrishna et Deeranee, mes *samenndis* de Maurice, pour les livres envoyés.

Merci enfin à toi, Anne-Sophie, ma fille, et à toi Frédéric, mon époux. Votre intérêt à l'un comme à l'autre et la confiance que vous témoignez à l'égard de mes livres sont pour moi les plus précieux des encouragements.

Cet ouvrage a été composé et imprimé
en novembre 2015 par

CPI
FIRMIN-DIDOT

27650 Mesnil-sur-l'Estrée
N° d'édition : 749
N° d'impression : 131791
Dépôt légal : novembre 2014

Imprimé en France